가을의 여인

나용균 소설집

가을의 여인

| 작가의 말 |

53년 전에 처음 학교에 근무, 40년 동안 교직에 몸을 바쳤다.

학창시절에는 교과서 이외에는 거의 읽을거리가 없다가 졸업을 하고서 많은 책을 접하게 되었고 쏟아져 나오는 문학지에서 많은 감동을 받은 바 있었다.

문학에 뜻을 둔 것은 이때부터였던 것이다.

이제 자유의 몸이 된지도 어언 십여 년, 고인이 된 친구도 차츰 많아지고 있으니 실로 감회가 깊다.

그 사이 보람 있는 일도 있었지만 어려운 일이 더 많았음을 밝힌다. 이 어려움과 고난이 작품에 스며있을 것으로 믿는다.

실로 오랜만에 책을 내게 되었다.

타고난 재주가 없었지만 끈기있는 노력으로 여기까지 이르게 해주신 하나님께 감사를 드린다. 작가는 작품으로 말한다는데 다른 말이 필요 없을 것으로 생각한다. 작품 하나하나에 온 정성을 기울였으니 열심히 읽을 것을 부탁드린다.

표지화를 그려주신 강길원 화백과 출판을 맡아주신 한국문협 아동문학분과 박종현 회장께 감사를 드린다.

두 분은 광주사범학교 때 클래스메이트였음을 밝힌다.

나용균

흐느끼는 여울 소리

　병민은 눈을 감았다. 귀가 조금 우는 듯했다. 무슨 소리가 귓전을
스치는 듯했다. 밖에서 바람 소리가 조금 들리는 듯했다. 그는 숨을
모으고 다리를 펴면서 고개를 똑바로 했다. 바람 소리에 섞여 여울 소
리가 조금씩 들리는 듯했다. 그는 귀를 세우고 다시 정신을 집중하였
다. 그건 여울 소리가 아니었다. 무슨 울음 소리였다. 그것은 간단없
이 흘러나오는 처절한 흐느낌이었다.

옅은 하늘빛의 신형 승용차는 뭉툭하지 않고 늘씬한 몸집으로 지칠 줄 모르고 줄곧 달려 나갔다. 홍은동 네거리 교차로에서 밀려드는 차들에 짜증내던 것도 옛말, 이제 오버 브리지가 탄탄하게 뻗쳐있어 그를 실은 차는 짜릿한 기분으로 내려가더니 언덕을 향하여 숨가쁘게 올라갔다.

차창 쪽으로 고개를 돌리니 가벼운 안개 같은 것이 유리창에 서려 있다.

왼쪽으로 향한 그의 눈에는 두 개의 영상이 겹쳐 들어왔다. 이삼층의 최신 양옥들이 윤기나는 정원수들과 함께 그 웅장한 자태를 드러낸 위로는 자질구레한 판잣집들이 오밀조밀한 살림 도구들을 내보이며 언덕에 불안스럽게 얹혀있어 이 두 모습은 대조를 이루어 시각으로 좁혀 들어왔다.

유리창 밖으로 내다보이는 풍경과 반대편에서 차창에 반사되어 비쳐 보이는 영상이 서로 엇갈리며 자꾸 어른거려 보이는 것이었다. 그렇게 넓지도 않은 도로의 이쪽과 저쪽의 형편이 이다지도 다를 수 있단 말인가?

유리창에 반사되어 비쳐 보이는 반대편의 언덕배기 좁은 길로는 노동복 차림의 중년 남자들과 계절에 맞지 않은 옷을 입은 아낙네들이 오고 가는 모습이 스쳐 지나간다.

수많은 버스와 택시들의 움직임이 파도를 일으키는 거대한 흐름이었다. 어디서부터 이 물결들은 시작되어 어디에서 끝나는 것일까? 잘 다듬어진 포도는 휴지 조각 하나 없는 말끔한 자태로 헐떡거리지 않고 생생한 꿈틀거림을 계속하고 있었다. 언덕이 위태위태하게 겹쳐진 사이사이로는 별로 크지 않은 나무들이 서서 단풍의 무늬를 한 켜

두 켜 쌓아 올리고 있었다.

눈을 지그시 감으니 아내의 얼굴이 나타난다. 감각이 둔한 그에 비하여 아내는 다정다감하고 착한 여인이었다. 그는 항상 아내의 말을 참고삼아 세상을 살아왔고 그 포근한 손길 안에서 살벌한 세상의 찬 바람을 이겨왔다.

그러나 이번만은 사정이 달랐다. 귀찮고 괴로운 말만으로 자꾸 그를 집적거려 왔기 때문이다.

"남들은 고향에 간다고 얼마 전부터 벼르고 있고 터미널에서는 버스표를 사느라고 장사진을 치고 있대요."

그래 나보고 어쩌란 말인가. 사실은 그렇다. 추석이 다가오면 서울역과 버스터미널에는 수없이 많은 사람들이 몰려와 시골로 내려가는 혼잡이 나타나고 공장과 상가는 모두 문을 닫는 등 완전한 명절 기분에 젖게 된다.

그러나 그는 그런 것들에 무감각해져 있었다.

많은 사람들이 고향을 향해 발길을 옮기고 한복으로 갈아입은 사람들이 술병과 과일 상자를 들고 거리를 메워도 그는 이국의 풍경을 화면으로 보듯 항상 무감각해져 있었고 갈 곳도 없는 것으로 단정해 버렸었다.

그런데 아내는 나에게 어쩌란 말인가. 한복을 입고 술병을 들고 거리를 걸어보란 말인가. 그렇잖으면 누구를 충동질해서 선물 꾸러미라도 들여오게 해보란 말인가? 혹은 직장의 높으신 분들께 선물 바구니라도 들고 가란 말인가. 그는 아무래도 생각의 실마리가 풀리지 않았다. 하긴 그렇다. 고향에는 부모님의 무덤이 있고 자녀들 뒷바라지에 바쁘신 형님이 한 분 계시긴 하다. 그럼 당장 그곳에라도 다녀오란 말인가.

　그는 아무래도 생각의 가닥이 잡혀지지 않아

　"당신 무슨 얘기야? 무얼 어떻게 하란 말이야?"

　그녀는 말이 없었다. 어이가 없었겠지.

　예절도 모르고 부모형제간의 의리도 없이 세상을 살아가는 매정한 사내라고 속으로 실망했겠지. 그래서 그런지 그녀는 말을 하지 않고 묵묵부답이었다.

　사람은 누구나 죽는 것 그리고 살다보면 고생도 하는 것 이런 것들이 뭐가 그리 대단하고 신통하단 말인가. 그리고 세월이 가면 모두가 잊혀져 간다. 잊혀지면 그것으로 끝나는 일인데…….

　하긴 그렇다. 우리 부모님도 무던히 고생깨나 하며 세상을 살다 조금 슬프게, 아니지 좀 많이 슬프게 세상을 뜨시긴 했다. 그게 다 뭐란 말인가.

　그분들에게는 그분들대로의 타고난 운명이 있는 것이겠고 우리들에게는 우리들대로의 갈 길이 있는 것이 아니겠는가.

　운전사는 어느샌가 차를 몰고 한강 다리 위로 우리를 끌고 갔다. 퀴퀴한 냄새들이 스며있을 오물 천지의 한강수라는데 눈에 비친 강물은 더럽다기보다 오히려 깨끗했고 아침 햇살에 비쳐 구슬처럼 반짝이고 있었다. 이 강물은 항상 새롭고 말끔한 시가지를 우리들에게 제공한다.

　연이는 아빠 곁에서 무릎에 기댄 채 잠들어 있었다.

　"시골 큰아빠한테 가는 거야?"

　"큰아빠네는 병원이다. 그래 아픈 사람들을 치료하고 계시지."

　어제 오후 연이는 피아노를 치다 말고 머리에 팔을 괴고 비스듬히 앉아 있었다.

"연이 아빠하고 시골 갈까?"

"아빠, 시골 갈 거야?"

"응, 너랑 같이 큰아빠 댁에 갔다 오고 싶은데."

혼자만의 외출은 허전할 것 같아 누군가를 데리고 가고 싶었다. 누구라도 좋았다.

이 학년의 공부를 끝내게 되는 막내둥이 연이는 피아노 진도가 빨랐으며 엄마보다는 아빠 곁을 아쉬워했고 곧잘 따르곤 했다.

한참 동안은 줄곧 변해가는 창 밖 풍경들에 신이 나서 재잘대더니 그것도 잠깐이고 시내 중심가에 접어들면서 잠이 들어버렸다.

터미널에 도착하니 열시 조금 전이었다. 예매해 둔 표는 열시 십분이었다.

새로 짓는 커다란 건물이 바라다 보이는데 지금 쓰고 있는 건물은 조그마했고 광장과 승강장으로 들어가는 통로 그리고 시내버스 정류장 근처는 정말 인산인해를 이루고 있었다.

왜 사람들은 이런 혼잡을 이겨내느라 고생하면서까지 고향에 가고 싶어 하는 것일까. 육친 사이에 얽힌 정이란 도대체 뭐란 말인가. 그는 이런 인연을 잊은 채 수년간 살아왔다.

어머니 아버지가 연달아 세상을 뜨셨고 그 폐허에 버려진 모든 것들을 그대로 놔둔 채 고향을 떠나왔다. 가끔 가다 형과 아우 그리고 조카들의 내왕이 있었고 자신도 어릴 적에 자란 집을 찾아 가곤 했다. 그러나 어떤 색다른 정을 느끼지 못하고 계산적인 일들과 사무적인 생각들만 머리를 스쳐갔다.

마을이 생기면서 지었다는 다 허물어져 가던 고가는 우리 가문의

전통 같은 것이었는데 그것에 딸린 너른 대밭과 감나무들을 모두 합하여 팔아치워 버렸었다

그것들을 처분하고서 형 병주는 아쉬워했고 어떻게든 형제들 중 하나쯤 고향에 돌아와 폐허에 다시 새싹을 틔워주기를 바랐으나 그렇게 되질 않았다. 그 때 형은 고향을 떠나 여수에서 조금 떨어진 곳에 조그마한 병원을 운영하고 있었다. 그 마을 옆으로는 조그마한 개천이 흐르고 있었고 둘레에는 얕은 산들이 둘러쳐 있었다.

그 때 형은 다리 부분의 신경통으로 무척 고통을 당하고 있었던 것 같다.

약물 중독으로 혈색이 좋지 않았고 언제나 눈언저리가 푸르스름한 그늘로 덮여 있었던 것을 기억할 수 있다. 그 푸르스름한 그늘 뒤에는 한국전쟁 당시의 이야기들이 파노라마로 새겨 있었고 특히 같이 병영생활을 했던 젊은이들과의 사이에 얽혔던 이야기들이 그 그늘을 만들었다고 사람들은 수군거리곤 하였다.

고속버스들은 줄곧 터미널을 빠져나가고 또 한편에서는 꼬리를 물고 들어오고 있었다. 고향으로 가는 길은 낯설고 아득했다. 그 너른 땅에 오밀조밀하게 가꾸던 텃밭이며 초여름이면 눈에 보일 듯 무럭무럭 커가는 것이 보이던 대밭의 죽순들과 더운 날 짙은 녹음을 던져주고 가을이면 수많은 열매를 탐스럽게 달고 나와 미각을 돋구어주던 감나무들의 모습도 이제는 타국의 풍경을 그리듯 실감이 나지 않는다.

얼마 전에 집도 새로 지었다고 한다. 그런 생각을 하니 조금은 가보고 싶다는 생각이 들기도 했다.

그는 부모님이 세상을 뜨고 이삼 년간 농사를 지어보기도 했다. 당시 공무원 생활을 하고 있던 터라 노동에는 익숙하지 못하였고 놉을 사서 지었기 때문에 타산도 맞지 않았다. '농사라고 아무나 할 수 있는 것은 아니다'라는 생각이 피부에 느껴졌고 얼마 후 살림을 정리하고 고향을 떠나왔던 것이다.

　아버지는 외로웠다. 누나 둘 아래서 여리게만 자란 아버지는 가까운 친척이 없어 동네 아이들의 서릿발 같은 질시를 받기도 해서 오금을 펴지 못하고 자라났다고 한다. 그는 어릴 적 동네 아이들에게 쫓겨 달아나는 아버지를 본 적이 있다.

　그 때 누구의 말을 들으면 칼에 맞을 뻔했다는 것이었고 혹은 쓰러져 발길에 차였다는 말도 있었다. 어머니를 일찍 여읜 아버지는 새어머니를 맞게 된다.

　새어머니에게서 동생들이 태어났고 큰 동생은 탄광에서 많은 돈을 벌어 저축하였다고 한다. 해방을 맞을 무렵 상당히 큰돈을 모았던 숙부는 부동산을 사들여야 한다는 주위의 권유를 물리치고 현금을 은행에 저축해 두었다가 일본이 패망하는 바람에 그 돈, 알토란같은 황금덩이를 모두 잃게 되는 불행을 맞게 된다.

　"그 때 이미 휴지가 되어버린 그 통장을 장작더미 위에 올려놓고 눈물을 뚝뚝 떨어뜨리며 흐느껴 울었다더라. 그리고는 자기의 육체를 불사르듯이 기름을 부은 다음에 성냥을 그어댔다는 것이야."

　동네 어느 아저씨가 들려준 이야기였다.

　그랬다. 그 숙부의 기억이 지금도 뇌리에서 떠나지 않고 있다. 상당히 개화된 사고방식을 가졌던 그는 현대의 시설은 아니었지만 수도꼭지 같은 것을 만들어 물을 끌어들여 부엌에서 쓰도록 하였고 집안의 살림도 과학적이고 체계적으로 이끌었던 것이다.

사람이 미래를 짐작할 수 있다면 얼마나 좋으련만 그는 그런 면에서 무딘 편이었나 보다. 아니지, 사실 누구나 미래에 대해선 암흑일 밖에 없지 않은가? 잿더미로 변한 저금통장이란 무엇인가? 땀 흘려 일한 그 사실이 모두 꿈으로 변하던 순간이었다. 하긴 우리 삶이 어쩜 꿈의 연속인지도 모른다. 내일 어떻게 변할지 모르는 것이 우리의 삶 아닌가?

사람이란 아무리 절망적인 상황에 처한다 할지라도 끝내 희망을 잃지 않고 있다면 다시 일어설 수 있는 것이다. 이 희망이란 참으로 중요한 것이다.

그런데 그에게는 물질의 상실이 곧 꿈의 상실이었고 희망 없는 암흑이었다. 그가 심한 결핵으로 허덕이며 동네를 거닐던 기억을 동네 사람들은 잊지 않고 있는 것이다. 일제 패망의 어수선하던 시절이 지나면서 절망과 고통이 사라지면서 해방의 희열로 싹터가면서 온 천지가 아름다운 꽃의 세상이 되었지만 그의 가족에게는 어두움의 터널로 들어가는 길목이었다.

고모들과 숙부들이 뿔뿔이 흩어져 갔지만 마지막인 정현 숙부만 오래도록 고향의 땅을 지키며 살았다. 부모님이 세상을 떠날 무렵 병민은 정현 숙부와 가까운 곳에 살고 있었다.

아버지는 이월의 차가운 공기가 누그러지기 전에 세상을 떠나셨다. 이태 전 해의 초겨울에 어머님이 숨을 거두시자 아버지는 의지할 사람이 없는 쓸쓸한 방에서 외톨이다 시피 일 년 반이나 되는 세월을 보내시다가 초봄의 해맑고 싸늘한 공기 속에서 이승의 길을 마감하신 것이다.

부모님이 세상을 뜨시고 뒷정리를 할 때에도 막내인 정현 숙부는 병민을 도와주었으며 다른 사람들과의 경쟁을 물리치고 대대로 물려오던 옛집을 사들였던 것이다.

병민은 곧 가산을 정리하여 서울로 올라왔고 고향 소식은 가끔 풍문에 듣는 정도로 그치고 만 것이다.

고속버스는 시간을 잘 지켜주었다. 사람들로 가득 차 길게 숨쉴 틈도 없었던 서울 거리, 질주하는 차들과 숨이 막힐 것 같은 탁한 공기를 벗어나 푸른 산과 너른 들을 향하니 가슴이 탁 트이는 느낌이다. 단풍도 이제 절정에 다다르고 있었다.

소나무 잎의 녹색이 짙다 못해 거무튀튀하게 보이는 사이사이로는 누르께한 낙엽이 층져 내리고 있었고 아카시아의 노란 단풍잎, 떡갈나무의 갈색 단풍들이 아름다움을 다투고 있었다. 마디마디가 자라고 낙엽이 한 켜씩 쌓여 가는 연륜의 되풀이를 몇 번씩 하고 나면 나무들은 쑥쑥 자랄 것이었다.

사람이 이승을 떠나면 그들 사이에 얽혔던 인연까지도 끊어져버리는 거라고 병민은 생각해왔다. 부부의 인연, 부모와 자식 사이에 맺어진 인연이란 이승에서 매어졌던 약한 끈에 불과한 것이 아닐까? 이 세상을 하직하는 순간 이 끄나풀들도 아무 쓸모없이 썩어 문드러진 새끼줄처럼 형체조차 없어지는 것이라고 생각해왔다. 인생은 되풀이되지 않는다. 저승에 갔다가 다시 올 수는 없는 것이어서 끊어진 선들에 미련을 둘 필요는 없는 것이다.

"단풍이 무척 무르익었군요."

옆에 앉은 사나이가 감탄하며 말했다.

삼십 대의 말끔히 차린 그 사나이는 얄팍한 〈체홉의 단편집〉을 손에 들고 가끔 들여다보고 있다가 밖을 향해 감상적인 표정이 되곤 했다.

옆에 앉아 유치한 장난을 하거나 무표정하게 앉아있는 사내를 보고는 그래도 무료했던지 말을 걸기 시작한 것이다.

"가을이 되었으니까요."

병민은 이렇게 대꾸했다.

그는 자연의 풍경을 보던 밖으로 향한 시선을 거두어들였다.

너무 아름다운 풍경들을 보고 있노라면 이승과 저승이 연결되곤 해왔던 순간들을 기억하고 있었기에 그걸 회피하기 위해서였다. 지금 그게 무슨 필요가 있는 것이란 말인가? 만나지도 사랑하지도 못할 인연이라면 아예 생각지도 않는 게 좋은 일이다. 꿈속에서 그리고 거기에 도취해서 행복해하는 그런 소녀 같았던 시절은 지나가버린 것이다.

흘러가는 세월은 차가운 겨울바람처럼 매정했다.

벌써 십 년, 이제 병민은 지나간 십 년이 마치 소매치기를 당해 빼앗긴 재물 같이 쓰리고 아팠다. 변하긴 많이 변했다. 창 밖으로 내다보이는 산의 모습도 그 두께를 달리했고 지금 달리고 있는 고속도로와 그 밖의 사정도 많이 좋아졌다.

그리고 처음 월세 방에서 그 추운 겨울을 보내며 잠 못 이루던 것도 옛말, 지금은 〈동아니트〉의 엘리트 사원으로서 민활하게 활동하고 있다.

그 회사는 지금 도쿄, LA 그리고 뉴욕 등지에 지점을 내고 있는 장래성 있는 섬유제품 회사이다. 그는 보잘것없는 한 공원이 아니고 운영의 실무에 참여하는 소위 중견 간부인 것이다. 지난달에도 도쿄를 두 번이나 왕래하며 해외 시장 개척의 현실을 파악하고 미래의 전망을 타진하고 왔던 것이다.

그는 지금 도쿄에서 오사카까지 고속도로를 달리는 착각에 빠져 있다가 연이의 속삭임에 꿈에서 벗어났다.

"저것 좀 봐. 저게 뭐야?"

밭 가운데서 달리고 있는 트랙터였다. 차는 어느 사이에 호남평야에 들어서고 있었다. 끝이 툭 트이지는 않았지만 그래도 꽤 너른 들판이었다.

이제 보니 들판은 황금물결이 출렁이고 있었다.

"저건 말이다. 밭을 가는 차야. 사람이 쟁기로 갈던 때보다 훨씬 빠르고 편하게 됐지. 기계의 힘이야. 다시 말하면 과학의 힘이란다."

연이는 그의 서재에서 문을 걸고 연구한다고 나오지 않던 일이 많았다.

자기의 연구실이라고 했다.

그리고는 사차원 세계를 날아가는 비행기, 바다를 드나드는 다목적 잠수함 등 많은 것을 그리고 만들곤 했다.

"쟁기가 뭐야?"

"아, 쟁기. 너 시골 할머니 댁에 갔을 때 소가 밭을 가는 것 보았지? 그 뒤쪽에 삽 같은 걸 매달고 사람이 붙잡고 가는 것 말이야. 그 삽 같은 것이 곧 쟁기지."

"응, 그래?"

서울에서만 자란 아이라 실감이 나지 않는 듯 그냥 무심코 대답만 한다.

가을의 영롱한 햇볕이 창가에 내려와 앉으며 따사로운 정을 느끼게 하였고 풍성한 수확을 가져오게 한 이 우주의 질서를 새삼 느끼게 하였다. 곧 바로 뒤로 물러서는 산 산 산들 그리고 가볍게 떠있는 구름과 펄럭이는 바람들이 피부에 와 닿는다.

한국의 산은 정말로 그 섬세함이 무엇에 비할 수 없이 아름답다. 선인들이 그린 풍속화에서 볼 수 있듯이 산그늘 밑 냇가나 호수에 앉아 낚싯대를 드리우고 오수에 잠겨 있음직한 모습도 지금의 차창 밖 풍경으로 상상할 수 있다.

병민이는 갈증이 느껴져서 음료수를 빨대로 조금 마시고는 담배에 불을 붙였다. 지금 그는 낚싯대를 메고 단체로 낚시를 떠나는 기분 이외의 다른 감정은 일지 않는다.

추석날에도 제사 때와 같이 제상을 차리고 술을 따르고 절을 하는 것일까. 그리고 무덤에도 찾아가 성묘를 하는 것인가. 아무래도 잘 생각이 나지 않는다. 이런 걸 처에게 물으려다가 그만두었다. 가정교육을 받지 못한 교양 없는 사람이라는 인상을 주지 않을까 보아 겁이 났던 것이다. 아무튼 이번에는 부모님 무덤에도 찾아가 보긴 해야겠다.

그 날은 몹시도 바람이 불고 추운 날이었다. 추수가 끝난 들판은 황량하기 이를 데 없었고 마을은 찬바람이 불만큼 폐허가 되어 가는 농촌이었다. 언덕배기에 자라던 소나무들은 동네 조무래기들에 의해 베어져 헐벗었고 가뭄이 끊일 새 없었던 만큼 마을 사람들은 건너 마을에 빚을 지고 있었으며 농협 같은 금융기관에서 빌려온 농사 자금도 못 갚고 꽤 많이 연체되어 있었다.

어머니의 상여는 상두꾼들의 외침 소리를 흘리면서 마을 앞으로 나갔다.

마을 앞에서는 상당히 오랜 동안 상두 소리를 외쳤고 요령 소리도 구슬프게 계속되었다. 구슬픈 통곡 소리는 마을 사람들의 눈시울을 뜨겁게 하였다.

상여는 마을 앞을 지나는 신작로를 따라가다가 산언덕으로 오르기 시작했다. 상여는 언덕 중턱에 서서 〈너무 억울한 죽음이니 더 이상 갈 수 없다〉고 주저앉아 버렸다. 이승에 대한 미련이 끊이지 않아 발길이 돌려지지 않는다는 것이었다.

병민의 회상은 여기에서 끊어져 버렸는지 모른다. 그 근처에 커다란 소나무 한 그루가 있는 것 같기도 했고 앞으로 내려다보이는 들판에서 새를 쫓는 후여후여 소리가 들리는 듯하기도 하였다. 어머니와 아는 사람들이 길 모퉁이에서 가는 길이 어디냐고 묻고 있는 것 같기도 하였다.

그랬지. 어머니는 자녀들이 잘 사는 모습을 볼 때까지 살겠다고 안타까워 하셨지. 더 이상 오래 살아 앓고 있는 아들이 건강하게 되는 모습을 확인하고서야 눈을 감겠다고 하셨지. 부모와 자식 사이란 무엇인가? 동물 세계에서 보면 젖을 먹이고 기르는 사이에만 혈육관계이지 일단 성장하고 나면 남남이 돼버리는 게 아닌가? 좀 더 발달된 동물이 인간 아닌가? 인간이란 애초부터 하느님이 동물과 다르게 창조했다고 하지만 그건 인간을 존중하는 뜻 이외의 다른 의미가 있는 말은 아닐 것이다.

다 자라서도 부모로서의 애정과 의무감 그리고 자식 된 도리로서의 여러 규범에 얽매어 산다는 것은 자유를 구속하는 굴레밖에 무엇이 더 되겠는가? 물론 의지하고 애정을 느낌으로써 정신적인 안락과 평화를 견지할 수도 있겠지.

어머니와 자식, 그러니까 병민의 형, 병주 때문에 눈을 제대로 감지 못하셨다면 그건 동물 세계에서처럼 남남으로 살아가는 것보다 인정으로 얽혀 살아가는 인간 세계가 낫다는 것이 뭐란 말인가?

고속버스에서 내려 또 다시 털털거리는 버스로 갈아타고 고향 마을로 갔을 때에는 해가 설핏 기울었을 때였다.

그 좁은 신작로, 길 주변에 널려있는 논과 밭들 그리고 저쪽 언덕 밑으로 아주 푸르지도 않은 희멀건 방죽의 물이 보였고 저쪽 주변으로는 나무들이 드물게 멋없이 늘어서서 그림자를 드리우고 있었다.

마을의 길이 다소 넓어졌고 잔디가 깔렸던 언덕이 깎여 밭으로 변한 것 이외에는 아무 것도 달라진 것이라고는 없었다. 그래, 마을 앞에는 그의 가족들이 손수 농사를 짓던 논이 세 배미나 있었지. 그 논두렁이 그대로 눈에 들어왔다.

맨 위 논배미에는 웅덩이가 있었지. 그게 보인다. 가뭄이 들어 하얗게 말라가던 논을 보지 못한 형은 그 곳에 웅덩이를 팠었지.

아, 그런데 웬일인가? 여름이 되어 그 웅덩이에 물이 넘치고 있을 때 동네 아이 하나가 그 곳에 빠져 죽고만 것이다.

그 애 어미가 병민의 집으로 와 울부짖으며 난리를 쳤었지. 그 후부터 집안이 참 묘하게 흔들리기 시작했지. 동네 초입으로 들어서려는데,

"여기가 어디야?" 연이가 묻는다.

"아빠 고향이야. 아빠가 어렸을 적에 살던 마을이지."

병민은 연이와 홀로 고향을 지키고 계시는 정현 숙부 댁으로 발길을 옮겼다. 대문 안으로 들어서니 서산에 지는 해가 마루 끝에 잔양을 던지고 있었다. 누나가 부엌문 앞에서 조리를 들고 쌀을 이는 모습이 문득 떠오르다가 사라진다.

이른 봄이면 매화꽃이 화려하게 피어나곤 하던 부엌 앞이었다.

이 아름답던 꽃들은 세 분 누나의 모습처럼 지금 병민의 눈앞에 어른거린다. 부엌 뒤에는 장독대가 있었고 그 장독대 곁에는 커다랗게 자란 석류나무가 가을이면 탐스런 열매를 자랑하곤 하였다.

그리고 또 한편에는 봄이 되면 난초가 자라나 청초한 꽃을 피우곤 하였다.

"워매, 누구랑가, 병민이 아니여?"

숙모가 웃음을 볼에 짓다 말고 굳은 표정이 된다.

"예, 제가 왔습니다. 참 오랜만이군요."

숙모는 숙부가 안 계시다면서 찾으러 마을로 나가신다. 세 칸으로 지어진 아담한 집 앞으로는 헛간 같은 창고가 크게 버티고 서 있었다. 마당은 물기가 배어 발자국들이 찍혀 있었으며 짚단이 한쪽에 커다랗게 쌓여 있다.

"연이야, 안으로 들어갈까?"

그리 크지는 않았지만 조그만 장롱이 놓여진 이외에는 살림이 별로 없어 휑뎅그렁하고 썰렁해 보였다. 조금 있으니 밖에서 인기척이 나더니 숙부가 나타나신다.

"몇 년 만이야? 세상에, 이렇게 찾아오는 때도 있구먼."

"새로 성주도 하시고 참 많이 변했습니다. 동네도 많이 좋아졌습니다."

병민은 쇼핑백에서 담배를 꺼낸다. 불을 붙여 입에 분 숙부는,

"이제 담배도 잘 피우지 않아. 해수기가 있어서 해롭거든."

하시며 잔기침을 뱉으신다.

어둡고 잔잔한 주름이 숙부의 얼굴을 얽어매 점령해가고 있었다. 세월의 잔물결이 얼굴을 타고 흐르면서 모래톱 같은 것을 남기고 떠나고 있구나 하는 생각이 병민의 눈앞에 펼쳐진다.

"그래, 산소에 가보아야지. 오랜만이니까……."

숙부가 먼저 일어나셨다. 술 한 병을 들고 언덕으로 올랐다.

"어디 가, 아빠. 산에 가는 거야?"

연이는 아빠의 손을 잡고 비틀었다.

그래, 산에 가는 거다. 할아버지와 할머니가 계시는 산에, 이렇게 말하려다가 입을 열지 않고 연이의 머릿결을 쓸어 넘겨주었다. 찬바람이 뺨에서 맴돌았다. 산 언덕길은 황토이고 물기가 배어 있어 신발에 흙이 묻어왔다. 키만큼씩 자란 소나무와 아카시아가 산들을 덮고 있었다. 높은 하늘에는 흰 구름이 떼를 지어 흐르고 있었다. 멀리서 요령 흔드는 소리와 만가 소리가 아스라이 들리는 듯했다. 그리고 흐느낌 소리도 조금은 나는 듯했다. 어느 풀숲에 잠겨있던 소리들이 다시 흘러나온단 말인가. 아니다, 그건 솔바람 소리가 귓전을 스치는 소리였다. 먼 곳에서 기적이 울었다.

모처럼만에 그는 효자가 되었다. 잔에 술을 따르고 엎드려 절을 올렸다.

찌그러진 묘는 헐대로 헐어 밑 부분에 구멍이 뚫려있는 것이 보였다. 풀은 무질서하게 듬성듬성 자라고 곳에 따라 붉은 흙이 보였다.

어머님은 담배를 무척 좋아하셨다. 기침을 하면서도 담배를 피우지 않으면 못 견뎌하셨고 가슴에 맺힌 응어리를 담배 연기로 산화시켜 버리시곤 하셨다. 그는 담배에 불을 붙여 묘 앞에 놓아 드렸다. 연기가 조금씩 퍼져 사라지곤 하였다.

돌아오는 길에도 그는 아무런 실감이 나지 않았다. 눈을 들어보니 커다란 덩치로 영주산의 개성 없는 자태가 밋밋하게 드러나고 마을 앞쪽으로는 학교 다닐 때 발이 닳도록 지나던 좁은 도로가 실같이 뻗어 있었다. 조금은 슬프고 가슴 아파야 할텐데 아무런 감회가 솟아나지 않는다.

어머님의 주름진 얼굴이 잠깐 눈앞을 스치려다가 사라지고 흰 구름을 이고 있는 마을 뒷산이 너무도 선명하게 나타난다. 소나무도 많이 자라 색도 거무스레하게 물들여 있었다.

그의 형 병주는 그 곳에서 삼십 리나 떨어져 있는 곳에 살고 있었다.

아쉬워하는 숙부의 만류를 뿌리치고 털털거리는 버스를 잡았을 때 해는 서산에 걸쳐 있었다. 버스는 쉰 목소리 같은 소리를 내며 줄곧 달려갔다.

도로가 지나는 산골에 조그마한 시장이 있고 시내가 곁으로 흐르고 있었다. 병주는 시내가 보이는 언덕을 따라 걸으며 붉게 물든 저녁 노을에 긴 시선을 보낸다. 어젯밤에 꿈꾸었던 장면이 눈앞에 선명히 나타난다.

그가 밖에서 칼싸움을 하다 잘못하여 상대편 아이의 얼굴에 상처를 입히고 방안으로 뛰어들었을 때 바느질을 하고 계시는 어머님의 무릎 근처에서 동생 병민이가 어리광을 피우고 있었다.

어머님은 입가에 웃음을 먹음으시고 조용히 손을 들어 그의 두 손을 잡아 주셨다. 어머님과 손을 맞잡고 빙글빙글 돌다가 잡았던 두 손이 빠지면서 어머님은 어머님대로 병주는 병주대로 저 멀리 나가떨어지자 꿈은 산산조각이 나버렸다.

사십 전후의 모습인 어머님은 바늘귀를 꿰시면서 이제 눈이 어두워오는가 보다고 가끔 말씀하셨다. 어머님은 추석날 쓰러지셨고 결국 회복을 못하시고 돌아설 길 없는 수평선 너머로 사라지셨다.

요란한 북소리도 연약한 피리소리도 없이 항구를 떠나는 이민선 같이 쓸쓸한 모습이었다.

돌아가신 지 십여 년이 지났지만 동생 병민이는 한두 번뿐 찾아와 주질 않았고 쓸쓸히 명절과 제사를 맞이하곤 하였다. 날씨가 꽤 싸늘하였다. 냇물이 흐르는 위로는 말 달구지가 지나가고 가끔 택시도 지나간다. 부연 먼지를 일으키고 언덕배기로 사라져간다.

옹기종기 모여 앉은 지붕들로 이루어진 이 마을에 야트막한 산 그늘이 드리우고 있다. 병주가 이 마을 한 귀퉁이에 자리를 잡은 것은 어머님이 세상을 뜨시기 삼 년 전이었다. 그러니까 십오 년이란 연륜을 새긴 산 밑 마을이다.

"서울에서 연이가 왔어요. 작은아빠랑."

막내딸아이가 시내 언덕을 따라 달려오며 소리 지른다. 눈을 들어 쳐다보니 두 사람의 모습이 흐리게 나타난다. 손을 흔드는 것 같기도 하다. 그래, 동생이 왔구먼. 병주는 발길을 집 쪽으로 돌린다. 그가 동생을 만난 것은 삼 년 전쯤 되나보다. 그때 그는 처형의 딸 결혼식이 있어 서울에 올라갔었다. 동생은 그 날 고속터미널까지 나왔었다. 그 날은 바람이 매섭게 불었다. 넓은 들판에 지어진 터미널은 바람막이가 없어 무척 추웠었다. 서울은 참 많이도 변해 있었다.

연이의 귀여운 모습이 눈에 들어온다.

"큰아빠께 인사 드려."

"안녕하세요?"

하고 연이는 꾸벅 절을 한다. 그렇지, 이게 막내다. '둘만 낳고 편하게들 살려고 하니까.' 처가 중얼거리던 말이 되살아난다.

자신에 대한 깊은 애착을 느끼면서 쳐들어오는 바람을 막아가고 있는 동생은 빨리 상처를 아물리고 고통을 쉽게 망각하려고 애쓰고 있었다.

제사란 과연 무슨 뜻이 있는 행사일까? 한 번 가버린 시간을 영영 되찾을 수는 없는 것 아닌가? 돌아가신 날과 달력의 날짜가 같다고 해서 그 날을 기해 고인을 추모한다는데 과연 얼마만큼의 뜻이 있는 것일까?

오랜만의 만남도 한없이 반갑기만한 것은 아니었고 오랜 질병의 후유증이 수족을 아픈 통증으로 이끄는 형의 이야기를 듣는 사이 잊혀졌던 상처가 되살아나는 느낌이었고 일상의 대화가 권태로움을 가져왔다.

추석이 지나고 벌써 이틀째이다. 고향에 내려가면 모든 걸 푹 잊고 제사까지 지내고 오세요. 어머님이 지하에서 기뻐하실 거예요. 연이 엄마는 애를 달래듯이 등에 대고 이렇게 중얼거렸다. 부엌에서는 제수를 준비하느라 형수와 질녀들이 바쁘게 움직이고 있다. 안방 아랫목이 따끈해오고 밤도 그 너른 날개를 펼치고 있다.

여수에서 혼자 살고 계시는 큰 누님이 먼지를 이끌고 도착하는 버스에서 내리셨고 가까운 곳에 사시는 누님과 매형이 불국사가 그려진 보따리를 들고 문에 들어섰다. 누님의 보따리 든 어깻죽지가 많이 여위셨다고 느껴졌다.

"워매, 한양 사람도 왔구나. 오래 살다보니 너도 만나보겠구나."

이렇게 말하는 둘째 누님의 눈시울에 몇 가닥의 주름이 잡혀 있었다.

"다 살다 바쁘니까 그랬겠지. 어디 맘조차 변했을라더냐."
하고 큰 누님이 타이르듯 말한다.

밤하늘은 잿빛으로 변해 있었다. 별들도 나타나지 않았지만 구름이 많이 덮여 있지도 않은 하늘은 그 모습이 철부지 어린아이가 그려놓은 그림 같았다.

저녁상이 물러간 뒤에 마을 사람들이 하나 둘 놀러오기 시작하였다. 사내들은 안방에서 화투판을 벌였고 아낙네와 아이들은 건넌방으로 물러갔다.

부엌에서 들여온 안줏감과 술이 자리를 푸짐하게 만들었다. 몇 가지의 나물과 고기 등이 먹음직스럽게 보였다.

병민이도 술을 몇 잔 들이켰더니 얼근히 취기가 올라왔다. 마을에서 고깃간을 운영하는 텁수룩히 살진 아저씨, 담배 가게를 벌이고 세무서에 다니는 정씨, 연방 담배를 피우며 가끔 기침을 뱉어내는 송씨 등, 엊그제 장날에 있었던 이야기며 동네 누구의 결혼식에 참석해 나누었던 한담들을 서로 주고받기 시작하였다. 병민은 제사상을 어떻게 차리는지 지방과 축문은 어떻게 쓰는지 도대체 어렴풋하기만 하다. 이러한 제사상 앞에 서본지가 몇 년 만인가? 전혀 기억에도 없다. 어린 시절 어머니를 따라 외갓집에 가서 제사 지내는 것을 보고 삶은 달걀 등 맛있는 음식을 먹어본 기억이 조금씩 되살아나기도 한다.

과일과 고기가 놓이고 떡과 생선이 사이사이로 메워진 다음 국과 밥이 질서를 찾게 되고 촛불이 켜지고 수저와 젓가락이 순서대로 놓였다.

향을 피우고 잔을 올리고 축문을 읽고 인사를 드린다. 향불에서 연기가 올라 방이 향내로 가득해진다.

넋이 정말 있다면 그 넋을 이렇게 위로해야 할 것인가. 병민이도 잔에 술을 가득 따르고 인사를 올린다. 정말 모처럼만에 효자 노릇을 한 것이다.

숟가락을 들어 젯밥 위에 꽂아 놓았으니 혼백이 찾아온다면 흠향하실 것임이 틀림없다. 한참 있다가 잔을 내려서 형제간에 한 잔씩 음복을 하였다.

"살아 계신 어머님께 이렇게 극진히 했어야 하는 건데……."

살만큼 살면서도 제사 한 번 지내러 오지 않았던 동생보고 들으라고 하는 말같이 형 병주는 이렇게 뇌까린다.

그렇지, 조금은 면목이 없다. 세상이 얼마나 달라졌는가. 잠깐이면 올 수 있을 만큼 세상은 편리해졌다.

시간의 수레는 너무도 빠르게 굴러갔다.

한참 동안의 시간이 흐르자 동네 사람들은 제각기 흩어져 밖으로 나가 제 집으로 찾아갔다. 달빛이 희끄무레하게 창틈으로 비쳐 들어온다.

"연이 아빠는 서울에서 살만하제? 얼굴이 좋아 보이는구먼."

둘째 누님은 동네 손님들이 다 떠나가고 담배 연기만 자욱하게 남은 방에 걸레질을 하며 한 마디 하신다.

"누님도 많이 변하셨소. 농사일이 힘들지요? 생질 아이들은 다 잘 있습니까?"

그는 흙에 묻혀 허덕이고 계시는 누님의 안타까운 모습이 자꾸 마음에 걸리기만 한다. 얼마 전에 전문학교에 다니던 생질애가 중퇴를 하고 고향을 등졌다는 이야기를 풍문에 들은 일이 있었다.

기침소리를 하며 매형이 밖에서 들어오시면서,

"연이란 놈 졸리는 모양이구나. 뛰어다녀서 고단한가 봐."

하고 한 마디 하신다. 이불이 깔리고 모두들 잠자리에 들었다. 오른팔 위에 연이를 재우고 눈을 감았다. 병민은 불면증이 조금 느껴졌다. 방금 마신 술이 신경의 선들을 약간 건드렸을지도 모른다. 아무리 잠을 청해도 오지 않는다. 상당히 긴 시간 동안 몸부림을 한다.

'땡' 하고 마루에서 시계 소리가 울린다.

한 시 반을 알리는 모양이다. 눈두덩이 조금 무거워지기 시작했고 연이가 몸을 비틀고 '끄응' 하고 소리를 내더니 다시 곤한 잠에 떨어지고 만다.

나이 스물에 전란을 맞이한 형 병주는 좌우익의 갈등 속에 휘몰려 갈피를 잡지 못하는 젊은이들 틈에서 들을 누비며 산을 오르내렸다.

수많은 국군과 인민군이 총칼에 쓰러졌고 외국에서 온 원군들도 이국의 낯선 들판에서 찬바람을 맞으며 원혼이 되어갔다.

묘비명도 없이 이름 없는 들풀처럼 스러져간 이들 젊은이들은 들개나 까마귀의 먹이가 되거나 초목을 무성하게 자라게 하는 거름으로 썩어갔다. 바람결에 고향의 친구 누구는 죽창에 찔려 죽었느니 누구는 밤중에 불려나가 화약 연기를 내뿜는 총부리에서 산화했느니 하는 소문이 들려왔고 어느 관공서는 불에 탔고 어느 마을은 잿더미로 변했느니 하는 이야기들이 입에서 입으로 전해져 왔다. 그래도 농사만 업으로 해온 부녀자와 나이 든 남정네들은 그런대로 무사했다.

어느 산 너머 마을에서는 마을 사람들이 모두 떼죽음을 당하여 구덩이에 매몰되었느니 마을이 모두 쑥밭으로 변했느니 하는 살벌한 이야기도 떠돌았고 근처 도시의 어느 유명한 고등학교에서는 제자가 스승을 밤중에 불러내어 칼질을 하였다는 차마 입에 담지 못할 참극 같은 이야기도 유령처럼 떠돌았다.

병주, 그는 지리산 어느 줄기에선가 좌익분자들에게 붙잡혔다.

같이 떼를 지어 다니던 무리들은 그가 배탈이 나 엎드려 있다가 민가에 가 민간요법에 의한 처방에 따라 약을 복용하고 나오자 어느 사이엔가 행방불명이 되고 말았다. 혼자 험한 산을 헤매다가 오랜 만에 인기척을 발견하고 합세하였으나 그들은 좌익분자들이었던 것이다. 그들은 많은 짐을 그에게 지우고 무리한 사역을 떠맡겼다. 오랜 동안 지친 몸에 극도로 쇠약해져 힘들어하자 그들 중 하나가 꾀병을 부린다며 몸에 지닌 몽둥이로 정강이를 내리쳤다. 상처가 아물기 전에 겨울은 다가왔고 상처에 동상까지 겹쳐 그 부분은 부패하기 시작하였다.

다행히 고향 근처에 다다랐을 때 탈출에 성공하여 집에 들어왔지만 인민군이 장악한 마을은 온통 붉은 깃발에 뒤덮여 있었다.

다음 날 경찰지서에 끌려간 그는 얼마 동안의 조사 끝에 인민군에 협조하지 않고 탈출하여 우익으로 돌아섰다고 수없이 구타를 당해야 했다.

마침 점심을 싸 가지고 온 어머니가 온통 죽창으로 엮어진 지서 입구에 기다리고 있었다. 울타리 밖으로 갑자기 흘러나오는 소리, 아픔을 못 이겨 울부짖는 소리는 아들 병주의 목소리였다. 울면서 내지르는 소리는 듬직한 목소리가 가냘프고 처절하게 변하여 울음소리와 뒤섞여 들려왔다. 다른 말은 들리지 않았다. 어머니, 어머니, 어머니 그 말뿐이었다. 몽둥이로 치는 철썩철썩 소리에 그 울부짖음은 뒤섞여 들려왔다. 어머니는 대나무 울타리를 맨손으로 치며 소리를 지르고 살려달라고 소리를 질러댔으나 차가운 바람 소리 밖에는 아무 반응도 없었다.

지서 앞으로는 하얀 신작로가 깔려 있고 그 신작로는 뱀의 복부처럼 언덕으로 뻗어 있었다.

그녀는 차가운 겨울바람을 가르며 언덕으로 달려갔다. 그러나 거기에는 기다리는 아들이 없었다. 매서운 바람결과 푸른 하늘뿐이었다. 다시 언덕을 내려 달리기 시작했다. 그녀는 쓰러져 손바닥에서 피가 솟았다. 지서 앞에는 냉혹한 대나무 울타리가 앞을 가로막고 그 너머에서는 어머니, 어머니, 어머니 소리가 더욱 세차게 울려 퍼지고 있었다. 그녀는 이미 제정신이 아니었고 심장도 간도 모두 제 위치에 있지 않았다. 피가 어떻게 제대로 흘러갈 수 있었겠는가.

마당에는 동네 사람들이 모여들어 형의 모습을 바라보고 있었다. 차가운 물을 퍼다 온몸에 퍼부어 대고 또 퍼부어 댔다. 이것이 병민이가 본 형의 모습이었다.

고통을 이기지 못한 병주는 무의식중에 진통제에 손을 대기 시작하였다. 병원에 근무하면서 알약을 쓰던 버릇을 어느샌가 주사를 통해 받아들이기 시작했다. 고통과 환희가 반복되면서 세월은 순식간에 흘러갔고 벽에 '각성'이라는 글을 써놓고 마술의 그물에서 벗어나려는 각오는 했지만 구렁텅이에서 벗어나기는 더욱 힘들어졌고 돌이킬 수 없는 나락에 끝없이 빠져 들어갔다. 함성도 질러보고 바늘로 손끝을 찌르며 빠져 나오려 하였지만 어떻게 할 도리가 없었다. 금단증세는 인간의 힘으로 견딜 수 없을 만큼 심한 통증을 몰고 왔다.

부모님의 안타까운 하소도 소용이 없었다. 어느 날 어머니가 집에 찾아오셨다. 핏줄이 퍼렇게 멍들고 근육이 굳어간 등을 쓰다듬으며 어머니는 이렇게 타이르셨다.

"내 아들아, 왜 이렇게 정신을 못 차리느냐? 제발 정신 좀 차려라."

어머니는 등과 팔을 쓰다듬으며 눈물을 삼키고 계셨다. 굳어져 가는 분신의 아픔을 가슴으로 나누고 계셨고 제 몸의 피를 쏟아 부어 살리고픈 심정을 토해 내고 있었다.

은행잎이 온통 노랗게 물든 가을, 산에는 밤과 도토리가 익고 들에는 대추와 감이 빨갛게 익어가고 있었다. 풍성한 곡식과 탐스런 과일 그리고 포기 찬 채소 등이 농부의 가슴을 뿌듯하게 부풀어 오르게 해주던 그 아름다운 가을에 병주는 병상의 침대에 누워 굳어져 가는 팔뚝에 수액을 꽂고 잠들어 있었다.

이제는 돌이킬 수 없다는 생각이 굳어가자 차라리 눈을 감아버리고 싶다는 각오로 한 주먹의 수면제를 복용하고 몸이 식어가자 곁에 있던 사람들이 병원으로 옮겨왔던 것이었다.

동생 병민이는 추석 명절을 맞아 고향집에 왔다가 형의 이야기를 듣고 병원으로 달려갔다.

그 날, 창밖에는 유난히 노란 은행잎이 흩날리고 있었고 하늘이 너무나 푸르렀다는 느낌밖에는 아무 것도 머리에 떠오르지 않았다. 다량의 수액과 장의 세척으로 다행히 의식을 회복한 병주는 곧바로 집으로 옮겨졌지만 집안 어른들의 주선으로 광주 시내의 뇌병원으로 옮겨 치료를 받게 되었다.

　강물이 도도하게 흐르고 있었다. 아들과 어머니는 강줄기의 이쪽과 저쪽에서 애타게 손짓을 하며 강줄기를 따라 오르고 있었지만 강물은 줄기가 뒤틀리며 손을 잡을 수도 그 행방을 확인할 수도 없게 되었다.

　어머니는 어디론가 사라지고 있었다. 꿈이 아니었고 생시 같지도 않았다.

　그 사이 어머니는 심한 충격으로 정신이 혼미해졌고 끝내 아들의 회복을 보지 못한 채 숨을 거두고 말았다. 아들의 회복과 어머니의 죽음을 동일 시점에 놓고 시계 바늘을 멈추게 하는 신의 잔인한 손짓은 어떤 연유로 나타나는 것일까.

　병주는 수천 년의 꿈을 꾸고 난 사람처럼 허탈하고 어머니에 대한 죄의식으로 눈이 흐려지고 목이 메었다. 끝없는 사막을 헤맨 것 같기도 하였다.

　병민은 눈을 감았다. 귀가 조금 우는 듯했다. 무슨 소리가 귓전을 스치는 듯했다. 밖에서 바람 소리가 조금 들리는 듯했다. 그는 숨을 모으고 다리를 펴면서 고개를 똑바로 했다. 바람 소리에 섞여 여울 소리가 조금씩 들리는 듯했다. 그는 귀를 세우고 다시 정신을 집중하였다. 그건 여울 소리가 아니었다. 무슨 울음 소리였다. 그것은 간단없이 흘러나오는 처절한 흐느낌이었다.

　시선을 밖으로 보냈다. 병주 형이 여울 가에 쪼그리고 앉아 혼신의 비통을 구슬로 빚어내는 한밤의 여울 소리였다.

　병민은 지난 십 년 동안 안개 같은 장막에 싸여 잠들었던 자신의 꿈을 깨고 눈을 번쩍 떴다.

울음소리는 간단없이 흘러나오다 그치고 적막이 지속되었다. 낮은 여울 소리가 이어졌다. 잠시의 적막 뒤에 또 다시 흐느낌이 여울 소리에 묻혀 들려왔다. 형은 십여 년 동안 어머니와 관계되는 일로 눈시울을 적셔본 적이 한 번도 없었다. 무슨 사연으로 아픈 사연을 감추어 두고 꺼내지 않고 계셨던 것일까? 그 사연들은 마법의 병에 감추어져 있었고 열리는 순간 연기가 되어 자신도 그 연기와 함께 허무에 휩싸이게 된다는 어떤 뒷의 비법에 걸린 것이었을까? 그러나 그 사연은 간단없이 자신의 몸을 휘감고 놓아주지 않았던 것인가? 경찰관서에서 몽둥이로 맞고 피멍이 들던 순간에서부터 그 고통은 끊임없이 자신을 놓아주지 않고 옥죄이며 괴롭혔던 것일까? 이것은 보이지 않는 악마의 소행이었다고 병민은 생각한다.

다음 날 아침, 형은 마루에서 발가락을 손질하고 계셨다. 흉터 자국이 있는 뒤꿈치는 신문에 가려 보이지 않았다.

"저, 지금 아침 차로 올라가겠어요. 날씨가 풀리면 서울에 한 번 놀러 오십시오."

그는 더듬더듬 말끝을 흐렸다. 아무래도 오지 말아야 할 곳을 온 것 같은 느낌이었다.

형수가 부엌에서 신문지에 싼 봉지를 들고 나오시는 걸 보시고 형이 이렇게 더듬거리며 간헐적으로 말을 쏟아낸다.

"이거, 홍어 말린 건데, 심심하거든 차안에서 씹으며 가거라. 어머니가 생전에 그렇게도 좋아하시던 건데 한 번도 흡족하게 사다 드리지 못했지."

시내 위에 얹혀진 다리 위를, 버스는 흔들리며 움직이고 있었다.

"아빠, 울었어?"

병민은 고개를 가로로 저으며 먼 하늘을 쳐다보았다. 저 멀리 떨어진 언덕 너머에서 요령 흔드는 소리가 아스라이 들리는 듯도 하였다.

저 소리들은 어느 순간 마술에 걸려 감추어져 오랜 세월 어느 풀숲에 잠겨 있다가 자신의 출현을 알고 그림자를 따라 연기처럼 나타나 퍼지고 있다는 말인가. 어머니를 태운 상여가 산 중턱을 서서히 움직이고 있는 모습이 흐릿하게 떠오른다.

버스가 속력을 내는 바람에 눈앞에 확대되었던 상념들은 산산이 흩어져 갔다.

베데스다 연못

"세상에서 가장 향기로운 향료는 아름다운 꽃이나 열매에서 나오는 것이 아니라 병든 고래의 기름에서 나오는 물질로 만들고 세상에서 가장 아름다운 소리를 내는 바이올린은 도무지 나무가 자랄 수 없는 수목 한계선에서 비바람을 맞으며 겨우 웅크리고 서서 버텨낸 나무로 제작한다고 해."

병에 시달리다 고침을 받은 현애원의 모든 식구들이 세상 구석구석에서 쓸모 있는 요긴한 사람들이 되어줄 것이라 믿고 이들에게 손과 발이 되어주는 은미의 가정에 축복의 은총이 이슬처럼 내려주기를 상우는 기도한다. 이 은총은 마음의 병을 더욱 깨끗하게 씻어줄 것으로 믿는다.

습기에 찬 어느 여름날, 상우는 힘드는 수업을 마치고 교실에서 휴식을 취하고 있다. 유리 창 밖으로는 우윳빛 흐린 하늘이 낮게 드리워져 있고 아래로는 별로 높지 않은 아파트가 바라다 보인다. 상우가 이 동네에 발령을 받은 것은 작년 봄이었다. 그는 한강 건너 대방동에 있는 학교에서 오랜 기간 힘들게 근무를 하다가 발령을 받고서 이곳으로 온 것이다. 언제부터인지 서울 사람들은 닭장이라는 칭호의 아파트를 선호하게 되었다. 특히 여자들이 가정에서 생활하는데 아주 편리하다는 것이 아파트를 찾는 이유였다. 전후에 배치된 정원의 꽃들이 아름답고 주방 기구며 난방 시설이 너무나 편리하였으며 그 디자인도 여자들이 홀딱 반하게 만들었기 때문이었다. 그래서 이 서울 안에는 아파트가 많은 여의도와 반포, 그리고 지금 상우가 근무하게 된 이촌동이 경제적으로 좀 여유가 있다는 가정들이 모여 사는 동네가 된 것이다. 지금 바라다 보이는 아파트는 보통 수준의 그래도 조금 낡은 현대아파트이고 그보다 고급인 렉스와 신동아 등이 그 위용을 자랑하고 있는 것이다.

어린이들이 빠져나간 교실은 병정들이 훑고 넘어간 식민지 같다. 필요 이상으로 커다란 신발을 신은 아이들이 고즈넉한 교실을 온통 오염시키고 황폐시킨다. 아이들이 너무 건강하다는 게 오히려 병이 되고 있다는 생각에 빠진다. 겸손 아닌 자만과 순종 아닌 방종으로 치닫는다는 우려가 그런 생각에 빠지게 한다. 흐트러진 글씨, 어른을 무시하는 눈빛 등이 미래를 바라보는 사려 깊은 교사들의 시야를 어둡게 한다.

상우는 지금 창밖으로 바라보이는 운동장을 내다보고 있다. 운동장은 썰물 때의 해변처럼 허전하고 조용하다. 상우의 뇌리에는 조금 전에 일어났던 일들이 그림처럼 떠오른다. 모두들 씩씩한 발걸음으로 집으로 향했는데 예수라는 아이만 뒤에 처져 엄마와 힘들이며 걷고 있다. 왜 하느님은 건강한 사람 사이에 고통 받는 아픈 사람들을 두셨을까? 세상에 건강이 소중하다는 사실을 일깨우기 위해서였을까? 성경에는 〈하느님이 하시는 일을 나타내고자〉라고 하였는데 그 말이 맞는 것일까 혹은 하느님의 실수로 옥에 티를 두셨던 것일까. 예수는 소아마비로 팔다리를 제대로 움직이지 못하고 말을 하는데도 힘들어 한다. 그를 바라보고 있노라면 우리 몸이 제대로 움직이고 있다는 것이 너무나 고마운 일이다. 어머니는 이렇게 이야기를 들려 주셨다.

"유명한 병원에 이름난 의사들도 많이 만나고 한방 병원도 수없이 드나들었지요. 약도 많이 써보았는데 아무런 효과를 보지 못했어요."

언제나 누구에게서나 환자들이 있는 집안에서 듣는 이야기였다.

"누가 벌침을 맞아보라고 해서 그걸 실시하였는데……."

우리가 벌에 쏘였을 때 얼마나 심한 고통을 당하는가? 상우는 몇 년 전 산소에 벌초를 하러갔다가 벌떼가 덤벼들어 온 몸에 쏘인 일이 있었다. 벌은 머리카락 속으로 들어가 생명을 걸고 나올 줄을 몰랐다.

생명을 걸고 싸우는 벌들, 자기의 생존을 위해 이렇게 악착같이 덤벼드는 그들이, 국가를 위해 목숨을 버렸다는 특공대원들처럼 존경받을 만도 하였지만 한 편으로 생각해보면 가련하고 애처롭기도 하였다. 그는 공포에 떨면서 손바닥을 펴고 머리를 두들기며 벌을 짓이겼다. 한 마리는 목의 공간을 이용하여 옷 속으로 들어갔다. 그는 정말 어떻게 할 도리가 없었다. 한참을 지나서 벌도 잡고 긴장도 풀렸다.

벌에 쏘인 곳은 몇 군데 되지 않았지만 온 몸이 벌겋게 부어오르고 마비인지 통증인지 모를 감각이 왔다. 이 일을 생각해 보니 예수의 벌침 치료가 더욱 안타깝게 생각되었다.

"얼마 전에 역학 연구소에 간 일이 있어요. 그런데 그 분이 이름을 바꾸라고 하더군요. 왜 하필 이름을 성인의 이름으로 지었느냐는 것이었어요."

오죽 답답하였으면 젊은 아낙네가 그런 곳엘 찾아갔겠는가? 그는 그 심정을 이해할 것 같았다. 그리고 그 말은 정말 설득력이 있는 말일까? 성인의 자리를 차지하려는 그 오만에 대해 하느님이 벌을 준 것은 아닐까. 세상일이란 정말 알고도 모를 일이었다.

이렇게 앉아 있으니 조금 졸음이 오는 듯하다. 그런데 저쪽에서 가벼운 발자국소리가 들린다. 5학년쯤 되어 보이는 학생이다.

그는 조그만 손에서 종이쪽지를 내보이며 어떤 선생님이 갖다 주라고 하더라는 말을 한다. 지금 전화가 와 있으니 곧바로 교무실로 오라는 전갈이다.

그는 나른한 몸을 이끌고 문 밖으로 나간다. 교무실은 한가한 편이지만 그래도 몇 선생님이 앉아서 사무를 보거나 쉬고 있는 모습이 보인다. 전화는 교무주임 책상에 놓여 있다.

"여보세요. 나 지희 엄마, 은미예요. 지금 저를 까마득히 잊어버리지는 않으셨어요? 서울에 왔다가 전화를 하였어요. 한 번 보고 싶은데……."

"그럼, 엊그제같이 생생히 기억하고 있지요. 지금 어디지요? 아, 그래요. 그럼 학교를 물어 교문 앞으로 오세요. 내가 나가 볼게요."

그는 긴말을 할 수가 없다. 조용한 교무실의 분위기를 깰 수가 없었고 또 전화로 더 많은 이야기를 할 수도 없는 사이였기 때문이다. 그는 신발을 갈아 신고 교문 밖으로 나간다. 오늘은 수요일, 전교생이 오전 수업으로 끝나는 날이라서 운동장은 고즈넉하기만 하다. 네모 반듯한 이 학교는 마치 오랜 전통을 지닌 궁궐 같다.

도로에는 반듯한 승용차들이 질주하고 있다. 아무리 둘러보아도 찾는 사람은 보이지 않는다. 그는 지하철역 쪽으로 슬슬 걷기 시작한다. 대낮이라 사람들의 왕래는 뜸하고 말끔하게 차려놓은 가게들이 하품을 하듯 조용하기만 하다. 아파트 가운데에 나무들이 자라고 있는 정원이 보이고 십자가로 뻗은 도로 저 멀리로는 천주교의 웅장한 건물 모습이 보인다. 그는 발걸음을 천천히 하며 그 쪽으로 걷는다. 저 쪽에서 여인이 나타난다. 초라한 모습은 아니지만 피곤해 보이고 약간 노쇠해 보인다.

"반갑습니다. 참으로 오랜만이군요. 이렇게 다시 만난다는 게 꿈만 같군요."

"선생님, 저 같은 사람을 기억하고 계시다니 정말 고맙습니다."

그녀의 눈시울이 붉게 물든다. 상우는 은미가 누이라는 착각에 빠진다. 그리고 보니 눈언저리의 모습이 누님들을 닮은 것 같기도 하다.

은미는 옛날의 활기와 의욕을 잃은 채 시무룩하게 보인다. 두 사람은 같이 만나 학교로 들어간다. 조그만 가방을 들었는데 그게 조금 거추장스러워 보인다.

교실의 앞쪽의 탁자 위에는 아이들이 먹지 않고 놔둔 우유가 있다. 점심때는 지났지만 시장해 보여 그걸 권한다. 그녀는 그걸 마시더니 담배를 꺼낸다.

아이들이 앉는 의자라 불편하지만 어쩔 수가 없다. 교실 앞으로는 거의 창문으로 되어 있어 실내는 환하고 건물 자체도 말끔하지만 창문의 모습이나 아이들이 쓰는 책걸상들이 조잡하고 답답해 보인다.

그녀는 어떻게 지난 세월을 살아왔을까? 담배를 피우는 모습이 웬일인지 심상치는 않고 어려운 인생의 파도를 헤치며 세월을 엮어온 것임에 틀림없다. 마주 보며 이야기를 나누다가 그는 이 여인을 데리고 밖으로 나간다. 끼니를 아직 때우지 않았다는 말을 들었기 때문이다. 길옆에 있는 한식집에 들어가 간단한 점심을 시킨다. 그녀는 음식을 맛있고 탐스럽게 먹는다.

음식을 탐스럽게 먹는 것이 쑥스럽다는 듯이 그녀는 빙그레 웃는다.

"애 아빠가 세상을 떠났어요. 삼 년 전이지요. 혼자 살아간다는 것이 쉽지만은 않더군요."

오랜 시간 옛 이야기를 나누었다. 그녀는 상우가 시골에 살고 있을 때 현애원이라는 곳의 학교에 근무하였는데 그때 담임을 하였던 아이의 엄마였다. 지희라는 조그맣고 귀여운 아이였는데 그 아래로 여자아이가 하나 더 있었다. 그 아이는 예능에 뛰어나서 무용도 잘 하고 글짓기에도 재능이 있었다. 어느 날 읍내에서 교육청 주최 글짓기 대회가 있었는데 그때 몇 아이를 데리고 대회에 참여한 일이 있다. 그때 이 아이의 엄마가 따라간 일이 있었다. 갈 때는 버스를 타고 갔는데 올 때는 시간에 맞는 버스가 없어 걸어왔던 기억이 난다. 나주에서 노안의 버드실까지는 십리도 더 되는 거리였다. 그런데 걸어서 학교로 돌아오는데 갑자기 비가 쏟아졌던 것이다.

나주와 노안의 접경 지역에는 너른 들판이 있는데 그 너른 들을 지나며 비를 흠뻑 뒤집어 쓴 것이었다.

그 후에 상우는 심한 감기에 걸려 며칠간 결근을 하는 사태가 생겼고 지희 엄마도 몸이 아파 고생을 하였던 것이다. 상우는 지금 그 당시의 일들이 오래되었지만 파노라마로 생생히 떠오르는 것이다.

은미는 가계를 돕기 위하여 수박도 가꾸고 비닐하우스에서 채소도 가꾸고 있다는 것이다. 남편을 여의었지만 아들 막내가 가끔 찾아와 일손을 거들어준다는 것이었다. 이런 농사일을 하려면 힘이 많이 드는데 그래도 아직은 견딜만하다는 것이었다.

이렇게 하여 상당히 많은 생산품을 도매로 넘기기 위하여 근처의 유통업자에게 넘겼는데 대금을 돌려주지 않고 멀리 떠나버렸기에 그 사람을 찾으러 청량리에 있는 시장에 간다는 것이었다.

나는 핸드백 속에 용돈을 넣어주며 그녀를 돌려보냈다. 마침 4호선 전철이 개통되어 다니고 있었고 국철이 지상으로 다녀 이촌동은 교통이 불편하지 않았다.

상우는 국철을 타는 플랫폼까지 바래다주며 잘 가라고 인사를 나누었다. 그 여인의 전화번호를 쪽지에 적어 저고리 주머니에 넣고 나도 집으로 돌아왔다.

생각해보니 벌써 20년 전의 일이다.

그 때 상우는 자원하여 그 곳 현애원으로 들어갔던 것이다. 현애원은 음성 나환자들이 정착한 곳으로서 나주와 송정리(지금은 광주시 광산구에 편입되었지만)의 중간에 위치한 고장으로서 옛날 목포에서 나주를 거쳐 송정리를 지나 멀리로는 서울까지 이어나간 국도 주변에 자리잡은 곳이었다.

현애원에서 조금 내려오면 송엽쟁이(송엽정), 나주 근처로 접근하여가면 호수쟁이(호수정)가 있어 아주 오랜 옛날, 과거를 보러 왕래하던 사나이들이 쉬어가던 정자들이 있던 곳을 떠올리게 된다. 지금은 아주 초라하고 좁은 도로지만 과거의 이력만은 결코 무시할 수 없는 고장이었다.

언제부터 이들이 이곳에 자리를 잡았는지는 확실치 않으나 상우가 어렸을 적에 기차를 타고 지날 때면 이 곳 현애원을 멀리서 바라보던 어른들이 이런 말을 하였다.

"아주 더러운 죄를 진 사람들은 운명의 신이 문둥이로 만들어 피부를 썩힌단다."

정말 사람들은 그렇게 더럽고 무서운 죄를 왜 짓고 산다는 말인가. 그리고 그런 죄를 지으면 그렇게 하느님이 주는 천벌을 받는다는 말인가. 우리는 어른들 말만 듣고는 무서워 소름이 끼치고 겁이 났던 것이다. 이 나병환자들은 모르는 어린아이들을 만나면 잡아서 삶아 먹는다는 말이 떠돌았고 뱀 개구리 등을 씨도 안 남기고 잡아먹는다는 말도 들렸다. 이 근처 사람들이 수군대던 이야기를 듣고 있노라면 소름이 끼치고 정나미가 떨어졌다.

그런 고장을 상우는 왜 자원하여 들어갔던가. 당시에 그는 노안교에 근무하고 있었다. 그 학교는 그의 모교였다. 면소재지에 있는 커다란 학교였다.

피부가 썩어갈 만큼 무섭고 더러운 환자들이 사는 곳을 찾게 된 동기에는 자신도 그런 유형의 죄를 짓고 자신이 벌을 받아야 한다는 자책감 같은 것을 가지고 있었기 때문이었을까.

그의 형이 마약으로 몸을 망친 뒤 그는 그런 가정 사정 때문에 심한 가난과 정신적 고통에 시달려야 했다. 자신의 나이 삼십을 넘기면서도 결혼도 못한 채 빈털터리로 고향에 돌아온 그는 아무 곳에도 취미를 붙이지 못하고 있다가 이곳 소식을 듣는다.

이곳에 학교가 새로이 들어섰는데 노안교의 분교이며 그 규모도 아주 작아 삶에 상처를 입은 사람들이 수양하기에는 아주 좋겠다는 이야기를 듣는다.

이전에 근무하였던 교원들도 이곳에 와 상처받은 마음을 새롭게 하고 이 곳 외로운 사람들과도 많이 사귀어 삶에 의욕을 되찾았다는 사실이었다.

이 사람들은 예전엔 나병 환자였지만 지금은 완전히 나은 음성이며 자녀들은 전혀 감염이 안 된 건강한 어린이들이라는 사실도 들었다.

그도 처음에 이곳에 왔을 때는 부모들을 상대하지 않고 어린이들만 상대하여 전혀 그런 사실을 인지하지 못하였는데 나중에 주민들과 접근하면서 과거의 이야기, 사는 이야기, 종교 이야기들을 들으면서 그들과 접근해가기 시작하였다.

그 곳에는 자치적으로 운영하는 행정 체계가 있었는데 그 동네를 이끌어 가는 자치회장이 있고 실무를 맡은 사람들이 몇 있었다. 그리고 개신교로 똘똘 뭉쳐 신앙심이 지극하다고 했다. 농사도 짓지만 양계를 주로 하며 계란을 팔아 생계를 유지한다고 했다.

상우는 이전에 회장이었던 박선생을 만났는데 나이가 많고 상당히 심한 질병으로 뼈를 깎는 아픔을 경험한 노인이었다.

상우는 그 분을 몇 번 만나 이야기도 나누었는데 사람들 이야기로는 어려웠던 지난날을 자서전으로 쓰고 있다는 것이었다. 교육도 고등교육까지 마쳤으며 퍽 인자하게 보였다. 이제 고인이 되어버린 한

하운 시인의 〈나의 슬픈 반생기〉를 상우는 떠올린다. 천형(天刑)이라, 하늘이 준 형벌 아닌가. 발가락이 빠지고 얼굴 피부가 문드러지는 아픔을 겪어가며 보기 싫은 모습 때문에 사람들 만나기가 무서웠던 지난날을 이야기로 엮어 놓은 글이었다. 그 글을 읽고 퍽 마음 아파했던 그였다. 사람들은 왜 그런 고통과 슬픔을 이겨가며 아픔을 견디어야 하는가. 그리고 죄악이란 도대체 무엇이며 왜 사람들은 죄를 지어야 하는가?

상우는 형이 무서운 마약에 빠져들면서 집안이 온통 회오리바람에 휩싸이게 된다. 형은 일제시대에 태어나 중학에 진학하지 못하고 탄광에서 일을 하였고 조금 나이가 들어서는 병원에서 일을 하게 된다.

형은 거기에서 마약에 관심을 가지게 되었고 가끔 주사해 보기도 하였다. 이건 어쩌면 현실에 만족하지 못하고 살아온 그의 비상 탈출구였는지 모른다.

아버지가 쓰러지시고 어머니는 심한 충격으로 정신 질환을 앓게 된다. 풍비박산이 된 집안은 많은 빚에 허덕이게 되고 그는 이 빚을 갚기 힘들어 지치게 된다.

"자넨 지금 안정이 필요하네. 너무 심한 충격과 고통으로 심신이 너무 지쳐 있거든. 저기 현애원이라고 그 곳에 이 학교 분교장이 생겼다니까 거기에 가 한 일 년 수양을 하는 게 어때?"

어느 선배의 말이었다. 사실 상우는 사범을 나와 십 년 가까이 교편을 잡았지만 가족들의 뒤치다꺼리에 힘들어 몸은 마르고 마음은 지쳐 있었다. 요즈음에는 잠도 제대로 오지 않아 밤이면 그 고통을 이기는데 무척 힘이 들었다.

지난겨울 서울에 올라가 무엇인가 새로이 시작해볼까 하였는데 실패를 하고 난 뒤여서 그 아픔은 더했다.

지희 엄마는 가족이 모두 건강한 상태였다. 단지 시아주버니가 질병에 감염되어 가족들이 같이 이곳 현애원에 정착한 것이었다. 신록의 계절, 따스한 햇볕이 비치는 오후에 동네에 들어갔었는데 마침 지희 엄마를 만나 뒷동산을 오르는 중턱, 나무들이 듬성듬성 서 있는 언덕의 바위에 마주 앉는다.

"이런 곳에 와 힘드는 일들을 하고 계시니 정말 대단한 분이셔요."

"자비로운 행위 같지만 그렇지도 않아요. 오히려 선생님이 더 훌륭하다고 생각해요. 저도 처음에는 뜻 있는 일이라 여기고 보람 있게 생각했죠."

한참 동안 이야기가 이어지니 그녀는 맘속에 있는 말을 내뱉는 것이었다.

"저는 요즈음 이 고장이 자꾸 싫어져가고 있어요. 하느님을 찾고 기도를 하는 것에 대해서도 자꾸 의심이 가는군요. 종교생활을 하는 것 자체는 구걸이나 마찬가지 아니어요?"

그녀는 개성이 뚜렷하고 의지가 강했다.

"그럼 왜 그런 사람과 혼인을 하고 이 고장에 왔지요?"

"자신도 모르겠어요. 이게 제 운명인지도. 저는 어렸을 적부터 운명 같은 것에 관심이 있었거든요. 왜 그런지 불행하게 될 것을 미리 알았단 말이지요."

상우는 그녀에게 누구란 말인가. 그는 자기의 딸을 담임한 교사에 불과한데 상우에게 하소연하는 이유는 무엇이란 말인가? 사실 상우는 종교니 운명이니 하는 것조차 부담스럽게 살고 있는 처지가 아닌가. 그녀는 지금 상우에게 하소연을 하고 있는 것은 그에게서 같은 핏줄기 같은 것이라도 느꼈단 말인가?

"지희 엄마는 천상을 갈구하면서도 입으로는 그것을 부정하는 모순에 차 있어요. 일상의 업무에는 만족을 못하면서 왜 종교를 부정하고 자신을 희생하는 신실한 삶 같은 것을 우습게 아는 거죠? 나는 주변 사람들이 의식에 시달릴 정도로 바닥을 떠나지 못하면서도 고귀한 삶을 이어가는 사람들에 대해 관심 있게 귀를 기울이는데 말이죠?"

"저는 한때 기독교에 심취했었어요. 종교에 관계되는 책도 많이 읽었고요. 그런데 요즈음에는 종교인들이 싫어졌어요. 기독교는 마치 하느님에게 구걸하는 모습으로 비치거든요. 제 생각이 틀렸어요?"

"지희 엄마는 마치 꿈길을 걷는 철부지 소녀 같아요. 불장난을 하는 소녀 같기도 하구요. 이제 마음을 다잡고 안정되어야 하는 나이인데도 말이죠."

"저는 주님의 품을 떠나 사람의 품을 그리워하고 있는지도 모르겠어요."

지희 엄마는 마치 어린애와도 같았다. 그러면서 그녀는 상우에게 접근해왔다. 상우는 그런 여인을 받아 줄만큼 너른 마음의 폭을 가지고 있는 것도 아니고 육체에 의미를 크게 두는 야수적인 인간도 아니었다.

"지희 엄마, 나는 이 고장에 온지 얼마 안 되었지만 이 곳은 너무 아름답다는 생각을 했답니다. 가족들을 서로 위하는 마음이 깊고 신앙심으로 온 마을이 뭉쳐 있잖아요? 잃어버린 한 마리의 양을 찾아 온 식구가 들판을 헤매는 것처럼, 온 마을이 단합되어 있는 모습이 그림처럼 아름다웠습니다."

그녀는 귀를 조금 기울이는 듯하더니 생각이 허공중에 떠있는 것처럼 안색이 무표정하다.

"이왕 이 곳에 온 이상, 상처 입은 사람들에게 위로를 주고 안식을 주는 일에 보람을 느끼도록 애를 쓰세요."

그녀는 웃기를 잘한다. 빙긋이 웃는 모습은 정말 그렇소이다하는 긍정의 표시인지 그래 다 알지만 설득력이 없지 하는 표시인지 이해할 수가 없다.

"저도 의지만은 그러고 싶어요. 그러나 세상일이 맘먹은 대로만 되나요?"

상우는 이 여인을 설득할 자격도 그럴 명분도 없지만 왜 그런지 자꾸 그런 방향으로 나가는 자신을 잘 모르겠다.

"예루살렘에 '자비의 집'이라는 의미의 베데스다라고 하는 연못이 있었지요. 천사가 가끔 연못에 내려와 동하게 하는데 동한 후에 제일 먼저 들어가는 자는 어떤 병에 걸렸든지 다 낫게 되었다고 해요. 수많은 환자, 소경, 절뚝발이, 혈기 마른 자들이 앞을 다투어 먼저 들어갈 준비들을 하고 있었지요. 거기에 삼십 팔 년 된 병자가 있었지. 그는 그 많은 경쟁자들을 물리치고 앞장설 기운이 없어 누워 있었는데 마침 예수께서 나타나 그를 보고 이야기를 하셨지요."

그녀는 별로 신통치 않다는 표정이었으나 그대로 듣고는 있었다.

"그는 그 간절한 마음을 나타냈는데 예수님이 그를 보고 '일어나 네 자리를 들고 걸어가라' 하시니 그가 곧 나아 걷게 되었다고 하더이다."

이 연못의 물은 병을 낫게 하는 신비로운 것이었는데 아마 이름 있는 온천수 같은 것이 아니었나 생각이 든다.

"이렇게 어려운 처지에 있는 사람들에게 안식과 고침을 주신 분을 믿고 의지하는 자세가 누구보다 이런 환자들 아니겠어. 지희 엄마, 간절한 마음으로 기도하고 의지하는 마음으로 살아간다는 것이 얼마나 좋은 일이야. 그리고 육신이 고통을 받는 어려운 사람들에게 힘이 되어드리도록 하세요. 제가 바라는 간절한 소망이지요."

그녀는 그 말을 듣더니 별 대꾸를 하지 않고 얼굴에서 핏기가 사라지는 것이었다. 상우는 그녀에게 잔인한 칼날을 휘두른 것 같아 마음이 아팠다. 그녀와 그 사이에는 별 대화가 없이 침묵이 지속되다가 그녀가 지친 얼굴로 자리에서 일어났다.

그녀가 떠나간 뒤의 자리는 자비라고는 존재할 수 없는 삭막한 느낌이 감돌았다. 그리고 오랜 기간이 지났다.

하루는 몹시 지친 얼굴로 학교에 찾아왔다. 봄날의 오후였다. 산에서는 나물들이 자라고 새싹이 온 들을 누비고 있을 때였다. 학교 근처의 언덕에서는 복숭아꽃이 요염하게 피어 있는 것이 멀리 바라보였다.

"복숭아꽃이 집안에 피면 안주인이 바람난다는데 우리들도 하얀 옷에 핑크빛 물이 들까 염려되네요."

"그럼 어때요? 저는 요즈음 아이들과 남편의 선행이 자꾸 마음에 걸려요. 착하게 산다는 게 어쩜 바보 같기만 하다고 할까요."

그리고는 말을 계속 이어나갔다.

"이 곳을 떠나 멀리 가지 않으면 가슴이 터져 나갈 것만 같다는 느낌이 들어요. 이 곳에 자리를 잡을 때만 해도 저는 순진했어요. 큰 아빠의 외로움을 달래주기 위하여 같이 정착하는 것이 아주 의로운 일이라고 여겼지요."

　지희의 큰 아빠 이야기이다. 오랜 기간 나병에 시달렸는데 이제 겨우 부스럼을 잠재웠단다. 육체적 정신적인 후유증으로 고생을 하고 있다고 들었다.

　그녀의 집안에는 복숭아꽃이 유달리 많았다. 어느 날 그녀는 탐스럽게 핀 꽃을 꺾어와 교실 화병에 꽂는 것이었다. 그녀의 마음이 허공을 맴돌고 있다는 사실이 그의 수정체에 잡힌다. 저 먼 하늘에서 바람은 같은 방향으로 부는데 하늘에 떠있는 연은 자꾸 빙빙 도는 것처럼 불안하게 그녀가 보인다.

　꽃은 며칠이 지나도 시들지 않고 더욱 붉게 타올랐다. 꽃잎을 보며 그는 그녀의 입술에 번지는 루즈를 떠올렸다. 상우는 여름이 지나자 심한 우울증에 빠져들었다. 잠이 오지 않고 가슴이 답답하며 오후에는 두통이 심하게 왔다.

　체중도 무서울 정도로 빠져 자신을 가눌 수조차 없게 되었다. 그는 어쩜 어머니와 아버지에 대한 불효가 자신에게 벌로 다가서고 있다는 망상에 빠져들기 시작하였다. 잠이 오지 않는 밤이면 괴로워 몸을 뒤틀면서 책을 읽기 시작하였다.

　밤을 꼬박 새는 날은 출근길에 쓰러질 것만 같았지만 쓰러지지는 않았다. 오지에서 고생하는 교사들을 위해 교육청에서 보내는 여행의 대열에 참가하였지만 몸과 마음의 상처는 치유되지 않았다.

　마음의 평화는 외부에서 오는 조건으로는 되돌아오지 않는다는 것을 이때 처음 깨달았다. 아무리 아름다운 경치를 구경하고 맛있는 음식을 먹어도 그의 우울증은 치유되지 않았다.

　산모롱이를 돌아가는 오솔길에 가냘픈 코스모스가 피고 화단의 곳곳에 노랗고 빨간 국화들이 피어나는 계절이 되어 은미는 국화도 아니고 코스모스도 아닌 산 중턱에 하얗게 피어나는 억새를 한 웅큼 들고 나타났다. 스산한 가을의 찬바람 같은 쓸쓸함이 배어있는 이 들풀은 이 여인과 전혀 어울리지 않는다고 그는 생각하였다. 그녀는 붉게 피어나는 석류꽃처럼 짙은 분홍 가디건을 입었고 드러난 다리는 탄력이 있어 보였다.

지희 엄마가 앞에 나타났을 때 상우는 한 덩이의 바위 같은 존재였다. 열리지 않는 대문처럼 단단한 바위를 깨고 그녀는 꽃으로 나타났다. 사내라는 것을 오래 전부터 알고 있던 부드러운 여인, 그녀는 핑크의 복숭아요 무르익어가는 열매였다. 그녀의 눈동자는 무엇을 향하는지 갈망으로 가득 차 있었으며 많은 말을 지껄였다. 그녀가 바라는 것은 지상의 것이 아니고 지상을 떠난 어떤 것이었다. 그것은 바다였으며 그것은 어떤 먼 공간이었다.

"수많은 시련 때문에 굳어진 내 심장은 즐거움을 모르고 별 보람도 없이 시간을 낭비하고 있었습니다. 그 때 당신이 나타났습니다. 당신은 나를 유혹하였습니다. 화려한 옷차림은 차라리 복숭아꽃으로 보였습니다. 당신의 눈동자는 지금 무엇을 바라고 있습니다. 거침없이 많은 말을 내뱉고 싶은 유혹에 당신은 가득 차 있습니다."

그가 그녀의 심중을 꿰뚫는 말을 하자 많은 원군을 얻었다는 듯이 말을 잇는다.

"난 바다를 보고 싶어요. 사람들이 더위를 피해 모여드는 여름의 바다, 산과 들에 꽃이 피고 연한 녹색의 새 잎이 돋아나는 봄날의 바다가 아닌 쓸쓸한 늦가을의 바다, 아무도 찾지 않는 텅 빈 겨울의 바다를 보고 싶어요."

소녀 같은 밝은 웃음과 화려한 분홍의 한복 저고리 뒤에는 항상 숨겨진 쓸쓸함이 있었다. 상우는 은미의 말을 듣기만 하다가 이렇게 이야기를 펼친다.

"내가 중학을 졸업할 무렵 해남의 바닷가에 여행을 떠났지. 아버지와 동행이었어. 아버지는 어머니를 일찍 여의고 새어머니를 맞이하셨지. 그 새어머니가 어린 아버지를 업어 기르셨던 거야. 해방이 되자 할아버지는 돌아가셨고 그 여인은 남편이 세상을 뜨자 고향인 해남으로 떠나갔지."

지희 엄마는 무심코 듣기만 한다.

"아버지는 갑자기 오래 전에 떠나간 새어머니였던 여인이 보고 싶다며 나를 데리고 해남으로 떠났지요. 해남반도의 남단, 바닷가에 나를 세워놓고 이렇게 말씀하셨대."

그는 말을 멈추고는 한참 있다가 다시 이어나간다.

"배를 타고 저 바다를 한없이 저어 가면 만나고 싶은 사람들이 다 모여 있는지도 모르지. 그렇지만 아버지가 만나고 싶었던 유모는 이미 이 세상 사람이 아니었던 거야. 아버지는 어느 초가집에서 그녀의 오빠라는 농부를 만나 사연을 들었던 거야. 세상을 떠나기 얼마 전, 그녀는 가슴이 쓰리고 아프다는 말을 했다는 이야기만 들었대."

평소 말을 잘 하지 않던 그가 오늘은 유별나다.

"아버지는 자기를 낳지도 않고 몇 년간 기르기만 했던 여인을 그렇게 만나고 싶어했던 이유는 무엇이었을까. 어쩜 우리 인간들은 누군가를 기다리며 사는 거라는 진리를 나는 어렴풋이 느꼈지. 아버지는 그 후에도 해질 무렵이면 노을이 붉게 타오르는 것을 볼 때마다 산너 머 남쪽 하늘을 우두커니 바라보곤 하셨대.”

이야기는 여기에서 그치지 않았다. 그는 옛일을 회상하며 이야기를 계속 이끌어 나간다.

“유모는 아버지를 앉혀놓고 이런 말을 소곤거렸다고 해요. 이런 철 부지 아이가 무얼 안다고 그런 하소연을 하였을까. 아버지는 나중에 그 말을 내게 들려주었지요.”

아버지께 이런 말을 들려주었다는 사실이 상우는 지금 믿어지지 않는다.

‘우리 아버지는 평생 노를 젓기만 했단다. 크지도 않은 조그만 배 지만 거기에 매달려 자기의 온 삶을 바치며 끝없이 노를 저었단다.

그런데 어느 목표를 향해 노를 저어 가면 그 배는 목표지점과는 다 른 방향으로 흘러가곤 했단다.’

은미의 어머니 아버지는 어떤 삶을 살아왔을까 하는 궁금증이 일 었지만 그녀는 그것에 대해 함구하고 있다.

“그런 말을 듣고 나는 이런 생각을 했소. 우리 인생이란 모두 이 배 와 같다고. 생각지도 않은 방향으로 흘러가는 게 우리 모두가 저어 가 는 고달픈 배가 인생이 아닌가 하고 말이오.”

“혹시 목표 지점으로 흐트러짐 없이 굴러간다면 우리 삶은 얼마나 재미가 없는 것일까.”

그녀는 이렇게 아무 의미 없이 지껄였다. 그러나 은미는 상우보다 더 깊은 생각을 하고 있는지도 모른다. 이런 면까지 깊이 생각하는 그 녀가 대견스러웠다.

“지희 엄마는 참으로 착하고 건실하며 인정에 가득 차 있어요. 이 세상을 지탱하는 기둥이라고나 할까요. 차갑게 식어 가는 사람들을 따뜻이 보살펴 준다는 것이 얼마나 값진 일인지 난 다 알아요. 지금 젊은이들은 자기 자신의 일밖에는 관심이 없어요. 주변에게 베풀고 보살펴주는 일 보다는 자기 삶을 즐기고 과시하려는 것, 그것에 삶의 목표를 걸고 있는 사람들이 너무 많아요."

그는 이상하게 더 지껄이고 싶다는 의욕에 혀에 불이 붙은 것처럼 말을 잇는다.

"내가 초등학교에 다닐 때 난로에 넣을 장작개비를 가지러 먼 산까지 간 일이 있었지. 석양이 지나 차츰 어둠이 대지를 덮고 있었지. 지친 다리를 끌고 돌아오는데 내가 잘 아는 동네 누나가 나에게 달려와 그걸 받아주는 것이었지. 몇 십 년이 지난 지금도 나는 그 누나가 잊혀지지 않아요. 인정을 베푼다는 사실이 이렇게 고귀한 것이 아니겠어?"

그는 아주 옛날이야기를 할 정도로 열기가 식지를 않는다.

"나는 지희 엄마와 접촉하면서 헤어질 수 없는 여인이라는 것을 알았어요.

고달픈 항해를 이어가는 삶에 지친 여인(旅人)들에게 목을 축여주는 맑은 샘물을 제공하는 역할을 한다고 할까. 아무리 메마른 나뭇가지라도 지치고 상처 입은 동물이라도 그 샘물에 목을 축이면 생기가 돌고 아름답게 느껴지는 요술의 샘이라는 것을 나는 확신해요. 아주 먼 옛날에는 삶을 지탱하기 위하여 주로 먹이를 찾아 유랑생활을 했던 시절이 있었지. 그 후로는 빼앗긴 조국의 형편 때문에 그랬고 직장을 찾아나서기 위해서도, 사랑 때문에도 그렇게 떠돌이생활을 했지요. 요즈음에는 도시 유랑인으로 지친 삶을 살아가는 것이 현대인이

기도 해요. 우리 인간은 어쩜 처음부터 떠돌이인생(nomad)으로 태어났는지 몰라요."

상우는 지친 어깨를 흔들어 움직이며 말을 이었다.

"난 처음에 은미를 대할 때 굶주린 이리처럼 이성애의 욕구 같은 것을 채울 수 있는 상대로 생각도 했어요. 사실 아름답기도 했구요. 그런데 세월이 지날수록 차츰 그런 감각적인 대상으로서보다는 인간적인 포근함 같은 것을 느끼기 시작했어요."

상우는 은미를 만나 이렇게 깊은 이야기를 하기는 처음이라는 생각을 해본다.

어느 가을 두 사람은 기차를 타고 정처 없이 떠났다. 들판에서 일하는 모습들이 자기네와는 다른 세상 같다는 생각을 하며 차창을 내다보았지요. 어느 섬에 닿았을 때 돌아올 배는 끊겼고 해는 저물었어요. 어쩔 수 없이 민박집을 찾아 들어갔다.

그녀의 육체는 마른 편이었지만 끝없는 욕망에 불타올랐으며 육체에 못지않게 정신적인 갈구는 공허하다고 할 만큼 끝이 없었다.

"사실 저는 어릴 적부터 헛된 꿈을 가졌어요. 지금 딛고 있는 대지는 마땅치가 않았어요. 초등학교 시절, 동네 앞 놀이터에서 동무들과 고무줄놀이를 하며 즐겁게 뛰놀다가 갑자기 놀기가 싫어졌어요. 동무들이 정신없이 뛰어 노는 모습을 보면서 나는 그들과 어울릴 수 없는 외계인 같다는 생각이 들었어요. 그리고 하늘을 올려다보았죠. 하늘은 더없이 푸르고 구름 한 점 없었어요. 저 하늘을 바다로 삼고 노를 저어가고 싶다는 엉뚱한 생각이 들었던 거죠."

은미는 지금 내 팔 안에 안겨 있으면서도 어느 엉뚱한 생각에 휘말려 있을 거라는 생각이 들었다. 차가운 껍질을 지닌 냉혈동물 같다는 생각을 한다.

"은미, 나는 비가 오는 날 시장 거리를 걸었단다. 우산이 없어서 손에 들고 있던 물건을 싼 포장지로 얼굴을 가리며 걸었지. 그러면서 길을 걷는 행인들과 도로에서 리어카에 물건을 쌓아놓고 장사를 하던 행상들을 둘러보았단다. 모두 어디론가 갈 길이 바빠 분주히 움직였고 비 한 방울이라도 더 피하려고 애들을 쓰고 있었지. 행상들은 또 어떠했는가. 모두들 자기 삶에 끔찍한 애착을 가지고 움직이고 있었지. 나는 이런 사람들에 많은 애정을 가지고 있지. 우리는 자기가 지상에 발을 붙이고 딛고 있는 대지에 따스함을 가지고 사는 게 참으로 아름답다는 생각을 해. 은미는 그런 면에서 나와 너무 먼 거리에 있다는 생각이 들어."

은미는 살이 비쳐 보이는 란제리를 걸치고 침대에서 일어나 창 밖으로 시선을 보내면서 이렇게 말을 잇는다.

"선생님, 막강한 힘을 가진 어떤 존재가 저를 강하게 억압해주었으면 하는 바램이 강하게 느껴져요. 제 몸이 이렇게 허전하기 때문이겠지요. 저도 그렇게 생각해요. 그런데 맘먹은 대로 되지 않는 게 우리 인생인가 봐요. 저도 그러고 싶어요. 남보다 더 진하게 그런 생각을 했던 저예요. 사실 저는 지금 남편과 혼담이 있을 때 남편의 형이 나병에 걸려 고생하고 있다는 데 오히려 더 애착을 가지고 적극적으로 덤벼들었는지 몰라요. 제가 힘들게 살아가는 사람들의 손발이 된다는 게 어쩐지 호감이 갔던 거죠. 사실 이 생각은 꿈만은 아니었던 거예요."

그녀가 남편의 형에게 베푼 갖가지의 봉사를 그는 들어 알고 있었다. 행려 생활을 할 때 거리에 나가 숙식을 제공했다는 내용 등, 추운 겨울 날 기차가 다니는 다리 밑에서 작은 이불로 밤을 새다가 지독한 감기에 시달렸다는 이야기, 행려병자들과 같이 행동하며 굶주리고 더위와 추위에 시달리며 보통의 건강한 사람들에게서 말할 수 없는 수모와 핍박을 받았다는 것도 그는 이웃 어머니들에게서 들었다. 현애원에서 그녀는 천사로 이름이 나 있었다.

수모와 핍박을 받은 것은 어른들만이 아니었다. 어린이들도 그걸 체험해서인지 외부세계에 배타적인 태도를 취했다.

사실 그 분교장에 근무할 때 아이들을 데리고 야외에 나갔을 때의 일이다. 건강한 정상적인 가정의 아이들을 만나면 이들은 시기와 증오의 시선을 퍼붓곤 했던 것이다. 그들이 다 떠난 뒤에도 보통 사람들이 사는 마을 쪽으로 돌멩이를 던지며 분을 삭이고 있었던 사실이 떠올려진다. 어릴 적부터 그들은 철저한 기독교 교육을 받아 심한 욕설은 하지 않지만 얼굴이 붉으락푸르락하며 심한 적대감에 불타올랐던 것이다.

"우리의 본래의 고향은 저 높은 천국이라고 하지 않아요. 오륙십 년을 지내는 이 짧은 인생은 잠시 머물다 가는 여행에 불과하다는 것이죠. 은미는 가고 싶은 곳이 아니고 맘에 들지 않은 곳에 여행을 온 것이거나 보통 사람들보다 더 수준 높은 이상을 가진 여행객인 경우인 것 같애. 그러나 이제 이 세상에 던져진 이상 이웃과 같이 웃고 떠들며 때로는 같이 슬퍼하며 지내는 게 행복한 일이 아니겠어?"

이 날의 여행은 즐겁다기보다 다툼의 연속이었다고 할까? 어쩌면 사람들은 손에 잡히지 않은 신기루 같은 것들을 갈구하고 잡히는 것들에게서는 불만을 느끼고만 살아간다고 할까? 그들은 이처럼 만족과 불만을 가로 세로로 엮어가며 시간을 보내다가 돌아왔다.

어느 날은 공개 수업을 하는 날이 있었다. 은미는 늦게까지 집에 돌아가지 않고 남아 교실을 정리하고 이야기를 나누었다. 퇴근시간이 되자 두 사람은 교실을 떠나 녹색의 너른 공간으로 향한다. 언덕에는 오리나무가 울창하지는 않지만 상당히 크게 자라나고 손바닥만한 이파리들은 햇빛에 비치는 강물의 물결처럼 반짝이고 있었다. 그녀의 머리는 무엇에 얻어맞은 것처럼 띵한 느낌이다. 그녀에게 비친 상우의 표정은 행복의 무늬로 짜여진 비단이거나 아름다운 꽃으로 꾸며진 화원처럼 느껴졌었다.

"은미, 저기 햇빛을 받고 있는 오리나무의 이파리를 좀 봐. 참 아름답게 반짝이고 있지? 저걸 보면서 나는 하느님이 이 순간의 나를 위해 이파리를 창조하고 햇빛을 비추고 있다는 생각을 했지. 그냥 무의미하게 혹은 물리적인 현상으로 빛이 반사하고 있다고 생각한다면 얼마나 삭막해. 그런 생각을 하니까 아름다움은 한층 돋보이지."

생각의 울타리 안에 응고되어 있던 얼음이 잠시 녹는 것을 은미는 느낀다.

"선생님은 생각의 비약이 심하셔요. 저는 그런 고차원의 생각에는 어울리지 않아요. 걷고 있는 토양이 너무 메마른 황토이기 때문인가 봐요."

말은 그렇게 하면서도 이파리를 바라보는 눈빛은 아까보다 훨씬 밝아 보인다.

은미는 요즈음에는 상우의 근처에 나타나지 않는다. 상우의 주변에 떠도는 우울한 소식과 자신을 파고드는 슬픈 현실을 눈치채지 못하는 은미의 순진한 모습이 너무 귀엽게만 느껴진다.

상우의 얼굴에 살이 오르는 것은 자신의 마음에 상처가 깊어 가는 것과는 반비례하였다. 아침에 일어나자 밖으로 나와 뒤뜰 가장자리에 의자를 놓고 거기에 앉아 잠시 명상에 잠긴다. 어제 받은 편지 생각이 나 서랍에서 다시 꺼내 가지고 나온다. 아버지에게서 온 편지이다. 누렇게 뜬 마분지 비슷한 종이에 또박또박 쓴 아들에의 글은 유서처럼 심각하고 아름답기까지 하다.

'이제 나는 너희들에게 남길 거라고 아무 것도 없구나. 나도 이렇게 집안이 기우리라고는 전혀 예상하지 못했단다. 남들처럼 존경받는 아버지가 되고 싶었고 여유 있는 살림도 물려주고 싶었단다. 그러나 사람의 일이란 전혀 생각지도 않은 방향으로 흘러가더구나.'

아버지가 이런 글을 쓰리라고는 전혀 예상을 못했었다. 농사나 짓고 집안일에나 신경을 쓰는 그런 보통의 사나이인 줄로만 알았었다.

'너의 형이 그렇게 마술에 휘말리고 가산을 탕진하리라고는 꿈에도 생각하지 못했단다. 사랑하는 아들아, 너의 형을 미워하지 말아라. 형인들 그렇게 하고 싶어 했겠느냐? 너도 나이를 더 먹어보면 알겠지만 형도 가족을 사랑하고 자신의 꿈을 실현하려고 애썼단다. 초등밖에 나오지 않은 형이 독학으로 대학생 못지않은 실력을 쌓은 것은 너도 잘 알지 않느냐?'

두 장의 편지지에 가득 채워 넣은 글은 조리에 잘 맞고 감동적이었다. 아침의 하늘은 흐리고 조금 어두워 보였다. 의자가 너무 포근하고 정원의 가장자리에 자라난 라일락의 이파리가 너무 싱싱하고 아름다웠다.

어릴 적에 그가 집 뒤에 있는 감나무 아래에서 앉았던 의자는 나무를 잘라 만들고 엉덩이를 댈 자리에는 올이 굵은 무명의 천을 대고 익지 않은 감을 문질러 물을 들였던 것이었다. 이런 생각을 하니 형이 너무 초라하고 안타깝다는 생각이 든다.

그런 어려웠던 시절을 보내고 이제 조금 생활이 펴질 만하니까 몹쓸 질병에 걸려 자신은 물론 집안까지 파도에 휩싸이게 하고 있는 것이다.

'행운의 수 칠이 겹치는 해가 돌아오면 나라에도 행운이 닥치게 될 것으로 나는 믿는다. 그러면 우리 집안에도 어려운 일이 풀리지 않겠느냐?'

아버지는 이렇게 끝을 맺고 있었다. 화룡점정의 기적이 일어날 것으로 기대하는 아버지의 편지는 상우의 마음을 더욱 안타깝게 하고 있다.

형은 기회가 있을 때마다 술을 그렇게 마시곤 하였다. 소주를 막걸리 들이키듯 하였다. 상우는 그런 형이 이상하다고 여기고 자기도 술을 마셔 본 일이 있다. 동네 청년들이 모여 화투놀이를 하는데 술을 사오라고 심부름을 시킨 일이 있었다.

그는 달빛이 어슴푸레 비치는 밤중에 도로 변에 앉아 독을 거꾸로 세우고 맨 소주를 마셔 보았다. 몸이 허공중에 떠 있는 것처럼 빙빙 돌기 시작하였다. 주신의 선물은 야릇한 쾌감과 타임머신을 탄 듯 신비감이 느껴졌다. 무모한 야만의 춤처럼 그를 불쾌하게 만들지 않고 끝없는 충족감으로 받아들여진 것은 그가 맨 정신이 되었을 때 받았던 감각이다.

아버지의 편지를 받은 이 날 상우는 술이라도 마셨으면 하는 유혹의 손길을 받는다. 그런데 그는 아무래도 술은 마실 수 없는 체질이었다. 주기가 들어가면 온몸의 신경이 곤두서고 구역질이나 도저히 견디기 힘들다는 것을 수없이 경험했기 때문이었다. 그는 자신을 테스트하기 위해 이런 모험을 여러 번 시도해 보았다. 적당히 마시고 은근히 취하여 대화를 나누는 사람들을 보면 부러움보다 질투의 감정이 복받치고 증오감까지 발동했다.

그는 형을 증오하지 않으려고 몇 번이나 다짐했다. 상우는 형의 갈증과 그 먼 산등성이를 넘어서는 갈망을 사랑한다. 형이 파지에 적어 놓은 낙서에서 받은 이미지는 그의 가슴 전 영역을 파고 들어 아픔으로 자리 잡았다. 형은 의사가 되는 꿈을 수없이 꾸고 또 꾸었다.

각종 질병에 허덕이는 가난한 사람들의 아픔을 꿰매 덮어주어 새살이 돋게 해주는 재봉사가 되는 것, 이것이 그의 갈망이었다.

같은 반, 옆의 의자에서 공부하던 급우가 의대에 입학하고 그 후에 의사가 되었다는 소식을 들었을 때, 형은 살아갈 의미를 상실하였다. 형은 초등학교 졸업장밖에 없는 가난뱅이에 불과했으니까. 형이 의사가 되는 길은 주신에 마비되어서가 아니면 살 속으로 파고드는 나비에 따라 춤을 추는 무녀가 되는 길밖에 없었다. 상우는 형이 갈망하던 섬이 너무 먼 곳에 있고 아무리 발버둥쳐도 도달할 수 없다는 사실을 알아버린 순간부터 형을 증오하지 않았다. 형을 원망하기 전에 형을 황야에 내던지고 돌보지 않은 신을 원망하고 가난에 시달리기만 해야하는 아버지의 마음을 이해해 드리기 시작했다.

어머니는 형의 치료가 끝나기도 전에 이 세상을 하직하고 아버지는 고통을 견디면서도 차츰 회복되어 형이 정상으로 돌아오는 모습을 보시면서 완쾌되어 갔다. 이들에게는 빠르게 세월이 흘러가는 것이 다행이었고 어느 약보다 효험 있는 치료제였다.

상당히 오랜 시간이 흐른 뒤, 상우는 직장을 나와 그 옛날 그 추억의 거리, 현애원–음성 나환자들이 가축을 기르며 독실하게 기독교 믿음생활을 하던 거리로 찾아와 은미를 만난다.

상우의 가슴에 그늘과 아픔이 있다는 사실을 모르고 철부지로 구는 은미의 모습이 아름답고 귀엽기까지 하다. 수많은 전사자가 누워 있는 대지 위에 피어난 아름다운 꽃들처럼 상우는 악의 없이 웃으며 은미에게 대꾸한다.

"은미처럼 상처 많은 사람들이 아름답고 사랑스럽다오. 난 아무 어려움 없이 살아와 철이 안 들었나 봐. 그래서 꽃처럼 이렇게 웃기를 잘하고 있지."

그는 자신의 처지를 자조하듯 은미에게 민들레의 솜털 씨앗 같은 칭찬을 날린다. 이 씨앗들은 자신의 아픔을 발산하는 아지랑이로 작용한다.

상우는 온통 빚 투성이가 된 가정이 아가리를 벌리고 덤벼드는 맹수처럼 잠자리를 괴롭히고 온갖 악몽에 시달리게 한다.

형이 정신 병원에 입원하게 되고 이 사실로 어머니가 쓰러지셨다. 입원비며 약값, 각종 부채에 집안은 온통 들쑤셔놓은 것만 같다. 어머니는 의식을 잃고 헛소리를 계속 늘어놓으신다. 말이 연결되지도 않았다. 밤은 안락과 휴식을 의미하는 어두움을 상징한다.

그러나 상우에게는 밤이 밤으로서의 기능을 잃었다.

'전등불 밑에서는 벼가 여물지 않아요. 밤에는 밝음이 사라지고 어두움이 지배해야 벼가 익어 가는 게 아닐까요.'

상우야, 저 산 중턱에 바위가 두 개 보이지? 위에 있는 바위는 아빠바위, 아래에 있는 바위는 아들바위란다. 옛날 어느 마을에 아버지와 아들이 살았는데 아들은 몸이 불편한 아버지를 위해 지극 정성을 다 하였단다. 그런데 나이를 먹어갈수록 자기가 하는 일이 언제나 어긋나기만 하였단다.

아버지를 위한다는 게 아버지의 가슴에 상처 내는 일들로만 되어 갔단다. 아버지 바위는 몸을 돌려 허공으로 얼굴을 돌리고 말았지. 아들과는 서로 사이좋게 지낼 수 없는 어떤 야릇한 운명을 등에 지고 태어났는지도 모르지.

봄철에는 철쭉과 벚꽃 개나리 등이 아름다운 궁전을 이루고 여름에는 푸른 숲, 가을에는 오색 단풍으로 물들어 절정을 이루었지만 아버지는 텅 빈 하늘, 흰 구름만 몇 조각 흘러가고 찬바람만 무심코 불어 가는 하늘만 바라보게 되었단다.

형은 오래 전부터 전해 내려오는 '부자 바위'의 전설을 상우가 열 살쯤 되었을 때 들려주었다. 형은 지금 아들바위가 되어가고 있다고 그 산을 바라보며 신비에 몸을 떤다.

어떻게 보면 아무렇지도 않은 것 같은 두 개의 바위를 보며 사람들은 왜 그런 생각을 하게 되었을까?

이것은 어쩌면 사람들 의식 속에 잠재해있던 막연한 상상이 연극을 만들고 그들의 시선이 먼 곳에 바라보이는 바위로 향했는지 모른다. 각인이 되어진 형의 뇌리에서 이야기는 싹트고 삶의 방향을 이야기대로 이끌고 있는지도 모른다는 연극을 상우는 어린 나이에 생각하게 된다. 이 전설에 휘말리고 있는 형과 아버지가 우습기도 하고 안쓰럽기도 하다.

여름이 가까워오는 늦은 봄날의 휴일 현애원을 찾아 다시 은미와 만나 오랜 시간 대화를 나눈다. 자기가 가르쳤던 많은 아이들이 근처 도시로 옮겼거나 결혼을 하여 떠났다는 이야기를 듣는다. 자기가 이

곳 학교에 근무할 때 심었던 미루나무가 커다랗게 자라 숲을 이루고 있었다. 바람이 불 때마다 초록의 이파리는 엽서처럼 나부끼고 있었다. 수신인들이 모두 떠나간 편지처럼 이들 이파리는 외로움에 흐느끼는 것 같았다.

상우는 먼 산들과 하늘도 건너다본다. 이곳에서 고생했던 분들이 많이 타계하였다는 말도 듣는다. 나이를 먹으면 세상을 떠나는 것, 이것은 자연의 현상에 불과하다. 아침이면 밝게 태양이 떠오르고 저녁이면 핏빛 노을이 지는 것, 봄이면 백 가지의 꽃들이 만발하고 가을이면 단풍이 지는 것, 이런 자연스런 현상을 그냥 넘기지 않고 기쁨과 슬픔, 기대와 원망을 연결시키는 것은 자연의 몫이 아니고 인간의 몫이다.

아쉬워하고 슬퍼하고 괴로워하는 것은 좁은 소견을 가진 인간의 모습이다. 음성나환자 주민들을 이끌어가던 자치회장도 세상을 떠난 지 오래 되었다는 소식을 듣는다. 어려움을 이겨내고 살아왔던 발자취를 담은, 발행하고 싶었던 자서전은 경제적인 어려운 여건으로 출판되지 않았단다. 그가 쓰고 있다던 자서전 이야기를 그 옛날에 들었던 기억이 난다.

은미를 만나 그녀가 가꾸고 있는 싱싱한 채소를 구경한다. 커다란 비닐하우스 안에는 상추들이 싱싱하게 자라고 있다. 고추 모종들도 많이 자랐고 쑥갓도 푸르기만 하다.

"은미는 내가 바라보기에는 너무 행복한 여인이야. 이런 아름다운 자연 속에서 푸르게 살고 있으니까."

그녀는 밝은 표정으로 웃는다. 연분홍의 셔츠 색깔 때문인지 안색이 꽃처럼 물들었다.

"나도 언젠가는 이런 자연으로 되돌아가려고 해요. 벼와 보리, 밀 농사를 짓고 꽃도 가꾸는 꿈을 자꾸 꾼답니다. 그리고 어릴 적 사귀던 친구들과 논 가운데 있는 웅덩이 같은 샘에서 헤엄을 치던 일, 시냇물 에서 고기를 잡던 일들도 자주 마음에 떠올라요."

사실 그는 농촌으로 돌아갈 구체적인 계획도 세워 놓았다. 고향집 에서 살 때 봄이 오면 마당가에 화려하게 피어나던 매화가 생각나 매 향(梅鄕)이라는 호도 지어 놓았다. 그리고 이 호를 넣어 명함도 찍어 놓았다. 꿈이 아니라 현실에서 이미 자연이 아름다운 고장으로 돌아 가 있었다.

"저는 선생님이 그렇게 어려운 역경을 겪고 있었다는 것은 상상도 못했어요. 그래도 선생님은 항상 밝은 표정이셨지요."

"제가 현애원에 자원하여 들어온 것도 그런 것 때문이었어요. 가족 을 비롯하여 이웃들 모두가 나를 힘들게 하였지요. 모든 사람들을 떠 나 조용히 살고 싶었지요."

그런데 그게 그렇게 쉬운 일만은 아니었다. 두 명의 교사가 근무하 게 되었는데 서로 사이가 좋지 않게 되었단다.

그러고 보면 자기가 타고난 운명은 독 안에 들어가도 피할 수 없다 는 이야기는 진리임에 틀림없었다.

"그 사이 많은 변화도 있었겠군요?"

"그래요. 부모님은 돌아가시고 형은 완쾌하여 경제 문제도 회복하 였지만 그 때 상처로 다리를 잘 쓰지 못하셔요."

"선생님, 애들도 많이 자랐겠네요.?"

"그래요. 남매를 두었는데 이제 초등학교를 다니고 있지요. 지희도 많이 변했겠네요."

"고등학교만을 나왔는데 지금 광주에 나가 디자인을 배운다고 학원에 다니고 있어요."

"이제 다 컸겠네요. 결혼을 할 나이가 되었겠군요."

"세월이 참 빠르죠? 이렇게 세월이 빠르다는 것은 예전에는 느끼지 못했어요."

석양이 되어 두 사람은 동네 앞에 있는 교회의 저녁 예배에 참석한다. 사람들이 별로 많지 않고 시설도 허술하지만 눈빛들이 초롱초롱하여 하느님을 찬미하고 영생을 믿는 마음만은 진실하다. 두 사람도 찬송가를 조용히 따라 부른다.

빌라도의 뜰에서 주를 생각할 때에
수치심과 아픈 것 못 견딜 수 있을까

상우는 갑자기 슬픔이 치밀어 오르는 것 같았다. 과거의 역경들이 되돌려지고 눈시울이 뜨거워진다. 상우는 밝게 웃고 노래를 따라 불렀지만 가슴 저 밑바닥에서는 뜨거운 용암이 솟구치듯 슬픔과 아픔이 치밀어 오른다.

그리고 기침으로 터져 나온다. 그래도 밝게 웃으려고 한다.

슬픔과 고통이 없는 에덴은 다시 찾아갈 수 없는 것일까.

두 사람은 교회의 옥상에 올라 앞쪽으로 보이는 산언덕 너머 저 멀리 조그마한 호수를 바라본다. 호수는 에메랄드빛으로 끝없이 반짝인다. 저 호수가 베데스다 연못이라면 온갖 몹쓸 병에 시달리는 환자들, 소경과 중풍병자 같은 사람들이 연못에 들어가 깨끗이 낫는 기적을 낳을 수 있을 것이라는 생각이 상우의 머리에 떠오른다.

"무슨 생각을 하며 그렇게 웃고 계셔요?"

"응, 저기 보이는 나무의 이파리들이 보이지 않아? 생기에 넘치는 이파리들이 마치 대화를 나누고 있는 것 같군. 그리고 저 호수 좀 봐. 너무 아름답지. 예전엔 느껴보지 못했던 감정이야."

길이 참고 묵묵히 주를 따라가겠네.

상우는 육신의 질병뿐만 아니라 온갖 상처를 받은 마음의 병까지 눈처럼 하얗게 씻어주었으면 얼마나 좋을까 하는 기대를 해본다.

"세상에서 가장 향기로운 향료는 아름다운 꽃이나 열매에서 나오는 것이 아니라 병든 고래의 기름에서 나오는 물질로 만들고 세상에서 가장 아름다운 소리를 내는 바이올린은 도무지 나무가 자랄 수 없는 수목 한계선에서 비바람을 맞으며 겨우 웅크리고 서서 버텨낸 나무로 제작한다고 해."

병에 시달리다 고침을 받은 현애원의 모든 식구들이 세상 구석구석에서 쓸모 있는 요긴한 사람들이 되어줄 것이라 믿고 이들에게 손과 발이 되어주는 은미의 가정에 축복의 은총이 이슬처럼 내려주기를 상우는 기도한다. 이 은총은 마음의 병을 더욱 깨끗하게 씻어줄 것으로 믿는다.

슬픈 변신

"지금 들리는 곡이 바흐의 수난곡이랍니다. 그리고 아까 들었던 곡이 기도장을 의미하는 〈오라토리오〉였구요."

디스크의 라인을 바꾸며 아내가 속삭입니다. 잘 모르지만 어둡고 슬픈 느낌인 것 같습니다.

여자 나이 오십이면 제 이의 청춘을 맞이한다고 하는데 이 여인은 마흔을 조금 넘기고 인생의 극한을 맞이하는구나 하는 생각을 하며 편지를 접어 서랍에 넣었습니다. 비가 조금씩 내리는 우울한 느낌의 석양이었습니다.

민후가 어린 시절을 보냈던 평화로운 시골 마을에 기님이라는 소녀가 살고 있었습니다. 기님이는 혜림이 삼촌 민후네 집 바로 옆에 살고 있었습니다. 어느 날 민후는 기님이의 이야기를 듣게 되었습니다. 눈이 많이 내린 날 오후 그가 읍내에 있는 가게에 물건을 사러 다녀오는 길에 동네의 귀퉁이에 있는 언덕에서 숨을 돌리고 있는 사이 그녀가 나타났던 것입니다.

"자식을 셋을 길러 보기 전에는 어머니 속을 모른다는 말이 있지만 저는 이 나이에도 우리 어머니의 안타까운 심정을 다 알게 되었어요."

그녀는 한숨부터 쉬기 시작합니다. 부모에 대한 안타까운 기억이 눈앞에 펼쳐지나 그것들이 정리되지 않아 앞뒤로 뒤섞인 듯 그녀의 시선은 자꾸 흔들립니다.

"저는 살림이 어려워 어머니가 무거운 바구니를 머리에 이고 장사를 떠난다는 사실 그 자체보다도 동네 사람들에게서 온갖 천대를 감수해야 한다는 것이 가슴 아파요."

그녀의 이야기는 이 자리에서 펼치기에는 너무 많고 무거워 어느 부분부터 꺼내야 할지 몰랐습니다.

몇 되지도 않은 자식들을 먹여 살리고 가르치기 위하여 그녀의 어머니는 창피를 무릅쓰고 공사장이나 식당에서 일도 하고 바구니를 머리에 이고 장사를 하던 것을 생각하면 그녀는 너무 억울하다는 것입니다. 그녀의 어머니는 정말 벌레처럼 살았던 것 같습니다. 그녀는 이렇게 민후에게 하소연을 하였습니다.

"오빠, 우리들은 깊은 생각도 없이 모든 어려움을 어머니에게만 떠넘기고 나오지도 않는 젖을 끝없이 빨아대는 새끼돼지들처럼 우리는 어머니를 끝까지 괴롭혔어요."

기님이의 눈시울이 젖어오는 것을 못 본 척 시선을 내리고 경청하지 않고 귓가로 흘러듣는 것처럼 하려고 고개를 조금씩 흔듭니다. 그러나 그녀의 이야기는 메마른 땅에 흘러드는 물줄기처럼 민후의 가슴에 스며들고 있습니다.

"어머니가 동네의 어느 집에서 일을 하고 밤늦게 돌아오면 우리는 모아 두었던 요구 사항들을 피로를 씻을 틈도 없이 내뱉으며 쏟아내곤 합니다. 아버지께는 무서워 아무 말도 못하고 오직 어머니였어요. 그런 어머니가 사십을 넘기면서 눈이 침침하다고 하셨고 가슴에 무언가 얹힌 것처럼 쓰리다고 하셨어요. 가슴에 바늘이 들어간 듯하다고도 그랬지요."

기님이네는 다달이 월세를 내야 하는 셋방에 살면서 어머니는 거의 매일 일터에 나가시고 아버지는 사업을 한답시고 일을 벌이고는 언제나 실패를 하고는 읍내의 길거리에서 되지도 않는 장사를 하였지요.

그래서 생활비가 떨어지면 혜림이네로 와 꾸어가곤 하였습니다. 산업사회로 접어들기 전, 뽕나무밭이 우거졌던 농촌이었습니다.

기님이가 열두 살 나던 해 농촌 마을에 심한 가뭄이 들었습니다. 논의 벼는 말할 것도 없고 밭의 곡식들도 말라 비틀어져 이제는 죽었구나 하는 막다른 골목에 이른 것이었어요. 동네 샘의 물이 잘 나오지 않았다던가 들판의 곡식들이 말라비틀어지는 것 못지않게 그 산과 들판, 골목과 마당을 무대로 삶을 이어가는 사람들의 마음도 마르기 시작했던 것입니다.

그 날도 기님이 엄마는 혜림이라는 소녀의 집에 도움을 요청하러 찾아갔었습니다. 이 무렵 바로 옆에 사는 옥녀의 엄마가 혜림이네의 보증으로 돈을 빌려 음식점을 하고 있다는 소문이 파다하게 퍼져 있을 만큼 여유 있는 집안이었지만 혜림이네라고 한없이 남을 도울 수 있었던 것은 아니었지요. 그네들 가정이 흔들리지 않게 사정을 보아주려다가 자기네 가정이 흔들리는 일은 없어야 했으니까요. 곡식을 구하러 갔다가 빈털터리로 집에 돌아온 기님이 엄마는 방바닥에 엎드려 흐느꼈어요. 기님이는 누구보다 철이 빨리 든 아이라고 소문이 난 아이였대요. 기님이는 문을 박차고 밖으로 나가 어디론지 사라졌습니다.

다음 날 혜림이네 마당에서는 별난 일이 벌어졌대요. 고무줄놀이를 하던 여자아이들의 말다툼하는 소리가 들리더니 악다구니로 변하였고 급기야 주먹다짐으로 변하였어요.

기님이가 옥녀의 머리끄덩이를 잡아채는 바람에 머리카락이 한 주먹 뽑히고 옥녀는 울부짖으며 기님이의 얼굴을 할퀴게 되었습니다. 머리와 얼굴에서 피가 흐르고 약을 바르는 등 온통 야단이 났어요.

기님이의 이야기는 여기에서 한참 동안 끊깁니다.

가난하게 살던 여자아이들에게 이런 기력과 심술이 남아 있다는 게 신기했습니다. 그런 일이 있고 나서 두 집안은 원수가 되었고 두 아이들이 자라 이 고장을 떠날 때까지 두 집안은 온통 증오와 질투로 얼룩지고 그녀들이 성인이 되어서까지 이 상처는 아물지 않게 됩니다.

동네 여자아이들이 헝클어져 싸우고 마당에 머리카락이 흩날리고 핏자국이 얼룩졌던 일이 있고 난 어느 맑은 날, 민후는 엉뚱한 꿈을 꿉니다. 기님이와 기님이네 집안일을 꿈으로 본 것입니다.

예쁜 아가씨의 모습을 꿈에 본 것입니다. 그 아가씨는 감나무 위에 앉아 있었습니다. 가을이 되어 색깔도 고운 감이 주렁주렁 열린 사이로 그 아가씨는 나뭇가지에 걸터앉아 그에게 손짓을 하는 것이었습니다. 옛날에 할아버지 내외가 살아 계시던 오래 된 옛날에 그가 살던 시골집 마당에 버티고 서 있던 오래 된 고목 그대로의 모습이었습니다. 나무는 아주 늙어 보잘것없었지만 열매는 너무 또렷또렷하고 치자 빛 원색의 열매였습니다. 그의 둘레에는 아이들도 많았지만 그에게만 손짓을 하는 것이었습니다.

휘청거리는 나무의 가지는 가늘고 길었지만 부러지지는 않았습니다. 그는 훌쩍 날아올라 아가씨 앞에 앉아 손을 잡았습니다. 그리고는 하늘 높이 날아 올라갔습니다. 올라갈수록 하늘은 너르고 색깔은 고왔습니다. 시원한 바람이 불어 그녀의 치마가 펄럭이고 그의 머리칼도 날렸지만 춥지 않고 시원하기만 하였습니다.

오색의 찬란한 구름이 그들의 발 아래로 흩날리고 수많은 별들도 반짝이며 뒤로 물러났습니다.

'우리 저 하늘에서 늙지 않고 오래도록 행복하게 살아요.'

그녀는 속삭였지만 그의 귀에 들리는 게 아니고 마음에 와 닿는 것 같았습니다.

그들이 아주 어린 시절을 보내던 농촌, 여름이고 가을이고 농사일로 바쁜 계절이 오면 기님이는 그의 집에서 일을 거들던 아주머니의 딸이었습니다. 농번기가 끝나면 그 여인네는 많은 복숭아를 바구니에 담아 머리에 이고 장사를 떠났습니다. 민후가 기차를 타고 통학을 하던 그 보잘것없고 붐비던 열차를 타고 학생들과 함께 떠났습니다. 민후는 그 여인네가 그 복숭아를 머리에 이고 어느 먼 고장에 가 다

갚아먹고 다시 돌아온다는 상상을 하였습니다. 그 여인은 어쩜 마귀 할머니가 요술을 부리다가 지상의 실제 인물로 다시 태어났다는 이야기를 꾸미며 그 얼굴을 바라보곤 하였습니다. 남편은 겨울에 들어왔다가 봄철만 되면 어디론가 훌쩍 떠나버린다는 키가 크고 마른 사나이였습니다. 민후가 가장 아끼던 새로 산 신발을 잃어버리고 감당할 수 없는 허탈감에 빠졌던 어느 날 저녁 그는 우물곁의 그 집안으로 들어간 일이 있었습니다. 그의 집에서 보던 옷가지나 바느질을 하던 바늘과 실 그리고 헝겊 따위를 담아두던 바구니와 공부할 때 쓰는 연필이나 공책 따위는 하나도 보이지 않고 거울만 수없이 많이 벽에 걸린 것을 보았습니다. 그 소녀는 그에게 거울에 대하여 이야기를 해주었습니다. 태양이 거울에 빛을 비추면 거울에 비친 수많은 그 빛들은 아름답고 가느다란 실이 되어 어울리고 모여 화려한 망태기를 만든다는 것이었습니다. 소녀는 그 망태기를 타고 감나무에 올라 그를 부른 것이었는지도 모릅니다.

나무에 오르니 모였던 빛이 흩어지며 한 줄기로 하늘에 닿았고 그들은 그 줄기를 타고 한없이 먼 하늘로 올라간 것입니다. 기님이의 어머니는 가끔 그녀를 붙잡고 이런 말씀을 하시는 것이었습니다.

"아버지는 새벽이면 어디론가 떠나시고 우리 집은 텅 비어가는구나."

비가 많이 내리고 천둥 번개가 치던 날 새벽 기님이의 아버지는 집을 나가시고 며칠 동안 돌아오시지 않았습니다. 어머니는 아버지를 찾지도 않으시고 이렇게 말씀하시는 것이었습니다.

"우리 집에 쌓인 악귀를 아주 먼 곳에 버리시느라 늦으시겠지."

아주 먼 옛날 기님이가 아주 어렸을 적에 동네에 열병이 돌아 많은 사람들이 가마니에 덮여 산으로 올라갔지만, 할아버지가 악귀를 쫓아내어서 그녀의 집안에는 아무도 탈이 없었다는 것이었습니다.

사실 그 열병에 죽어나간 사람들을, 그녀도 다 보았습니다. 어머니는 그녀가 그걸 기억 못하는 것으로 착각을 하시는 모양이었지만 그녀는 어머니보다 더욱 생생히 기억하고 있었습니다. 아버지의 이복 여동생이 거적에 실려 나가고 종가의 아주머니 한 분도 출산을 한 지 얼마 되지 않았는데 산으로 올라가 사라졌습니다. 그녀의 집에서는 악귀의 소행이 그치질 않았습니다. 그녀의 아버지가 집을 나가신 뒤부터는 동네에서 울부짖는 소리가 뜸해졌는지도 모릅니다.

악귀를 몰아내기 위하여 밖에 나가셨다는 기님이의 아버지가 오랜 기간 소식이 없게 되자 이런 불행한 일들은 차츰 자취를 감추기 시작하였던 것입니다. 어느 날 기님이의 아버지가 집안에 돌아올 때, 후각을 자극하는 향긋한 냄새를 풀풀 날리면서 기다랗고 화려한 원피스를 끄는 여인을 데리고 왔다는 소문으로 어머니와 소란을 피운 뒤로 아버지는 다음날 해가 중천에 올라올 때까지 잠만 주무셨습니다.

기님이는 어릴 적부터 다른 친구들에 비하여 키가 작았습니다. 어머니는 이 일로 고심을 해왔으며 차츰 나이가 들면서도 정상으로 자라지 않자 어머니의 얼굴에서는 그늘이 사라지지 않았습니다. 더구나 초등학교에 들어갈 무렵 소아마비를 앓아 다리를 조금 절게 됩니다. 정성으로 치료를 하여 심하게 나빠지지는 않았지만 조금씩 다리를 흔들며 걷는 모습이 단신의 결함과 더불어 그녀의 자존심을 깎아내립니다.

"꼬맹이, 꼬맹이도 달리기에서는 일등이지."

어느 해 운동회 날, 그녀의 달리기 성적이 뛰어나자 아침저녁 책가방을 들고 같이 학교에 다니는 길동무가 이렇게 놀려댑니다. 어느 때는 단도라는 이름으로 불러댑니다. 단도란 짧은 칼입니다. 키가 작다고 이렇게 불러댑니다. 잘 하면 잘 한다고 등을 두들겨 주기는커녕 비꼬는 웃음을 보냅니다.

"꼬마 박사 나타났어. 우리 모두 박수를 보내야지."

그러면서 웃습니다. 기님이가 조금 공부를 잘 하는 것이 나타날 때면 이 야유와 조롱은 더욱 강도가 높아만 갑니다. 그렇다고 부모에게 하소연을 할 성질의 것도 아니고 혼자 참아나가기에는 심히 괴롭습니다.

동네에는 널찍한 놀이터가 있습니다. 그네도 있고 정글짐도 구름사다리도 있습니다. 기님이는 놀림을 당한 날 오후 늦게 이 놀이터에 와 의자에 앉습니다.

비대증에 걸린 커다란 체격의 사내는 서서 움직이고 있고 그네에 앉아 흔들거리고 있는 중년의 어머니는 평온하고 한가롭게만 보입니다. 이 소년은 교통사고로 뇌를 다쳐 정상적인 사고를 절단 당한 사나이입니다. 중학에 다니던 사나이는 학교생활도 중단한 채 집에 머무르고 있습니다. 기님이는 유심히 소년을 바라봅니다. 걱정도 하지 않는 것처럼 보이는 평온한 얼굴의 어머니가 더욱 애처롭게 가슴에 다가옵니다. 이 동네에 사는 이 사나이가 외출을 하여 길거리를 지나가거나 놀이터에서 노는 모습이 가끔 기님이의 시야에 나타납니다. 어머니는 아들의 건강회복을 위하여 교회에 나가 기도를 드리거나 아들을 데리고 기도원에 가 안수를 받는다는 소문이 동네에 흘러 다닙니다. 찬송가를 부르는 그의 혀와 빗나간 사고를 하는 그의 뇌가 따로 따로 노는 것이 그녀의 의식에 잡혀 장대에 매달린 피에로처럼 그녀를 슬프게 합니다.

어느 새 기님이도 나이가 들어 남자를 알 때가 되었습니다.

기님이는 바람 끝이 싸늘하게 느껴지는 어느 가을날, 시골로 가는 기차에 오릅니다. 나이가 들면서 가까이 지내던 세영이가 갑자기 소식도 없이 훌쩍 떠나 버린 뒤 누구에게서 소식을 듣고 세영이를 만나러 가는 것입니다. 아니 수미도 같이 만나러 가는 것이랍니다. 가을이 깊어가지만 차창 밖으로는 나무 이파리들이 아직은 싱싱합니다. 단풍이 들 준비가 되어 있지 않나 봅니다. 인생의 그늘진 면을 맛보기에는 기님이의 나이가 너무 젊은것처럼 들판의 곡식과 채소는 푸른 물이 뚝뚝 떨어질 것처럼 진한 녹색입니다.

연인 사이란 잉꼬처럼 항상 떨어질 줄 모르는 사람도 있겠지만 너무 멀어 허전한 가슴을 주체할 수 없는 경우도 있을 것입니다.

기님이와 세영이의 사이는 어땠을까요? 그들은 너무 멀지도 가깝지도 않은 거리를 유지하면서 신뢰라는 벽돌을 쌓아가며 살아왔습니다. 아니, 그 벽돌은 세영이도 쌓고 있으리라 생각했는데 자신과 같이 시작은 하고서 그는 일터에서 떠나버린 것입니다. 자신만 그 자리에서 속임을 당해온 것입니다.

기님이는 도저히 견딜 수가 없습니다. 항상 가까이 지내던 친구들이 자기를 놀려대던 지난날처럼 자신이 기대고 있던 벽이 무너져 내린 것입니다. 세상에는 별 희한한 일들도 존재하는 것이 아닙니까?

세영이의 존재도 그런 유형의 빗나간 일들 중의 하나이겠지 하고 대수롭지 않게 생각하려고 합니다.

세영이는 남에게 과시하는 것을 즐겼습니다. 졸업을 하자 취업을 하고 난 뒤, 철이 들 무렵인데도 새로운 옷이나 귀중한 물건을 사들였을 때에는 남에게 자랑을 하지 않으면 못 배기는 성격이었습니다. 그러한 성격의 그가 새로운 여자 친구를 만나면 자기 소유의 모드를 자랑하고 과시하고픈 마음을 품을 것입니다.

세영이가 그녀와의 관계를 청산하면 어느 사이엔지 다른 날씬한 미스를 사귀어서 이웃들에게 자랑을 늘어놓을 것입니다. 새 여인이 이미 생겼는지도 모릅니다. 수미라는 날씬한 처녀라는 말도 들립니다. 여자 친구를 사귀었다고 친구들을 불러들이고 직장 동료들을 불러들여 세 들어 사는 집안의 화려한 인테리어를 자랑하고 푸짐한 음식을 자랑할 것입니다. 그녀는 세영이를 떠올리며 입가에 자조인지 저주인지 모를 야릇한 미소를 짓습니다.

아이들이 즐겨 보는 만화의 한 장면 같기만 합니다. 그런데 이 이야기가 남의 이야기였으면 얼마나 재미있고 고소하기까지 할까요? 왜소한 몸과 약한 체질, 남자 친구의 비정상적인 행동이 왜 자신에게만 해당되는 조건입니까? 기님이는 남자 친구의 사랑이 필수품인데도 사치품쯤으로 생각하고 검소하게 살아가겠다는 자세를 견지하고 있는 것처럼 자신을 기만하고 있습니다.

기차 안에는 곁의 사람과 소곤대기도 하고 이미 잠에 떨어진 사람도 있습니다. 음료와 간식을 끌고 다니며 파는 상인이 보입니다. 좌석이 없어 의자 귀퉁이에 앉아 있는 여인도 보입니다. 창 밖에서는 바람이 부는지 나무 이파리가 흔들거리고 있습니다.

기님이는 어느 날 밤에 잠을 자다가 중간에 깨었습니다. 한밤중이었습니다.

아마 두 시나 세 시쯤 되었을까. 세상은 온통 칠흑같이 어둡고 아무 소리도 들리지 않습니다. 창을 통하여 희미한 불빛이 먼 북극의 하늘처럼 차갑고 무섭게 비치고 있었습니다. 그 빛이 날카로운 칼날같은 섬뜩한 느낌이 듭니다. 자신은 세상에 아무도 아는 사람이라고는 없고 오직 자기 자신만 존재하는 것처럼 무섭고 외로운 별이었습니다. 아름다운 별이 아니라 억겁의 세월을 외톨이로 슬픔에 떨어야 하는 별로 자신이 여겨졌습니다.

지금의 갈림길에서 자신이 나락으로 떨어질 처지를 떨쳐버리지 않으면 한없이 이 고통을 견뎌야 할 것 같은 느낌, 이것이 지옥이라는 것이구나 하고 느껴졌습니다.

그녀가 아는 언니 한 사람은 자다가 밤중에 깨어 일어나 온 들판을 휘젓고 다니다가 아침이면 논두렁에 지쳐 쓰러져 잠이 들곤 한다는 이야기를 들은 적이 있습니다.

그녀는 자신의 몸 여기저기를 만져보았지만 생명이 존재한다고 느껴지지 않았습니다. 차가운 뱀 같다는 생각을 하기도 합니다.

아침에 일어나면 식구들이 자기를 보고 놀라 도망을 할 것 같은 무섬증이 들기도 합니다.

"언니, 언니는 우울증이야. 이렇게 아름다운 세상을 언니는 왜 그렇게 거부하면서 부정적으로 살아요?"

동네 후배들이 위로의 말을 하였을 때 그녀는 언제인가 교회에서 '아멘' 하고 외치면서 설교에 기쁨으로 반응하는 사람들을 상기하면서 그들의 자세가 올바른 것 같다는 생각을 합니다 그리고 자신도 그렇게 세상이 즐겁고 복되기를 진심으로 기원합니다.

외진 지방의 기차역에서 내린 그녀는 버스를 타고 시내로 들어갑니다. 적어 가지고 간 주소를 들고 길을 가는 사람들에게 물어 찾아갑니다. 세영이가 살고 있다는 방 문 앞에 섭니다. 날이 좀 일찍 어두워진다는 느낌이 드는 날입니다. 창문을 통하여 사람들의 말소리를 듣습니다. 불빛이 별로 밝지 않은 창문에 사람의 그림자가 어른거립니다. 무슨 이야기인지 조그맣게 들립니다. 귀를 기울입니다. 이불이니 장롱이니 하는 살림을 장만한다는 말소리가 조금씩 들립니다. 그녀는 자신의 비겁한 행동을 알아차리고는 그 곳을 떠나 어디론지 멀리 가 버리고 싶은 충동을 받습니다. 그러나 지금 당장은 어렵습니다. 몸도 피곤하고 어디로 가야할지 생각의 갈피를 잡을 수가 없습니다. 조금 더 기다려 볼 작정입니다. 갑자기 톤이 높아지고 격앙된 목소리가 들립니다.

"얼굴도 못생기고 키도 작은 여자에게서 이세를 얻으면 마음에 들겠나? 정도 정이지만 장래를 생각하는 마음 때문에 나는 기님이가 싫어졌어."

그리고는 무슨 말인지 계속 소곤대는 소리가 들립니다. 그녀의 귀에는 아무 소리도 들리지 않습니다. 퍽 쓰러져 그 자리에서 죽고 싶습니다. 기차를 타고 오랜 시간 시달렸으니 배도 고프고 다리도 아픕니다.

생각 같아서는 당장 들어가 세영이와 수미의 머리를 붙잡고 끌고 나오고 싶으나 차마 그럴 수가 없습니다. 그렇다고 하더라도 몸집도 좋고 힘이 센 두 사람을 이길 자신도 없습니다.

그녀는 곧바로 기차역으로 달려옵니다. 지쳐서 옷이 자꾸 밑으로 내려갑니다. 그리고 자신은 어디든 정착할 곳이 없다는 결론에 이르자 가슴이 답답하고 숨이 콱 막힙니다.

기님이의 아버지는 좋은 학교는 아니지만 대학이라는 곳에서 공부를 하였습니다. 순수 기초 학문이 아니고 세상을 살아가는 데 필요한 기능과 그 기능으로 살아가는 방도를 배우는 학과를 택하여 그 곳에서 자격도 따냈습니다. 그는 일류는 아니지만 커다란 기업체에 취업을 하여 일정한 급료를 받으며 살아왔습니다. 중년까지도 그렇게 평탄한 삶을 영위하며 무사히 지냈습니다.

그런데 그 사무실에서 금융사고가 터지고 영업에 대한 손실이 크게 나타났습니다. 직접적인 책임은 아니었지만 그 업무에 종사하던 직원들이 모두 죄책감을 느꼈습니다. 그 무렵 그 회사는 지방에 사무실을 내고 새로이 업무를 시작하게 되었습니다.

그리고는 사고가 터진 그 사무실 직원들 몇 사람을 그 곳에 발령하였습니다. 그도 그 자리에 끼었습니다. 그는 평소에 윗사람들에게 밉보인 탓이라고 자신을 책망하였지만 때는 이미 늦었습니다. 돌려놓기에는 이미 늦어버린 시계 바늘이었습니다. 이런 일이 터지리라고는 아무도 예견하지 못하였습니다.

그는 집안에서 조그만 일을 벌이고 부인이 종일 나가 일을 하던 중이었고 아이들도 성장하면서 살림을 옮기거나 자신이 집을 떠나 홀로 살림을 차리기에는 많은 부담이 따르는 시기였습니다. 그는 오랫동안 익숙했던 직장의 일을 집어치우고 새로이 자기의 일을 찾지 않으면 안 되었습니다.

당시부터 기님이네 집안은 새로이 시작한 아버지의 사업이 기초부터 흔들리게 되어 가계는 쪼들리고 정신적으로도 들뜨게 되었습니다.

"아버지는 인덕이 없는 사람이란다. 잘 되던 사업장에 고향 친구를 들이면서 자꾸만 일이 꼬이기 시작한 거야."

어머니는 사람이 싫다는 것이었습니다. 더구나 아버지의 친척이나 친구들 치고 이익을 가져다주는 사람을 보지 못했다는 것입니다. 어머니는 친가에서도 그런 사실은 수없이 겪었다고 합니다.

"쇠가 쇠를 먹는다는 말이 있지 않느냐? 쇳조각을 자르는 쇠톱이라는 게 있지 않느냐? '사람이 먹히는 것은 역시 사람한테' 라는 것은 누구나 잘 아는 진리란다."

그러면서 어머니는 이야기를 계속합니다. 동물들은 자기보다 작은 동물의 무리들을 먹이로 삼지 않느냐? 먹이그물이니 먹이 사슬이니 하는 것을 보면 크기가 작은 동물들을 그 하위 그룹에 두고 있는데 유독 사람만은 같은 무리들끼리 먹고 먹히는 관계를 유지하고 있다는 것입니다. 극심한 보기가 전쟁이고 그밖에 정치적이나 경제적인 관계에서 경쟁적인 관계들은 이 사실들이 현실로 나타난다는 것이었습니다.

어머니는 신세대와 같이 살아온 기님이보다 훨씬 세상일에 능통하셨습니다. 기님이는 이야기를 새겨듣습니다. 그리고는 자기에게 싫증을 낸 남자 친구가 다른 상대에게 접근해 가는 것도 어쩌면 이런 관계와 상관이 있는 것 아닌가 하고 생각합니다.

먹지는 못하면서 먹히기만 하는 동물은 없는데 그녀의 가족은 먹히기만 하는 사실이 느껴집니다. 이것이 우리 인간의 세상인가 하고 생각을 안으로 돌려봅니다. 그리고 기님이는 이런 무자비한 질서의 틈바구니에서 살아가는 자신이 한없이 슬프고 괴롭습니다.

집안이 가난과 온갖 시련에 흔들리고 뒤틀리기 시작하더니 아빠는 먼 고장에서 세상을 등졌다는 이야기가 들렸고 엄마는 어느 먼 도시로 나가 노동자와 살고 있다는 소문이 동네 사람들 사이에 퍼졌습니다.

그로부터 수년이 지난 어느 날, 기님이는 가까운 도시의 가게에 나타났습니다. 으리으리하게 장식을 한 커다란 가게를 차리고 커다란 회전의자에 앉은, 키가 큰 남편과 같이 전자제품을 팔게 된 것입니다. 거기에는 시대에 뒤진 것은 하나도 없고 최첨단의 텔레비전과 오디오와 비디오, 고급 카메라와 온갖 자질구레한 전자제품들을 모두 갖춘 훌륭한 가게였습니다. 벽에는 영화관처럼 큰 화면이 비쳐집니다.

고향에서 가깝다는 모든 동네에는 그 가게를 선전하는 번쩍이는 팜플렛이 날아들었고 다른 가게보다 가격이 쌀뿐만 아니라 물건을 살 때마다 조그만 선물도 끼워 준다는 소문이 파다하게 퍼져 이 가게는 순식간에 높은 판매고에 흥청거리기 시작하였습니다. 학교의 동창 모임에도 찬조금을 듬뿍 내놓는가 하면 마을의 새마을 사업에 쓰라고 봉투를 디밀기도 하였습니다. 동네 마을회관을 짓는데도 누구보다 많은 기부금을 내놓았다고 하였습니다.

명절이나 노인들의 잔치, 결혼이나 장례에도 누구보다 후하게 인심을 썼습니다.

동네 사람들은 기님이가 팔자를 완전히 고쳤다고 찬사가 대단하였습니다. 어릴 적에 다른 처녀들보다 머리가 먼저 틔었다고 칭찬이 자자했습니다. 그러던 어느 날, 가게를 차린 지 삼 년쯤 지난 어느 날이었습니다. 가게가 갑자기 없어진 것입니다.

그러자 이 근방 사람들은 모두 난리가 난 것입니다. 사업을 확장하겠다고 이곳저곳 스무 군데도 더 되는 곳에서 빌려 쓴 돈이 어마어마하다는 것이었습니다.

"아니지요, 그녀가 그런 일을 저지를 사람은 아니지. 얼마나 착하고 예의 바른 사람들이었는데……."

"갑자기 무슨 일이 있어 자리를 옮긴 것이겠지. 무슨 사정이 있어 자리를 옮긴 것이겠지. 좀 더 기다려 보자꾸나."

말을 잘 하지 않던 나이 든 아저씨의 달램이었습니다. 아닙니다. 며칠 후에는 이런 이야기도 들렸습니다. 갑자기 은행에서 돈을 빌리는데 보증을 서달라는 말을 듣고 도장을 찍고 재산세 납세증서와 인감을 떼어 주었다는 소식도 들립니다. 집을 저당 잡히고 보증을 서 주었다는 이야기도 들립니다.

"아니지요, 그 남편이 지방에 넓은 땅을 가지고 있으니 아무 걱정도 하지 말아. 돈을 벌 때마다 지방에다가 부동산을 매입해 두었다는 것이야. 그 곳 땅값이 엄청나게 올랐다는 소문이 있어."

그녀와 가까운 사람들은 그녀를 감싸주기 시작합니다. 그러나 며칠이 지나도 그녀에 대한 확실한 소식은 없고 이런저런 추측들만 무성합니다. 사람들은 이런 이야기도 합니다.

"글쎄, 세 들어 사는 어린 처녀의 돈도 우려냈다는 소식이야. 벼락 맞을 것들이지."

"아무렴, 저희들이 무슨 돈이 그렇게 많아 어마어마하게 가게를 차려. 난 처음부터 수상쩍게 생각하고 있었지."

민후는 성장하면서 고향을 떠나고 먼 타향에서 일을 하고 있을 때 꿈에서 하늘로 갔던 그 소녀, 기님이가 미국에 건너갔다는 소식을 들었습니다. 중학에도 다니지 않은 소녀가 어느 새 성장하여 미국말을 잘 한다는 소문을 안고 동네에 나타났다는 소문이 퍼진 것이었습니다.

귀신이 나타난 것이라고 동네 사람들은 수군댔습니다. 미국에서 많은 선물을 한 바구니 들고 들어와 동네 사람들에게 나누어주었던 것입니다. 동네 총각들 몇은 그 집에 몰래 들어가 문틈으로 안을 들여다보았지만 사람이라고는 아무도 없고 거울만 번쩍이고 있었더랍니다. 그들은 이미 이국으로 떠난 뒤였습니다.

하늘로 올라간 소녀는 지상에 나타나지 않았지만 키가 크고 갈색 눈동자를 지닌 사람들이 살고 있다는 미국에 가 살게 되었던 것입니다. 그 후 한참 세월이 지난 어느 날 민후는 기님이의 편지를 받습니다.

"민후 오빠, 저도 이제 철이 들었어요. 왜들 그렇게 미워하고 싸워댔는지 모르겠다는 생각이 저를 서글프게 한답니다. 오빠, 저는 오빠가 아시다시피 참 불행한 여인이지요. 왜 다른 사람들처럼 평온하게 살지를 못하고 힘들게 살아왔을까요. 뭐가 우리를 그렇게 가로막고 비틀거리게 하는 것이었을까요?"

그녀는 돌이키고 싶지 않은 과거에 빨려 들어가고 있다는 것이 괴롭다는 표현입니다.

"저는 우리 아이들이 이런 어려움을 겪지 않도록 하려고 무진 애를 쓰고 있답니다. 밤이면 기도를 드리고 깜깜한 새벽에 일어나 조용히 명상도 한답니다. 그런데 여기 이국 땅에 온 지 얼마 안 되어 초등에 다니던 우리 남자아이가 학교 변소 바닥에서 여자아이 머리를 붙잡고 넘어뜨렸어요. 착한 아이인 줄만 알고 길러온 제가 잘못일까요. 더러운 피를 지닌 저의 못된 기질을 그대로 물려받은 것일까요?"

민후는 아무 의미도 없이 웃습니다. 민후의 질녀, 혜림이는 지금까지 누구와 말다툼을 하거나 싸움질을 한 일도 화를 내거나 괴로워해 본 일이 별로 없습니다. 수술을 하여 사람에게서 노여움과 슬픔이라는 감정을 제거해 버리고 자국을 꿰매어버린 사람이 혜림이 아닌가

하고 주변 사람들은 말합니다. 그러나 어떤 사람들 말을 듣고 혜림이는 이렇게 수긍합니다.

'나처럼 감정이 없는 사람이 무슨 재미로 사나―슬퍼하기도 괴로워해 보기도 하고 질투도 하고 증오도 하는 사람들, 싸우기도 하고 심지어는 막판에 재판도 하는 인간들이 정말 사람다운 삶을 누리는 것이 아닌가.'

그러고 보면 기님이도 이 혜림이가 사람들이 살지 않는 곳에 사는 선녀처럼 순진하고 빈틈이 없어 보이기는 하지만 가까이 사귀며 지내기에는 구미가 당기지 않는다고 말합니다.

"저의 흉을 보는 사람들이 많다는 것은 짐작하고 있습니다. 그러나 저의 깊은 속마음은 그렇게 더럽고 음흉하지만은 않답니다. 일시적인 과오로 제가 저지른 일에 대하여 속죄하고 빚을 갚을 날이 오겠지요. 그리고 제가 그렇게 하지 않으면 안 될 아픈 사연을 제가 오빠에게 털어놓을 날도 머지않아 있으리라고 믿습니다."

그녀는 다른 구체적인 이야기는 쓰지 않고 미안하다는 막연한 이야기와 안부만을 이것저것 늘어놓고 편지를 끝내고 말았던 것입니다.

그로부터 몇 년이 지난 뒤 민후는 미주 여행을 떠나는 기회를 얻게 됩니다. 마치 그녀가 살고 있다는 뉴욕에 들를 시간적인 여유를 갖는 기회도 얻게 됩니다. 일행이 시내의 관광을 다니는 동안 그는 그 일정을 취소하고 그 집을 찾아가게 됩니다.

"지하철을 타고 제가 불러드리는 기차역까지 오세요. 제가 그 역으로 모시러 갈게요."

마중 나온 그녀는 그를 태우고 수많은 빌딩이 늘어선 시가를 가로

질러 그녀가 살고 있는 아파트에 도착합니다. 그녀는 운전대를 부드럽게 움직여가며 세련된 언어로 그를 따뜻하게 환영합니다. 기름이 잘 칠해진 기계가 돌아가는 것처럼 부드러운 게 선진국이구나 하는 감탄이 저절로 나옵니다.

시가지는 서울처럼 살벌하지 않고 마치 숲 속을 지나는 것처럼 아늑하고 시원스럽습니다.

태양의 열기가 식어가자 그의 가슴에 모처럼 포근한 안식이 찾아옵니다. 이어져 늘어선 거대한 빌딩들은 신천지의 나라가 기초를 튼튼하게 자리잡고 있다는 사실을 확신하게 하였으며 찬바람을 맞으며 살았던 지난 날, 고국의 흔들리던 경제와 메말랐던 농경지 그리고 헐벗었던 산야를 떠올리게 하였습니다. 거대한 느티나무 아래에 선 것처럼 든든하고 푸근하였습니다.

기님이와 그녀의 아들과 딸은 민후를 위해 준비된 저녁을 들기 위하여 식탁에 둘러앉았습니다. 식탁에는 동양의 음식이라고는 찾아볼 수 없고 모두가 서양식의 음식들입니다. 기님이는 잘난 아이들 그리고 그녀보다 나이가 훨씬 위인 민후를 앞혀놓고 이렇게 선언합니다.

"오늘은 한국에서 특별한 손님이 오셨으니까 다 같이 기도를 드리기로 하겠습니다. 우리를 이끌어 주시고 고난을 이겨내게 해주신 자비로우신 주님, 오늘 우리는 귀한 손님을 맞이하였습니다. 역경의 어린 시절을 보내면서도 즐거운 마음으로 헤쳐 나오시고 주변의 사람들에게도 따뜻한 인정의 손길을 베푸시던 선생님, 우리는 진심으로 반갑게 환영하며 이렇게 같이 저녁을 대할 수 있게 인도하여주신 주님께 감사를 드립니다."

그녀는 기도에 오랜 시간을 할애하였습니다.

'자신을 희생하신 주님의 은혜를 잊지 않고 그 은혜를 모든 주변의 어려운 사람들에게 베풀 수 있는 여건이 허락되기를 진심으로 기원합니다.'

'선생님의 발길에 은혜를 베푸셔서 즐겁고 보람 있는 여행이 되기를 기원하며 이 여행에서 얻은 지식과 경험이 앞으로의 한국 발전에 기여하기를 진심으로 기원합니다. 우리 가정과 선생님 가정이 뜨거운 인연으로 맺어져 앞으로 더욱 가까이 지낼 수 있기를 기원합니다.' 그리고는 끝 부분에서 '예수님의 이름으로 기도 드립니다. 아멘.'

이어지는 그녀의 기도는 이런 말들로 채워지는 것이 정석이었지만 그가 생각한 내용과는 전혀 다른 내용들로 채워졌습니다.

"주여, 이웃을 사랑하지도 못하고 베풀지도 못한 허물을 용서하시고 가슴에 찌든 지난날의 허물을 깨끗이 씻어주는 은혜를 베풀어주시옵소서. 아멘"

그리고 예수님의 이름 운운하며 끝냈습니다.

이어지는 그녀의 말은 자세히 기억나지 않지만 자기가 지난 날 거쳐왔던 삶의 자국들이 수치스럽고 속죄를 하지 않으면 안 될 것 같은 아픈 마음을 나타내고 있었습니다.

죄를 지어 감옥에 있으면서 족쇄를 끌고 가는 것처럼 어두운 그늘이 깔려 있는 기도입니다.

우리는 먼저 수프를 들었습니다. 칼칼하다는 동양 냄새가 나는 야채수프가 아니라 좀 미지근하지만 달착지근한 순전히 서양식 육질의 수프였습니다. 민후는 그것을 맛있게 들면서 아이들의 얼굴을 쳐다보았습니다. 반듯한 잘난 얼굴에 자신감과 미소가 적당히 배어 있었습니다.

그들은 나중에 미국의 시민으로서 그들이 쌓아온 해박한 지식을 가지고 교양 있는 사나이들로서 이 세상 사람들을 앞질러 나가고 지도하며 분쟁을 해결하고 평화의 세상을 만드는 사람들이 될 것입니다. 남편 미스터 해리 진은 지금 외국에 출장중이라고 합니다. 그가 있었더라면 가벼운 느낌의 칵테일을 들면서 이야기를 나누었을 텐데……. 허리가 가늘게 패인 길쭉한 맑은 유리컵에는 현대식으로 조형된 구성을 배경으로 사슴이 새겨 있습니다.

"은실아, 선생님은 한국에서 내가 어린 시절을 보낼 때, 나를 가장 아껴주신 분이란다. 나도 착했지만 선생님은 어떻게나 나를 귀여워해주셨는지 몰라. 그래서 엄마도 이렇게 착하게 자라게 되었지."

그녀는 수다떠는 것도 아니고 그렇다고 침묵에 가까운 편도 아닙니다. 이야기를 듣다가 대화의 색깔이 옅어지거나 잘 이어지지 않을 때 핵심을 찔러 분위기를 살려놓곤 합니다.

"선생님은 글도 쓰시고 사진도 잘 찍으시는 모양입니다. 이렇게 직접 지으신 책도 가져오시고 들고 다니시는 카메라도 아주 좋은 것인가 봐요." 그가 써 모은 수필집을 선물로 내놓은 것을 놀라운 눈초리로 바라보더니 그것을 상기하며 딸이 놀라는듯이 말합니다.

식탁의 옆의 벽에 걸린 액자 안에서 남편의 모습이 시야에 들어옵니다. 남편 해리 진은 캐주얼의 옷차림에도 자세가 흐트러지지 않고 일정한 수준의 품위를 유지하고 있지만 민후의 눈에 비치는 그의 모습은 거대한 동물 같기만 합니다. 그는 교포들과 가까이 지내던 서양인이며 이 곳 주립대학 공대를 나와 거대하고 케이엔텔레콤이라는 통신 회사의 간부로 근무한다고 합니다.

"그래, 사진전에서도 상을 타신 적이 있지요. 어렸을 적에는 그림을 그리는 것이 소원이었는데, 그 꿈을 이루지 못한 탓으로 사진을 찍게 되셨단다."

아름다운 이 거대한 도시의 밤은 고요하고 이 주거 공간은 조그만 스탠드로 아늑한 분위기가 이루어집니다. 그는 이들의 대화를 무심코 들어도, 새로운 분위기여서 그런지 말 한 마디도 빠짐없이 뇌리에 쌓입니다.

민후는 그녀가 치켜세우는 언어의 끝 부분에서 갑자기 내동댕이쳐지고 동물원의 동물처럼 취급되지 않나 하는 조바심을 가졌지만 그런 염려는 아슬아슬하게 비켜가고 다른 이야기로 화제는 옮겨갑니다.

"오빠의 질녀 혜림이와 아들 해근이가 그렇게 공부를 잘하여 좋은 학교에 들어가고 일류 기업에 취업해 들어갔다는 소식을 듣고 얼마나 기뻤는지 모른답니다. 저에게 따뜻하게 대해준 분이 누가 있습니까? 오빠의 일이 정말 제 일인 것처럼 기뻤던 것입니다."

그래 기님이는 정말 살붙이가 별로 없는 여자였고 그의 집안과만 가까이 지냈으니 그 말은 거짓이 아닐 것입니다. 민후는 그 말의 진실을 믿고 고맙다는 것을 징표로 고개를 끄덕입니다. 그녀는 자신의 분신인 자녀들에게 재빨리 화제를 옮기는 조바심에 휩싸입니다.

"은실이는 얼마 전 학교에서 실시한 창작 모형전에서 우수상을 수상했답니다. 대단한 일은 아니지만 저 같은 엄마에게 그런 딸을 주신 주님에게 분에 넘치는 일이라고 저는 감사를 드린답니다."

그녀의 가슴에 숨겨진 억눌렸던 자존과 내뽐고 싶었던 비애를 동시에 발산시키고 싶다는 느낌을 그녀의 얼굴 표정에서 읽어냅니다.

그녀의 눈빛에서는 자녀들이 끝없이 도전해 나갈 미래에 대한 기대감으로 가득합니다. 그러나 눈의 바로 아래꺼풀 부분부터 윗입술 부분은 아직도 어두운 기운이 감돕니다. 지난날 그녀가 받았던 외로움과 슬픔 그리고 비천한 대우의 기억이 아직도 사라지지 않았다는 증거이겠지 하고 민후는 고개를 끄덕입니다.

"그리고 은철이는 학생회의 간부로 일하고 있지요."

은철이, 그가 다니는 대학은 많은 종족들이 모여든 합중국에서 몇 손가락 안에 든다는 학교입니다. 그런 학교에서 소수 민족인 우리 한민족으로서 리더에 뽑혔다는 것은 기적에 가까운 일이라고 민후도 수긍합니다. 그녀가 이 말을 얼마나 하고 싶었을까? 한참 동안 대화를 나누다가 일정 시간이 흐른 다음에야 이 말을 꺼낸 그녀의 인내심에 찬사를 보냅니다.

기님이는 예전의 시골 처녀 모습은 어디에서 찾으려 해도 찾을 수가 없습니다. 땟국 묻었던 옷차림은 말할 것도 없지만 어수룩했던 얼굴 표정이나 간헐적으로 쏟아내는 언어의 어느 구석에서도 당시의 천박했던 용어나 어투가 드러나지 않습니다. 그리고 그 변신은 억지로 꾸며진 것도 아니고 과장된 것은 더욱 아닙니다. 그는 그녀의 과거가 우습게 상기되어 웃음이 나오려고 했으나 사진에서 비치는 남편의 눈빛이나 몸에서 풍기는 무게가 이런 탈선을 적당한 선에서 미리 막아냅니다. 그래서 민후의 얼굴은 패배의 부끄러움에 약간 일그러집니다. 민후는 이 자리에서 자신이 내놓을 게 정말 없다고 생각합니다. 자기가 즐겨 연마해온 그림이나 사진의 테크닉은, 식구들의 화려한 표정과 자녀들의 경력 앞에서 주눅이 들어, 넓은 접시에 놓인 스테이크 앞에서 흙이 묻은 고구마를 내놓는 격이 됩니다.

교회에 다니면서도 장로는 되었지만 오늘 밤 기님이가 드린 기도만큼 이렇게 자신만만하게 기도를 드린 적이 얼마나 되는지 아득히 따져 보아도 기억이 없습니다.

스테이크가 나오고 이름 모를 채소에 무쳐진 칠면조 고기 같은 것과 감자튀김이 나왔습니다. 스테이크는 육질이 좋고 질기지 않습니다. 피자 같은 튀김 비슷한 음식도 보이고 무슨 과일도 조그만 접시에 담겨 나왔고 야채샐러드도 놓여 있습니다. 짙은 감색의 병에 담긴 위스키가 나오고 얼음이 담겨진 두꺼운 진흙으로 빚은 듯한 컵도 딸려 나왔습니다. 식탁에 깔린 레이스가 달린 은빛의 테이블크로스가 귀족 티를 내보입니다. 그의 입술로 컵에 깔린 얕은 양의 술을 들이키고 시간이 차츰 지나니 웅크려졌던 가슴이 펴지는 듯하고 말에도 자신을 얻게 됩니다.

"손여사는 정말 잘 하였습니다. 그 좁은 땅덩어리에서 우리는 얼마나 힘들게 살았습니까? 너른 나라에서 아이들도 국제적으로 기르시니 얼마나 좋습니까? 주립대학에 들어간다는 것이 얼마나 어렵다는 것을 한국에서도 잘 듣고 있었습니다."

그는 의례적인 찬사가 아니라 마음속에서 우러나오는 긍정의 이야기를 합니다. 단둘이 만났을 경우라면 자네라고 불렀을 기님이에게 자녀들 앞이라 깍듯한 존대를 표합니다.

다음날 그들은 그녀의 새빨간 스포츠카를 몰고 너른 시가지를 달려 어느 언덕을 넘어 어두운 숲으로 가려진 '포레스트 섀도우' 라는 조그만 공원으로 갔습니다. 숲 속의 그늘이라는 뜻이었습니다.

"오빠, 저에 대한 좋지 않은 소문이 떠돌고 있다는데 오빠도 저에 대하여 실망하셨지요?"

자녀들도 없는 오로지 두 사람의 자리라 그녀는 그를 당당하게 오빠라 부릅니다. 그녀는 어느 때보다 진지하고 슬픈 표정으로 그에게 시선을 보냅니다.

　그녀의 입술이 바르르 떨고 있다고 그는 느낍니다. 어젯밤 그녀가 보여 주었던 산뜻한 표정도 희망에 찼던 이야기의 주제도 어디로 가 버렸는지 전혀 다른 느낌의 그녀가 그의 앞에 선 것입니다.

　그는 공원의 벤치에 앉은 것이 매우 불편한 느낌이고 이 자리까지 끌려온 것이 무슨 죄를 진 것만큼이나 무거운 분위기입니다. 부재중이긴 하지만 남편의 출근 무렵의 시간에 맞추어 그도 자리를 떠나 그의 동행과 함께 다른 곳으로 떠나야 하는 것이 정해진 일정인데 계획이 조금 빗나가고 있는 것을 수긍합니다. 그런데 그의 일행이 나와 합류하기로 결정한 시간은 오늘 오후였고 그 공백을 이렇게 그녀의 응접실에서 머물러야 했던 것입니다. 그게 참 잘못이었습니다. 그 공백을 잘 아는 그녀가 그를 이곳 공원으로 이끌어 왔던 것입니다.

　가을의 하늘은 높고 푸르렀으며 우거진 나무의 잎 사이에서는 지저귀는 새 소리가 은은히 들리곤 합니다. 숲이 우거져 거대한 그늘을 만들어 주어 거대한 도시의 심장이라고는 도저히 생각되지 않습니다.

　그는 요긴하지 않는 말을 잘 하지 않는 편입니다. 그리고 그와 직접 관련도 없는 일을 가지고 왈가왈부할 일은 아니지 않는가.

　그녀가 고국에서 사라지고 사람들은 그녀에 대하여 참으로 많은 말들이 떠돌았습니다. 교육을 받지 않은 천박한 여자가 양코배기와 붙어 달아났느니 귀신 붙은 여인이 정신병이 도져 미친 짓을 하는 것은 좋은데 어쩜 그렇게 동네방네 돈을 끌어 모아 가지고 서양 놈들한

테 가버렸다는 등의 내용이었습니다.

'세상에 오죽 못되었으면 식모살이 해 모아 시집가려는 가난한 처녀의 돈까지 긁어모아 간단 말이여.'

그는 이 말이 떠돌던 무렵에 남에게 털어놓기 어려운 일 우리들의 치부라고 해야 할 이야기까지 주고받던 죽마고우의 이야기를 듣고 말았습니다.

'어쩌면 그렇게 착한 사람, 법이 없어도 살만한 사람의 김서방을 꼬여 집을 잡혀 보증을 세우고 돈을 끌어들인단 말이여.'

어렵사리 조그만 집을 장만한 그의 집을 저당 잡히고 보증을 서게 한 다음 은행에서 돈을 끌어다 쓰고는 밤 봇짐을 쌌다는 것이 아닌가.

"기님이, 왜 그런 이야기를 꺼내는 것이여. 나는 그 일에 대하여는 잘 알지도 못할 뿐만 아니라 왈가왈부할 처지도 아니잖아."

그는 그 즈음에서 이야기를 끝냈으면 싶다 하고 생각하였습니다. 그는 그녀의 옆얼굴을 살짝 바라봅니다. 그녀는 퍽 여위어 보입니다. 어젯밤에 그렇게도 귀티가 나던 모습은 온 데 간 데 없고 가냘프고 하얀 피부의 상체가 가늘게 경련을 일으키는 듯한 모습이 그를 이상한 분위기로 이끌어갑니다.

그는 의자에 떨어져 있는 작은 나뭇잎, 은행잎인지 살구나무의 잎인지 모를 조그만 잎을 들고 그걸 손톱으로 누르면서 언덕에 펼쳐진 야트막한 산을 올려다봅니다. 나무들은 여름의 진하고 두터운 옷을 그대로 걸친 채 무겁고도 진한 모습을 드러내고 있습니다. 이렇게 우거진 숲들이 미국이라는 풍요로운 국가를 상징하나 싶습니다.

"오빠, 저는 오늘 오빠에게 하고 싶은 말들이 참 많습니다. 제가 참 나쁜 여인이었어요. 저 같은 인간은 태어나지 말았어야 하는 데 이 아름다운 세상에 저 같은 망나니가 태어나 사는 게 힘들었고 곁의 선한 사람들에게까지 피해를 주다니……."

그녀는 말끝을 흐리며 한참 동안 침묵을 지키고 앉아 있습니다.

그녀의 가슴에 쌓인 많은 사연들이 여러 형태로 뿜어대는 분수대의 물줄기처럼 너른 공간에 퍼지는 것을 보면서 그녀의 이야기에는 무관심한 표정으로 그는 침묵으로 듣고만 있습니다.

"저는 어젯밤 거의 잠을 이루지 못했어요. 제가 고국을 떠난 이후 이십 년이 지났는데 그 사이 제가 살아왔던 이야기며 살면서 관계를 맺었던 여러 사람들의 모습들을 억지로 잊으며 살아왔어요. 생각이 나면 독풀이 씹힌 듯이 다른 일들을 생각하며 억지로 잊어왔던 거예요. 그러나 그게 잘 됩니까? 그래도 세월이 가니까 상처들은 차츰 색깔이 옅어지고 잊혀지곤 했어요."

그리고는 더 많은 말을 이어갑니다. 어느 정도 마음의 평정을 찾아가게 되었다는 것입니다. 그런데 어제 그를 만나고는 예전의 일이 생각나 도저히 잠을 이룰 수가 없었다는 것이었습니다. 그녀의 화려한 옷차림은 일그러진 모습을 감추기 위한 위장술이었구나 그는 생각합니다.

"저는 아시다시피 다른 민족과 결혼을 하였어요. 어릴 적, 저의 소원은 부유한 가정에서 공부를 많이 한 사람은 아니어도 좋지만 착하고 예의 바르고 동기간에 우애하는 그런 사람을 꿈꾸며 살아왔어요."

그런데 그녀가 결혼을 한 상대는 방향이 전혀 다른 이국인 아닌가. 이들 부부에서 태어난 이세는 백인종도 황인종도 아닌 혼혈아가 되었고 다음 세대로 내려가면 저능아가 태어날 수도 있을 것입니다. 그는 학창시절 생물학 시간에 유전학을 배우면서 기억을 했던 것들이 아스라이 떠오르는 것입니다.

"오빠, 저는 지금까지 제게 숨겨놓았던 이야기를 참으로 오랜만에 털어놓는 거예요. 남편에게 이런 이야기를 털어놓을 수도 없고 털어 놓는다고 해도 남편이 그런 이야기를 알아듣고 속마음을 이해해 줄 수 있는 것도 아니잖아요. 사람의 감정이란 동서양이 같다고 하지만 다른 문화의 우산 아래서 자라온 사람들의 속마음까지 이해하기에는 너무 깊은 강물이 중간에 흐르고 있는 것이었어요."

그리고 그들이 주고받는 이야기는 평범한 대화의 주고받음으로써 는 그 깊은 굴곡의 깊이까지 이해할 수는 없을 것이라는 그녀의 추측 이었습니다. 그는 그 말에 동의합니다. 그렇게 속속들이 깊은 감정이 유입된 그녀의 청춘, 갖가지의 애환을 어떻게 알아들을 수 있다는 말 인가. 혹 잘못 되었다가는 쓸데없는 오해만을 불러올 수도 있었을 것 입니다.

그녀는 종이 봉지 안에서 겉에 영어로 무어라고 쓰여진 맥주 두 캔 과 이름 모를 생선이 그려진 비닐봉지에서 마른안주를 꺼냅니다. 그 가 술을 즐기지 못하는 것을 아는 그녀가 한 봉지의 비스킷을 그에게 건네고는 맥주 캔 따개 손잡이를 끌어당기고는 입에 대고 마시기 시 작합니다.

"죄송해요. 이런 실례를 하다니."

그녀의 입술이 창백하다는 느낌이 듭니다. 날개에 해당하는 그녀 의 어깻죽지가 너무 가냘픕니다. 이대로는 얼마만큼의 하늘도 날아 갈 수 없는 갈매기 같습니다. 그가 가졌던 그녀에 대한 의혹과 주변 사람들이 품었던 증오심, 이해할 수 없었던 지난날의 의구심이 조리

있게 풀려나갈 것인가 하는 야릇한 호기심도 일었습니다.

"오빠, 제가 살았던 시골, 하루에 기차가 몇 번인가 지나가며 기적 소리를 지르던 그 황량하고 쓸쓸하던 그 시골에서 저는 지금도 동네 앞 신작로와 논두렁을 잘 기억하고 있어요. 정말 아름다운 추억의 고향 풍경이지요. 그 동네에서 제가 이웃 사람들과 친구들의 사랑을 받고 부모님이 행복하게 잘 살았더라면 얼마나 좋은 일이었을까요?"

그녀는 맥주를 별로 마시지도 않았습니다. 아니 목이 마르는 듯 밭은기침을 두어 번하고는 목을 축일 정도만 마시고는 공원 저쪽에 유모차에 아기를 태우고 나온 엄마를 유심히 바라봅니다.

"제가 살아온 인생이 어떠했는지는 오빠는 상상도 못할 거예요. 물론 새벽에 일어나 과일 바구니를 머리에 이고 멀고 먼 험한 들길을 달리셨던 제 어머니의 사정은 잘 아시고 계실 거예요.

그리고 아버지가 장돌뱅이로 돌아다니며 인생을 길바닥에 흩뿌리고 다녔다는 이야기 등은 대강 아실 테지요. 그러나 실제 당해보지 않은 남의 이야기는 실감이 나지 않을 겁니다."

그녀는 말을 하다가 한참 동안 침묵을 지키곤 하였습니다. 낙엽이 떨어져 뜰에 흩날렸습니다. 싸늘하다는 느낌은 오지 않았지만 아직은 덥다는 생각은 들지 않았습니다. 이 정도의 날씨라면 쾌적하다는 말이 맞을 것입니다. 하느님이 만들어놓은 공간에 천사들이 알맞은 날씨를 베풀고 있다는 느낌이 들었습니다. 그런데 우리 인간들은 이 공간에 어떤 배우를 뽑아 그에 맞는 배역을 정하여 앉히고 어떤 연극을 베풀었다는 말인가? 이 공간에서 공연을 할 연극은 얼마든지 많을 것입니다. 그 슬픔과 기쁨에 따른 비극도 희극도 그리고 지나온 역사 이야기인 사극도 미래를 상상하는 가상극도 꾸밀 수 있을 것입니다.

그런데 어쩌면 우리 인간들은 싸우고 미워하고 질투하면서 배우라는 사실을 잊고 실제 상황으로 여기고 자신들은 상처를 받고 괴로워하며 슬퍼했던 것은 아닐까요?

기님이가 만들어준 침묵의 공간에 그는 나름대로의 그림을 그리고는 지우고 그리고는 지우곤 하였습니다.

"제가 나이 들어 결혼을 하여도 될 무렵 저희 가정은 정말 말할 수 없을 만큼 역경에 처해 있었던 것입니다. 저를 사랑하던 세영이가 저를 배신한 것은 이십 전후의 일이었습니다. 그리고 제 아버지는 도박을 끊지 못하고 사람들에게 끌려 다니곤 했지요.

제 아버지가 도박을 하여 많은 빚을 지고 들어왔기 때문이지요. 저는 아버지를 미워하지 않았습니다. 아버지는 우리 집안을 일으켜 세우기 위하여 모든 노력을 하였지만 실패만 거듭하였던 것입니다."

그녀의 이야기는 계속되었습니다.

"그래서 택한 것이 도박인데 그게 왜 나쁩니까? 아버지는 그걸 하려고 여러 곳에 가 적은 돈으로 경험을 쌓고 나서 실전에 임했던 것이지요. 마지막이라고 생각한 결전에서 그 작전이 잘 먹혀들어 상당한 돈을 거머쥐게 되었던 것입니다.

다음 날 아버지는 그들 도박꾼의 꼬임에 어쩔 수 없이 따라나섰던 것입니다. 동네 가까운 장소가 아니고 멀리 떨어진 호젓한 곳이며 사람들의 왕래도 없는 곳이었답니다. 장사를 지내고 다음 기회에 쓰려고 보관을 해둔 상여가 들어 있다는 집과 가까운 그런 무섭고 외진 곳이었답니다."

그녀는 피곤한지 말을 중간에 끊고는 멀리 눈길을 보냅니다. 사발의 물에 하얀 수채화 물감을 떨어뜨린 듯 흐린 하늘이 짓궂게 깔려 있었습니다.

"전날 밤 같지는 않았지만 처음에는 실력대로 아버지가 돈을 따고 있었지요. 그런데 차츰 시간이 흐르니까 작전이 제대로 먹혀들지 않더랍니다. 아버지를 제외한 그들 모두는 미리 짜 작전을 세우고 와 자기들이 힘을 모아 아버지를 따돌림을 했던 것입니다. 중간에 나오려고 했지만 그들은 주먹을 휘두르며 윽박지르면서 시간을 끌며 억지로 지속했던 것입니다.

다음날 해가 중천에 올라올 무렵까지 진행되면서 아버지는 많은 빚을 짊어지고 집으로 돌아왔던 것입니다. 이 소문이 동네에 퍼지면서 우리 집안은 물질적인 문제만이 아닌 많은 어려움이 뒤따랐습니다."

"낯을 들고 다닐 수가 있어야지. 아버지는 소갈머리가 있는 사람이냐?"

"엄마, 아버진들 그렇게 하고 싶어 그랬겠어요. 다 팔자 소관이라고 생각하고 다 잊어버리세요."

이렇게 이야기를 하여 어머니를 안심시키고 나서도 그녀는 밤을 새우며 괴로워하였고 자신만의 문제도 벅찬데 집안의 일까지 신경을 써야 하는 자신이 너무 초라했습니다.

그녀의 이야기가 계속되는 순간순간 그는 전혀 알지 못했던 사실을 알게 되었고 기님이가 이렇게 속 깊은 여자인가도 알게 되었습니다.

"저는 며칠째 심한 통증을 느끼다가 복수를 할 묘안을 생각해내었습니다."

그녀는 당시 아버지를 곤경에 빠뜨렸던 사람들 중 나이 먹고 신망

두터운 사람의 집안에 대해 조사를 하였고 어느 날 밤 달도 뜨지 않은 밤, 그녀는 집에서 가까운 언덕으로 올라갔지요. 거기에는 그 집에서 세워놓은 비닐하우스 몇 동이 흰 고래 등처럼 언덕에 누워 있었습니다. 그녀는 가지고 간 라이터로 불을 켠 뒤 기둥처럼 말아놓은 신문지에 불을 붙이고 비닐하우스 하나하나 찾아다니며 곳곳에 불을 붙였습니다. 타오르는 불길에서 이상한 쾌감을 느끼며 추위를 견디고 있었습니다. 아직 추위가 가시지 않은 이른 봄이었기에 그 안에 정성 들여 가꾸어 놓은 어린 채소의 모종들은 순식간에 얼어 시들시들 마르게 되어 있었습니다.

그리곤 집에 돌아왔지요. 아무도 모르리라는 생각과는 달리 그 다음 날 아침 그 아저씨가 그녀를 부르는 것이었어요.

"네 이년, 아무도 모르리라 생각했지. 이웃집 할머니가 다 보았대. 틀림없이 너라는 것을 다 알고 왔어."

마침 집에는 부모님이 한 분도 안 계셨습니다.

그녀는 외딴집으로 끌려갔고 문을 잠근 뒤 손을 붙잡히고 끈에 묶이고 말았습니다. 그리고는 옷을 빨가벗기고 날카로운 칼로 위협을 하였습니다. 남들에게 보여주지 못할 부분에 상처를 내기도 하여 피를 보이기도 하였습니다. 얼마 동안 시달림을 당한 뒤 그녀는 집으로 돌아왔지요. 속옷이 피에 젖어 물들었고 그녀는 통증이 심하여 앉아 있을 수도 그렇다고 누워 있을 수도 없었습니다.

"저는 그 일로 날마다 악몽에 시달리게 되었답니다. 무서운 꿈을 꾸다가 깨는 것은 예사이고 잠을 아예 이루지 못하고 밤을 꼬박 세우기도 하였답니다."

그녀는 낮에도 몸을 가누지 못하고 비틀거렸으며 눈은 항상 벌겋게 충혈이 되어 있었습니다. 그래도 어머니는 그 사실을 알지 못하고 지냈습니다.

"얘야, 왜 눈이 빨갛구나. 그리고 왜 그리 잔기침은 해대니?"

"아무 것도 아닙니다. 감기기가 있나 보죠."

그녀의 이야기는 여기에서부터 진지하게 이어졌습니다.

"저는 일부러 태연한 척하고는 세월이 흐르기만을 바라고 있었습니다. 세월이 흐르면 다 잊혀질 거라는 생각 하나만으로 살아갔지요. 저는 그 날 밤 방에만은 도저히 들어앉아 있을 수가 없었습니다. 밖으로 나가 언덕으로 올라가 흙바닥인지 잔디인지 알 수 없는 곳에 앉았습니다. 치마를 입었는지 바지를 입었는지도 전혀 생각이 나지 않았습니다. 한 숨도 잠을 이루지 못한 채 칼로 저며오는 듯한 통증을 견디고 있었습니다. 이 세상 사람들이 모두 적으로만 생각되었습니다. 그리고는 눈에 거슬리는 사람들을 모두 죽여버려야 하겠다고 작정을 하였습니다. 그리고는 전쟁터에서 작전참모가 지도를 보며 작전 계획을 짜듯이 병력과 무기를 점검하며 전쟁을 승리로 이끌 전투 계획을 짜나갔던 것입니다. 제 인생을 뒤집어 놓은 밤이었지요."

언젠가 본 영화에서 기관총으로 많은 사람들을 향해 난사하는 장면을 본 기억이 났는데 그녀는 그런 충동을 수없이 느꼈다고 말하여 그는 웃고 넘길 수만은 없었습니다.

"그로부터 삼 년 뒤 후 저는 제가 사귀던 사나이와 가까운 도시로 나갔습니다. 방도 큼지막한 것으로 얻고 가게도 얻었습니다. 전자제품을 취급하던 가게였는데 우리가 들어가 내부를 깨끗이 수리하고 물건도 비싼 것으로 새로이 들여왔습니다. 방은 동네 이장의 보증을 세우고 은행에서 빌렸으며 가게는 사나이가 가까이 지내던 아저씨의 보증으로 돈 많은 방앗간 집에서 빌린 돈으로 얻었습니다. 가게가 큼직하고 넓으니 물건들은 회사에서 대주었습니다. 물론 재정 보증은 몇 사람이 서 주어 잘 되었습니다. 우리는 사나이를 회전의자에 앉히고 저는 고급 드레스를 입고 가게 이곳저곳을 서성이며 손님을 맞았습니다. 우리는 정말 연극을 꾸몄던 것입니다."

그리고 얼마의 세월이 흐른 뒤 그녀는 연극을 다시 꾸몄다고 합니다. 창작의 명수였던 셈이지요.

"제가 어릴 적부터 잘 아는 부동산 아저씨에게 달라붙었지요. 점심도 대접하고 밤늦은 시간에 술집에 모시고 갔습니다. 그리고는 주정뱅이들이 모여 춤추는 곳으로 그 분을 인도하였지요. 난생 처음 가보는 곳이었습니다. 정말 불빛도 휘황찬란하대요. 눈이 핑핑 도는 것이었습니다. 가난에 찌들고 고통에 휘둘린 저였지만 아직은 젊음이 남아있던 청춘이었지요. 제 순결을 걸고 제 생명까지도 걸었습니다. 들꽃처럼 풋풋하고 아름다운 모습으로 그이에게 말하였습니다."

그녀는 그 다음 말을 이어나가기 힘들다는 듯이 한참 동안 쉬고 있다가 가지고 간 맥주를 조금 더 마시고는 이야기를 계속하였습니다.

"저는 꿈이 있습니다. 이 좁은 작은 도시에서 썩을 수는 없지 않습니까? 제가 잘 아는 사람이 캐나다에서 농장을 경영하는데 저를 부르는 것입니다. 몇 만 평 너른 평야인데 너무 값이 싸고 이삼 년만 경작을 하면 땅값이 떨어진다지 않아요."

조금 쉬면서 그녀는 먼 곳에 시선을 보냈습니다. 그는 그 시선을 바라보며 이곳과 고국은 너무 멀어서 열 두 시간의 비행을 거쳐야 한다는 사실에 아득함을 느끼고 어쩌면 저 세상보다 더 멀구나 하는 생각을 하였습니다.

"저는 그 날 밤 집에 돌아오지 않았습니다. 이까짓 몸뚱이가 뭐 대단한 존재인가요? 단 하룻밤에 모든 걸 이 사내에게 걸었습니다. 은행에서 바꾸어 온 반짝이는 새 지폐를 쥐도 새도 모르게 그의 바지 호주머니에 찔러 넣어주고는 우리는 오누이처럼 다정하게 헤어졌습니다. 하룻밤이 이처럼 화려하고 짜릿하면서도 슬프고 괴로운 적은 한 번도 없었습니다."

그는 이 이야기를 들으면서 피식 웃음이 나오려는 것을 참고 눈만 깜박이고 있었습니다. 그녀는 학교에 다닐 적에 너무 순진하여 반 아이들이 건드리지도 않았던 착한 아이였습니다.

"며칠 후 저는 그 가게를 처분하고 여러 곳에 많은 빚더미들을 독버섯처럼 곳곳에 남겨둔 채 이 먼 나라로 날아 온 것입니다. 그 사나이도 황량한 들판에 내던지고 난 뒤였지요. 오빠, 제가 잘못했다면 제 얼굴에 침을 뱉어 주세요. 더러운 년이라고. 무서운 년이라면 저를 칭찬해 주세요. 저는 그런 년이 되고 싶었던 것입니다."

그는 말을 하려고 머릿속에 있는 어휘들을 찾아보았지만 적당한 것을 찾지 못하고 빛이 바래져 가는 하늘 아래에서 연한 녹색으로 굳어있는 나뭇잎들을 바라보고 있었습니다. 숨이 막힐듯한 긴장감 때문에 나무라기보다는 금속으로 깎은 거대한 조각 같았습니다.

"그리고 아까도 말씀드렸듯이 그 가게를 하면서 같이 일을 하던 그 사나이를 거친 들판에 내던지듯이 따돌려 놓고 혼자 이 낯선 고장으로 나왔던 것입니다. 이런 빙충이들하고는 살지 않겠다는 다짐을 한 것입니다. 그럼 어떻게 지금의 남편을 사귀었는지 궁금하시죠? 이국 땅의 사내를 소개해 주는 업소가 얼마나 많은지 오빠는 모르실 겁니다. 그 곳에서 골라잡은 겁니다. 제가 돈이 많다고 털어놓았더니 유명한 대학에서 공부를 한 학자들이 얼마나 많이 몰려들었는지 모릅니다. 세상이란 다 이렇다는 것을 저는 예전엔 몰랐던 것입니다."

　그녀의 기발한 세상살이에 대한 이야기를 듣고 그는 많은 것을 깨달았습니다. 그는 그 날 오후에 그 곳을 떠나는 비행기를 타야 했기 때문에 그 공원에서 그녀와 헤어져 곧바로 공항으로 나가게 되었습니다. 간단한 소지품은 브리프케이스에 넣어 들고 나왔던 것입니다. 집에서 나올 때 그녀의 아들을 위해 고국에서 준비해 간 넥타이와 딸이 좋아할 원피스를 전하고 나오는 것을 잊지 않았던 것입니다. 이것은 그의 처가 옛 우정을 잊지 않아 손수 고르고 만든 것이었습니다.

　"어렵게 살다 떠난 아이지요. 말이 많았고 수많은 사람들에게 피해를 준 것도 사실이지만 저는 그 아이를 미워하지 않는답니다. 어렵게 살다 보면 그렇게 탈선할 수도 있는 것 아니겠어요? 그 아이를 생각하면 제가 잘못 대해준 일들이 눈앞에 떠올라 지금도 가슴이 쓰리고 아프답니다."

　그보다 처의 가슴 폭이 너른 여인이라고 민후는 고개를 끄덕입니다. 이로부터 삼 년이 지난 후 그녀로부터 편지 한 통을 민후는 받았습니다. 항공엽서에 깨알같이 잔글씨로 꼬박꼬박 쓴 것이었습니다.

　편지의 내용을 간추려 여기에 옮기는 것을 용서해 주길 바랍니다. 이 내용을 민후의 자의로 전달하기에는 너무 벅차고 능력이 부족하다고 느꼈기 때문입니다.

　사랑하는 고국의 오빠, 지난 번 오빠가 저의 집에 찾아오셨을 때 제가 따뜻하게 대해 드리지 못한 것을 용서해 주시기 바랍니다. 제가 펜을 들고 글을 쓰려고 하니 제가 태어나 자라던 고국의 모습들이 제 눈앞에 어려 도저히 글을 쓸 수가 없네요. 어머니가 바구니에 복숭아를 담아 머리에 이고 그 복잡하던 기차를 타고 도시에 나가 팔던 모습이 지금 제 눈앞에 펼쳐져 도저히 펜이 잡히질 않는군요. 저는 지금 몸이 많이 아프답니다. 언제부터인지 심장이 나빠져 숨을 헐떡이며 걷기에도 힘들게 살아가고 있답니다. 그 때 오빠가 찾아오셨을 때에도 저는 숨이 가빴던 겁니다. 오늘도 병원에 가 치료를 받았지만 별 차도가 보이지 않습니다.

잠시지만 오늘은 응급실에서 누워 있다가 왔답니다. 주사를 맞은 자국이 손등에 퍼렇게 남아 있습니다. 물론 오빠에게도 말씀드리지 않았듯이 저는 남편에게 알리지 않고 스스로 병원에 다니면서 치료를 하곤 했답니다. 피가 다른 종족이라서 그런지 자신의 과거가 생각나서 그런지 남편에게 자세한 내용을 말하고 싶지는 않답니다. 불편해하는 저를 보면 아프다는 사실은 다 알고 치료를 열심히 받으라는 따뜻한 말을 하고는 있답니다.

저는 저를 미워했던 어릴 적의 친구들이 너무나 선명히 눈앞에 떠오르고 당시에 받았던 수난의 이야기들도 한 장면도 빼놓지 않고 다 기억이 난답니다.

저는 지금 이 글을 쓰다가 중단하고 밖에 나가 소파에 엎드려 한참 동안 숨을 고르다가 다시 와 펜을 들었습니다.

저는 요 근래에 잠을 제대로 이루지 못한 날들이 너무 많답니다. 하느님이 사랑하시면 단잠을 준다고 하였는데, 어쩌면 저는 이렇게 저주를 받고 있는 걸까요? 차라리 바늘로 찌르는 게 더 편할 거라는 생각이 든답니다.

제 아들딸은 이제 다 자라서 제가 없어도 앞길을 헤쳐나가겠지요?

남편도 저 아니면 여자가 없겠어요? 제 자신이 너무 서글퍼 울음도 나오지 않는답니다. 저는 지금 마흔 다섯, 지금 죽기에는 너무 이른 나이지요.

이 아픔과 고독을 누구에게 하소연할 사람도 없습니다. 어머니가 계십니까 아버지가 계십니까. 오빠, 저를 불쌍히 여기시고 비웃기도 하셨지요? 그리고 많이 미워하셨지요? 제가 저지른 과오 때문에 저는 천벌을 받아 이렇게 고통을 받는가 봅니다.

외롭고 슬픈 저를 위해 기도해 주세요. 오빠, 더 이상 글을 쓸 기운이 없네요.

그 뒤에는 편지를 쓴 날짜와 이름 그리고 사랑하는 오빠에게 라는 글이 힘도 없고 서투르게 쓰여 있습니다. 줄이 쳐져 있지 않은 옅은 남빛의 얇은 항공엽서 편지지에는 눈물 같은 것이 말라붙었는지 조금 구겨지고 얼룩져 있습니다.

"지금 들리는 곡이 바흐의 수난곡이랍니다. 그리고 아까 들었던 곡이 기도장을 의미하는 〈오라토리오〉였구요."

디스크의 라인을 바꾸며 아내가 속삭입니다. 잘 모르지만 어둡고 슬픈 느낌인 것 같습니다.

여자 나이 오십이면 제 이의 청춘을 맞이한다고 하는데 이 여인은 마흔을 조금 넘기고 인생의 극한을 맞이하는구나 하는 생각을 하며 편지를 접어 서랍에 넣었습니다. 비가 조금씩 내리는 우울한 느낌의 석양이었습니다.

그로부터 일 년 후, 어느 고향 사람 자녀의 결혼식에 참석하였다가 그녀가 세상을 떠났다는 이야기를 들었습니다. 그리고 그 며칠 후 한 통의 편지가 날아왔습니다. 그녀가 보낸 것이었습니다.

오빠, 더 이상 버틸 자신이 없네요. 저를 모두들 저를 미워하고 저주하겠지만 오빠만은 절 이해하고 용서해 주시리라 믿으며 마지막 편지를 드립니다. 아마 지금 그 고장에는 옅은 분홍 빛깔의 복숭아꽃이 마을 앞 과수원에 흐드러지게 피었겠네요. 지금이라도 그 곳에 가 예전의 마을 언덕을 둘러보고 제가 살던 그 좁은 집의 마당에 가 무당처럼 춤을 추며 노래를 부르고 싶군요.

과수원에 가 아름답게 핀 꽃들 사이를 거닐고 싶은 마음이 꿀 같답니다. 나비와 벌들이 얼마나 아름답게 날고 있을까요? 고국의 땅에 엎드려 입을 맞추고 싶지만 고국은 너무 멀기만 합니다. 인생을 마감하는 슬픈 저의 육신을 위하여, 그리고 정착하지 못하는 저의 영혼을 위하여 기도해 주세요. 오빠의 기도를 영원히 기다리겠습니다.

참 제가 고국에서 많은 사람들의 신세를 지고 도망쳐 나왔다는 것은 오빠도 잘 아실 겁니다. 그런데 그 중에서도 순녀와 미욱이의 돈은 떼어 먹을 수가 없어 오빠에게 부탁드립니다. 지금도 어렵게 살고 있다는 소식을 바람결에 들었습니다. 보내드리는 돈을 현찰로 바꾸어 두 사람에게 똑 같이 나누어주십시오. 이 편지가 도착하는 날은 아마 제가 이 세상에 존재하지 않을지도 모르겠습니다.

그녀의 편지는 길지 않고 비즈니스만을 간략하게 적은 것이었습니다. 이 편지를 쓰며 얼마나 많은 사연들을 회상했을까. 그는 눈앞에 그녀를 떠올렸습니다.

순녀는 부부간 사이가 나빠 남편과 떨어져 시골에 지내고 있다는 소식을 들은 것이 몇 년 전인 것 같고 미욱이는 아들이 교통사고를 당하여 치료와 간호에 어려움을 많이 겪고 있다는 이야기를 작년 가을 바람결에 들은 기억이 납니다. 이들을 찾아보아야겠다는 생각은 하지만 조금 아득합니다.

그는 이 편지를 몇 번 반복해서 읽어보고 높은 봄 하늘에 시선을 보냅니다. 그가 살던 고장의 들판에 핀 보랏빛의 자운영이 융단처럼 끝없이 펼쳐져 눈앞에 어른거렸고 저 머나먼 언덕 위에는 복숭아꽃이 따스한 봄볕을 받으며 하늘의 구름과 맞닿아 있는 모습이 눈앞에 어른거립니다.

'우리 저 하늘에서 늙지 않고 오래도록 행복하게 살아요.'

아주 오랜 옛날 고향 마을의 나무 위에서 하늘로 오르면서 기님이가 속삭이던 이야기가 그의 가슴에 와 닿습니다.

인형들의 대화

– 운명 이야기

'인생은 역시 불가사의의 세계이지.'

　현우는 숲 속을 벗어 나오면서무엇을 잃어버린 듯 허전한 심정으로 이렇게 중얼거린다.

　'이런 아름다운 자연과 풍요도 좋지만 남편과 자녀가 기다리는 가정이었으면 금상첨화 아닐까?'

현우는 집에 칩거한지도 이 년이 된다. 활동을 하다가 집에 있으니 답답하기도 하려니와 사계절이 어떻게 흘러가는지 궁금하고 자연과 너무 떨어져 있으니 너무 삭막하다는 느낌이 든다.

그러던 차에 같은 교회에 다니는 신우가 등산을 한 번 가자고 한다. 어느 봄날, 가벼운 음식으로 채운 배낭을 준비하고 마을 뒤 산모퉁이를 지나 방배동 대우아파트 앞에 나간다. 정해진 시간이 되니 그 신우가 반갑다는 표정으로 헐레벌떡 달려온다. 그곳에서 몇 사람이 다가오는 관광버스에 타고 한참 가다가 서초동 모 변호사 사무실 앞에서 버스는 다시 선다. 거기에서 많은 남녀들이 타는 것이었다.

그 변호사가 자기 정당의 사람들을 이끌고 이 산악회를 조직한 것이다. 현우는 나이 들고 아는 사람도 별로 없어 쑥스럽지만 그래도 사람들과 이야기를 나누는 사이에 친근감이 느껴진다.

봄바람이 현우를 불러내고 버스의 창밖으로 바라보이는 봄의 소식들이 그를 스쳐 지나가면서 아득한 과거를 되살리게 하는 것이다. 연한 녹색의 이파리들이 파스텔 느낌으로 산야를 수놓는 풍경은 바람이라는 붓이 스치면서 그리는 한 폭이 수채화이다. 밀폐되었던 허파에 새로운 바람이 들어가면서 그의 얼굴에 생기가 돈다.

산도 지나고 들도 지나며 옹기종기 모여 사는 인간의 마을이 여느 때보다 더욱 정답고 아름답게 느껴진다. 언젠가는 그도 이 지상에서 사라지면서 세상 사람들과 이어졌던 인연들이 모두 단절될 것을 생각하니 더욱 그런 생각이 드는가 보다.

해가 중천에 올라올 무렵, 버스는 오대산 등산로 입구에 서고 모두 산에 오르기 시작한다. 버스는 모두가 하산할 지점에 와 있을 것이라 한다. 완만한 경사에 물기 젖은 등산로가 약간 미끄럽지만 적당한 습도를 유지시켜 주어 산행에는 안성맞춤이다. 옆 사람과 이야기를 나누기도 하고 혼자서 걷기도 하는 일행이 개미처럼 산길에 늘어서 있는 모습이 정겹다. 현우를 불러내었던 믿음의 친구도 곁에만 머무르지 않아 조금 허전한 느낌이다.

오대산의 등산 코스는 상당한 높이와 경사를 유지하면서 결코 짧지 않은 거리이다. 산에는 봄의 소식들이 여러 가지 모습과 색상과 소리로 시각과 청각에 잡힌다. 걸음의 빠르기와 느리기에 따라 대화 상대가 바뀌곤 한다. 정력이 넘쳐 보이는 중년의 사나이들이 나타나는가 하면 나이 든 여자들도 스쳐 지나간다.

얼마쯤 올라가니 숨도 가빠오고 팔다리도 조금 뻐근하다. 오랜 동안 크게 움직이지 않던 몸에 무리가 조금 가는지 목도 부드럽지 못하고 다리도 약간 통증이 오는 듯하다. 참나무의 이파리가 돋아 나오는 모습이 귀엽고 사랑스럽다. '가신 님 무덤가에 금잔디'라 읊었던 시인은 봄철이 되어 되살아나는 생명의 이면에 돌이켜지지 않는 인간의 목숨을 아파하였다.

"아니, 현우 선생님 아니세요?"

어느 중년 여인이 아는 체를 한다. 가벼운 느낌의 계란빛 점퍼를 걸치고 머리에는 브라운의 등산모를 쓴 모습인데 상냥하고 젊음이 넘쳐 보인다. 바라보는 그의 시선에 여인은 너무 아름답고 앳돼 미스 같게 느껴지지만 나이는 상당히 들어 보인다.

돌이켜보니 예전에 미아리에서 학원을 경영할 때 공부를 하던 강 여인이다. 열심히 공부를 하였지만 오래도록 지속하지는 못하고 중단했던 여인이다. 그런데 가끔 전화를 하곤 하였고 무슨 일을 당해 어려울 때는 찾아오기도 했던 것을 기억해낸다. 그리고 보니 불가사의

한 인간의 운명에 대해 관심이 많았고 공부도 열심히 하고 싶어하던 사람들 중의 한 사람이었다.

"웬일이세요? 여기에서 만나다니……."

그는 여인과 이야기를 나눈다. 상당히 오랜 기간이 스쳐 지나갔다. 그런데 다른 사람과는 달리 이 여인과 그와는 특이한 사건이 있었다.

그러니까 학원에 그냥 나온 것이 아니라 다른 장소에서 만나 대화를 트면서 그와 가까워졌고 그 인연으로 학원에 나온 것이었다.

그럼 오래 전, 그녀와 만나게 된 사연부터 적어보기로 한다.

그 날도 가까운 산에 올라 자연을 감상하고 적당한 운동을 즐기고 있을 때였다. 현우는 기를 살리고 세상의 이치를 깨닫는다고 젊은 시절에 도장에 나가 배운 단전호흡을 조금 해본다. 하늘이 투명해지고 저 하늘을 뚫고 수억만 리의 별세계까지 다가서는 느낌이다. 예전에 '정각도'라는 수도를 하는 곳에서 호흡하는 법도 배우고 선법 무술을 하는 곳에서 아래 단전을 주먹으로 치며 단련도 해보았다.

우주 삼라만상이 질서정연하게 다가선다. 눈앞에 늘어선 나무들이 춤을 추며 희열에 차 있고 숲 사이를 헤집고 다니는 공기에서는 향내가 나는 듯하다.

이 세상은 한 치의 오차도 없이 정해진 질서에 따라 움직이고 그것을 거스르려는 인간의 헛된 집착과 욕망, 비뚤어진 시선과 허위 등이 질서를 어지럽히고 있다.

'흑흑흑 흐흐흐흑…….'

어디에선가 이상한 소리가 들린다. 나이가 드니 이명(耳鳴) 증세가 생겨 이러는 것일까? 그는 자기 귀를 의심한다. 이름 모를 새들이 숲속을 왕래하고 벌레들 소리도 가끔 들리는 듯하지만 저런 소리를 낸

적은 없다. 그는 비대해진 몸을 곧추세우며 신경을 집중하여 귀를 기울인다. 아무 소리도 들리지 않는다. 다시 눈을 가느다랗게 뜨고 사방을 둘러본다. 분명 사람의 흐느끼는 소리이다. 몸을 일으켜 세우고 발걸음을 옮긴다. 나무숲에 가려 잘 보이지는 않지만 조금 떨어진 곳에서 사람의 모습이 보인다.

아주 여리게 보이는 여인이다. 베이지색 바지에 하늘색 점퍼를 걸쳐 입고 빨간색 캡을 눌러쓰고 있다. 그는 다가가 조심스럽게 어깨를 붙잡는다.

"무슨 일이 있어 그러세요?"

그녀는 아무 말도 하지 않고 침묵을 지킨다. 그리고 발걸음을 움직여 조금 멀리 옮긴다. 그리고는 흑흑 울음의 마무리를 한다.

더 깊은 서러움이 밑바닥에 깔려있는 듯 침묵의 깊이는 자정의 어두움 같다.

"왜 말을 하지 않으세요? 어려운 일이 있을 때 감추지 않고 털어놓으면 타인의 도움을 받을 수 있는 것 아니겠어요?"

그녀는 무척 유복한 가정에서 어려움을 모르고 자랐다. 배나무와 복숭아가 있는 과수원을 운영하고 있었다. 그녀는 사춘기 때 과수원에 나가 발갛게 피어나는 복사꽃을 바라보며 피어오르는 아지랑이가 가슴에 와 닿는 기분을 느끼곤 하였다. 아니 가슴을 복사꽃에 비유하며 한참동안 서 있기도 하였다.

그녀는 읍내의 선생님을 남편으로 맞았다. 딸만 셋을 내리 두었는데 건강하던 남편이 어느 날 갑자기 병을 얻게 되었다. 아무리 약을 써보고 병원에 다녔어도 병세는 완화되지 않았다.

시름시름 허약해지고 앓던 부분은 더욱 어두움에 싸여갔다.

어느 날 남편은 하느님이 내려주신 두레박을 타고 천상으로 올라가고 혼자 남겨진 여인은 세 딸을 데리고 살게 되었다. 사나이가 세상을 떠난 뒤 자녀들과 씨름하며 살기가 너무나 힘들고 외로워서 가까운 산에 올라가 흐느끼다가 현우 선생을 만난 것이다.

"이 세상에 사는 사람들은 모두 다른 사람이 알지 못하는 궁핍이나 고통, 불안이나 허무 등 어느 것이든 무겁고 힘든 심신의 짐을 지고 살게 마련이라오. 이런 역경이 없다면 어쩌면 세상은 식물과 같이 아무 의미가 없는 삶이 될 거예요. 불행을 당하고 그 불행을 이겨나가면서 세상에 대한 안목이 넓어지고 애정도 늘어가는 거지요. 그리고 좁은 소견에서 벗어나게도 되는 것이고요."

그래도 그녀는 아무 대꾸가 없다. 그녀가 고개를 돌릴 때 이마가 그의 시선을 스쳐 지나간다.

"여인네, 당신의 이마를 보니 중년에 남편의 자리에 흠이 나타나 보이는군요. 남편에 해당하는 운명의 별자리에 찬 기운이 돌면서 별 하나가 소멸되어 간다는 뜻이지요."

이 말을 듣더니 그녀의 눈에서 한 줄기의 빛이 발산한다. 유성이 되어 소멸되어 가는 별이 마지막 발산하는 빛이 이 눈에서 발견되는 것만 같다. 이 우주의 만물은 생성과 소멸을 거듭해가면서 억겁의 세월을 견디어 왔다. 소멸 자체가 마지막이 아니라 우주 질서의 한 과정이고 생성의 전조인 셈이다. 소멸에서 느끼는 안타까움과 슬픔도 풍요와 환희의 전조가 아니겠는가.

그녀는 남자가 듬직하고 삶의 진리를 모두 터득한 사람으로 보였던 모양이다. 한참의 시간이 흐른 뒤에 프라이버시를 감추지 않고 저간의 사정을 모두 털어놓고 이야기한다.

이것이 그녀와 인연을 맺게 된 시초이며 차츰 역학을 공부하겠다고 학원에 나오면서 인연은 깊어지고 정도 두터워졌다.

칠십을 바라보는 현우 선생, 그는 가벼운 옷차림으로 봄날의 따스한 언덕에 올라 멀리 눈길을 보낸다. 하늘은 젖빛으로 흐려있고 반투명의 하늘 저편으로는 오대산 정상이 바라보인다. 한창의 젊은 나이였을 때에는 저 산밑에 펼쳐진 너른 들판을 휘젓고 다니기도 하였다. 그곳에는 언덕이 있고 골짜기가 있었다.

가꾸지 않아도 무성하게 자라 탐스러운 꽃을 피우던 화초들과 과수들이 어깨를 걸쳐 마주 보고 흔들며 춤을 추고 희열의 미소와 환락의 몸짓을 보낸다. 어느 사이에 우리 주변의 산들에는 사이사이의 공간에 공원이 들어서고 스키장 골프장이 들어섰다. 곳곳에는 주택이 들어서 자연이 보존되던 영역은 차츰 줄어들었다.

현우는 삼십대의 젊은 나이에 미아리에서 역학(易學)을 가르치는 학원에서 명리학 선생을 수년 간 하였다.

그 학원에서는 명리(사주)를 주로 가르쳤지만 그 외에 관상학 성명학 역경학 등도 가르쳤다.

일정 기간 수업을 받으면 역술인 자격증도 수여하였다. 그곳에서 수업을 받은 사람들이 곳곳에서 영업을 하며 우매한 대중들에게 세상을 살아가는데 필요한 지혜를 베풀어주고 있는 것이었다. 언제 닥칠지 모르는 풍파를 일러주어 예방케 하고 이미 곤경에 빠진 사람들에게 해결의 방법을 처방해주는 상담을 하는 것이었다. 결혼의 상대를 선별해주고 작명을 해주기도 하였다.

그는 수업을 받고 나간 제자들이 영업을 하다가 잘 모르는 영역이 있어 전화를 하면 가르쳐주기도 하였다.

그는 학원에서 나왔다. 나이가 들면서 혈압이 높아지고 조금만 과로를 하여도 피로가 쌓이는 것이어서 은퇴를 하고 사당동의 자택에 기거하고 있는 것이다. 학원에는 여러 직업과 다양한 학벌의 사람들이 모여 열심히 강의를 듣곤 하였다.

'쨍그랑' 소리가 날 정도로 맑은 하늘이 어느 새 무너지기 시작하더니 구름이 몰려오고 음산해지기 시작한다. 미래란 이렇게 아무도 알 수 없는 것인가 보다.

두 사람은 예전에 닦던 학문에 대하여 이야기를 나눈다. 미즈 강은 넘치는 호기심으로 묻기 시작한다.

"선생님, 점이란 게 도대체 무엇입니까? 예전에 배워 대강은 알고 있지만 다시 복습하는 셈으로 듣고 싶어요. 그리고 이 글을 읽는 독자들을 위해서도 재미있게 설명을 해 주세요."

아무 것도 모르는 사람들은 점이라는 것을 미신 따위라 생각하고 아무 가치도 없는 헛된 것이라 비웃지요. 그러나 우리 조상들은 오랜 세월 동안 살아오면서 미래를 예측하는 지혜를 길러왔던 것이지요. 점에 대한 이야기를 하나 들려드릴까요?

하늘이 드높고 눈이 시리게 푸른 어느 가을 날, 역술인 세 명이 들길을 걷다 산언덕으로 접어들게 되었지요. 숲은 우거져 아름다웠고 조금씩 단풍으로 물들어 노란 소나무 이파리가 황금처럼 그늘진 산길을 덮고 있었지요.

경사진 언덕을 걷다보니 숨이 가빠오고 목덜미에 땀이 배기 시작하였어요. 얼마쯤 걸어가니 두어 자쯤 되어 보이는 얼룩덜룩 살진 뱀한 마리가 걷고 있는 길 앞을 가로질러 가는 것이 아닌가.

"오늘 무슨 일이 일어나겠습니까?"

뱀을 지켜보던 한 사나이가 무심코 물었지.

"뱀(蛇)이 길을 가로지르니(橫), 가로 횡에 뱀사라. 횡사(橫死)한 사람을 보겠구려."

두 사람의 이야기를 듣기만 하던 한 사나이는 이마에 웃음을 띠우며 재미있다는 듯이 대화에 귀를 기울인다.

얼마쯤 걷고 있으니 까옥까옥 까마귀 소리가 들려왔고 먼 곳에서 기적소리가 들렸다. 아니나 다를까 산 중턱에 공간이 좀 너르게 펼쳐져 있었는데 허술한 바지에 하얀 저고리를 걸친 사나이, 하얀 고무신은 벗겨지고 머리는 까치집을 한 채 쓰러져 죽어 있는 것이 아닌가?

입 안에서는 검붉은 피가 조금 배어 나오고 있었다.

"주변에서 일어나는 일을 무심코 넘기지 않고 그 경우(境遇)를 측량(測量)해서 미래를 알아내면 적중하는 경우가 있으니 이를 측경점(測境占)이라고 한답니다."

다른 이야기를 하나 들어볼까요? 어느 총각이 배필로 맞이할 처녀를 집안 어른들에게 인사시키려고 집에 초대를 하였지요.

마침 점심시간이 가까워와 음식을 준비해 상을 차리고 있었지요. 결혼을 할 사내와 그의 부모 그리고 놀러온 사촌 남매가 자리에 앉았고 처녀가 들어왔지요. 처녀의 부모님은 시골에 계시고 친척집에 기거하고 있었는데 그 날 시간을 내었지요. 처녀는 부끄러운 태도를 감추지 않아 분위기가 무척 어색하였지요. 마루에 너른 상을 펼치고 가정부가 잡채를 담은 접시를 가져와 상에 놓았지요. 그리 크지는 않았는데 조금 충격을 받았는지 그 접시는 신기하게 반으로 좍 갈라져 깨지는 게 아닌가. 이 혼사는 이런저런 사연으로 갈라진 접시처럼 깨지고 말았지요. 이 이야기의 경우도 측경점의 이야기지요.

이런 사례는 우리 주변에서 많이 경험할 수 있는데 예를 들면 집안의 거울이 깨지면 부부간의 금슬에 금이 간다는 이야기가 있지요. 그래서 파경(破鏡)이라는 말도 생겨났다는 겁니다. 그리고 집안에서 기르던 개가 집을 나가면 안주인의 액(厄)을 가지고 나간다고 하여 좋아하였고 반대로 집안에 주인 없는 개가 들어오면 집안에 액을 가지고 들어와 안주인에게 엉긴다는 것을 알아내었답니다. 이런 사례는 단순히 재미로 만들어낸 이야기가 아니라 오랜 세월 동안 우리 조상들이 살아오면서 경험을 한 이야기라서 실제로 현실과 맞아떨어진다고 보아야 합니다. 참, 집안의 소가 죽으면 바깥주인의 액이 소멸된다는 이야기도 있답니다. 강여사, 재미있지 않아요? 집안에 주인을 잃은 강아지가 들어오면 횡재를 하였다고 즐거워할 것이 아니라 빨리 밖으로 내보내는 재치를 발휘해야 하겠지요?

그리고 또 하나 재미있는 일은 우리가 쓰는 말이 운명을 결정짓는다는 이야기가 있지요. 그러니까 우리가 늘 쓰는 말이지만 칭찬하는 말이나 격려하는 말을 많이 써야 한다는 이야기입니다. 노랫말도 미래를 예언하는 기능이 있다고들 하더군요. 〈낙엽처럼 가버린 사랑〉이라는 노래를 부른 가수가 젊은 나이에 세상을 떴다고 하지 않아요?

그리고 저와 친한 친구가 있는데 그가 어느 날 친구들 모임에서 〈꿈도 사랑도 다 마셔버렸네〉라는 가사를 가진 노래를 아주 구성지게 부르던 것을 기억하고 있어요. 다음 어느 날 그를 만났을 때 이런 이야기를 하더군요. 사람이 죽어 상여를 메고 갈 때 부르는 노래, 만가라고 하지요 그 노래를 듣는 것이 그렇게 좋다는 말을 하더군요. 그런데 그 친구가 암에 걸려 수술을 하였는데 재발하여 다시 수술을 하였다는 이야기를 들었습니다. 죽음을 예상했던 사람 같았습니다.

그리고 어떤 이는 이런 이야기도 하더군요. 아주 오래 전의 일인데, 우리가 〈오동동 오동동〉이라는 가사의 노래를 무척이나 즐겨 부르던 일을 기억할 것입니다. 그 노래가 퍼지던 무렵, 장기 집권하던 정치권에 대항하여 억세게 학생들이 데모를 하였는데 그들을 진압하던 경찰이 학생 하나를 구타하여 죽인 후 하수구에 빠뜨린 것이 발견되었답니다. 그 학생이 김주열이라는 학생인데 그 곳이 바로 마산의 오동동이었다고 하더군요. 글쎄 이 일을 우연이라고 하기에는 너무나 심각한 이야기 같더군요.

　　어린이들이 부르는 동요들도 나라가 어려울 때는 우울하고 슬픈 가사와 곡조의 노래가 많았고 나라에 좋은 일이 일어날 무렵에는 밝고 즐거운 노래들이 불리어졌다고 합니다. 이런 이야기는 초등학교 국어 교과서에도 나왔던 이야기입니다.

　　우리는 한때, '검은 고양이 네로'라는 노래가 번창했던 일을 기억할 것입니다. 당시의 우리 사회가 얼마나 혼란스럽고 어지러웠는지 돌이켜집니다.

　　그런데 우리의 선현들은 우연이라고 볼 수밖에 없는 이런 일들을 가지고 미래를 예측하는 단계를 벗어나 더 뛰어난 방법으로 미래를 바라보거나 무슨 어려운 일에 부딪쳤을 때 올바른 해결책을 찾았다고 합니다. 그게 바로 역경학으로 푸는 점이라는 것이랍니다. 세 개의 막대를 연결과 단절로 구분하여 여덟 가지의 경우를 생각하였어요. 그게 팔괘라는 것인데 우리가 쉽게 볼 수 있는 우리나라 국기의 태극 주변에 그려져 있는 네 개의 괘는 그 중의 일부지요.

　　세 개의 막대가 다 붙어 있는 것은 건위천, 다 떨어져 있는 것은 곤위지, 가운데가 떨어져 있는 것은 이이화, 가운데만 붙어 있는 것은 감위수 등이 되는 것이랍니다. 그 여덟 개의 괘를 둘씩 짝을 지어 괘를 만들면 건위천(乾爲天)(복괘로 건위천이니, 復乾天이라는 말도 쓴다)부터 뇌택귀매(雷澤歸妹)까지 예순 네 개의 괘(卦)가 형성됩니다. 복괘(復卦)라는 것이지요. (8*8=64)

우리는 쉽게 여덟 가지의 경우와 하나부터 여덟의 숫자를 연결하여 점을 치는 것이지요. 점치는 집에 가면 젓가락 두 개를 집으라는 말을 하는데 그 젓가락에는 하나부터 여덟까지의 숫자를 나타내는 점이 찍혀 있는 거지요. 그렇지 않고 점을 치는 순간의 시간으로 점을 치기도 하지요. 시간의 숫자와 분의 숫자로 괘를 만드는 것이지요.

그리고 그 날의 일진(日辰)을 보아 청룡(靑龍), 주작(朱雀), 구진(句陳), 등사(螣蛇), 백호(白虎), 현무(玄武)라는 여섯 가지의 짐승 곧 육수(六獸)를 연결시키는 것이랍니다. 청룡은 즐거운 일, 주작은 말썽, 구진은 오랜 것이나 놀라는 일, 등사는 사소한 일, 백호는 무서운 일, 현무(玄武)는 비밀의 일 등을 의미한답니다. 그리고 괘 자체와 여섯 가지의 효(爻)의 관계를 알아보아 형제, 자손, 관사(官事), 재물, 문서 등으로 설정되는 것이랍니다. 이게 소위 주역점이라는 것이지요. 청룡 재물은 돈이 들어온다거나 남자의 경우 반가운 연인을 만나는 경우가 생기겠지요.

그리고 백호에 관사가 연결되어 있으면 직장의 상사에게 혼이 난다든지 감사를 받는 경우가 생기겠지요.

역학을 한 사람의 집에 이웃집 총각이 와서 대문을 꽝 꽝꽝 하고 노크를 했지요. 한 점 두 점으로 점을 쳐보니 부모님이 아프다는 점괘가 나왔지요. 부모가 아프면 나에게 무엇을 하러 왔을까?

"어머니가 아파 약을 지으러 우리 집에 자전거를 빌리러 왔군."

사연을 물어보니 과연 그 예측이 맞았다고 하였어요.

"자기의 앞날에 일어날 일들이 우연한 어떤 숫자에 의해 지침을 받는다는 것은 아무래도 이해가 되지 않는 일입니다. 자기가 집은 막대의 모양에 나타난 숫자, 그 일을 생각했을 때의 시간에 나타난 숫자에 의해 미래가 예언되다니 저도 참 많은 생각을 하게 되었답니다. 이것은 아무래도 보이지 않는 어떤 손에 의한 작용이라는 생각을 해보았습니다. 그게 기독교에서 말하는 잡신일 수도 있겠고 오랜 기간 우리 지상을 떠도는 어떤 신비한 힘이라는 것이 아닌가 하는 생각도 듭니다. 기독교인들이 이 역학을 싫어하는 분야가 이 역경학이라는 생각이 듭니다. 아무튼 이 분야에 더 많은 연구가 필요하지 않나 하는 생각이 듭니다. 기독교인들에 대한 일을 점치면 맞지 않는다는 이야기도 있습니다."

"그럼 선생님, 명리학에서 말하는 사주라는 것은 무엇이며 어떻게 풀어 가는 것이지요?"

우리 선인들은 하늘과 땅을 지배하는 기운을 잡아내어 그것이 우리 인간의 명(命)을 만들고 그 기운이 살아가는 길까지 좌우한다는 것을 알아내었지요. 하늘을 지배하는 기운은 열 가지인데 그게 바로 갑을병으로 시작하는 열 개의 천간(天干) 글자이지요.

그리고 땅을 지배하는 기운으로는 자축인으로 시작하는 열두 개의 지지(地支) 글자이지요. 이 기운은 일 년에 크게 한 번, 한 달에 한 번 그리고 두 시간(자시 축시 등으로 따진다면 한 시간)에 한 번씩 바뀐다는 것도 알아내었지요. 천간은 하늘나라를 지배하는 기운이고 지지는 땅을 지배하는 기운이라는 것이지요. 우리가 이 지구를 떠나 다른 천체로 옮겨 산다면 이 지지글자가 우리들에게 아무런 의미가 없는 것이 될 수밖에 없지 않겠어요?

우리 선인들은 호(號)를 지을 때 집이라는 의미의 당(堂)이라는 글자를 잘 쓰지 않아요? 그리고 어느 분야를 크게 개척했을 대 집(家)이라는 의미의 음악가 건축가 작가 등의 표현도 쓰지요. 우리 인간을 건축물로 비유하였던 것이랍니다.

그 해의 하늘의 기운과 땅의 기운을 나타내는 기둥을 연주(年柱), 그 달의 것은 월주(月柱), 그 날의 것은 일주(日柱), 그 시간의 것은 시주(時柱)라고 하여 네 개의 기둥을 사주(四柱)라고 하는 것이지요.

이 네 개의 기둥이 그 사람을 나타내는 건물이 되는 것으로 생각하는 것이지요. 그런데 그 기둥 하나는 두 글자로 이루어지고 있지 않아요? 신사년이라고 하면 신사가 곧 연주가 되는 것이니까요. 월주 일주 시주도 마찬가지이니 모두 여덟 글자가 되는 것이지요. 그래서 팔자(八字)라는 말이 나온 것이랍니다. 사주니 팔자니 하는 것이 곧 그 사람의 명(命)이 되는 것이지요. 그 사람은 자기의 의지대로 살기보다는 하늘의 명대로 살아간다고 할까. 하늘의 명령이지요.

그 팔자가 해마다 달마다 날마다 시간마다 달라져 가는 기운에 따라 어떻게 변해 가느냐 하는 것을 곧 운(運)이라고 하지요.

명을 자동차나 기차 배 비행기로 비유한다면 운은 육로 항로 항공로라고 할 수 있을 것 아닌가? 아무리 나쁜 자동차라 할지라도 길이 좋으면 비교적 순탄하게, 아무리 좋은 자동차라 할지라도 길이 나쁘면 힘들게 갈 수밖에 없듯이 우리 인생도 이와 마찬가지 아닌가요. 물론 좋은 비행기에 좋은 항공로라면 더할 나위 없이 빠르고 쾌적하게 날아갈 수 있지 않아요?

운에는 십 년마다 바뀌는 대운(大運)이 있고 해마다 바뀌는 세운

(歲運), 달마다 바뀌는 월운과 시간마다 바뀌는 시운이 각각 자기 인생의 길을 운행하는 비행체가 지나야 할 항공로와 기후 역할을 한다고 보면 되겠군요. 대운이 가는 길은 양남과 음녀는 순행, 음남과 양녀는 역행을 한답니다. 3월에 태어난 양의 남자일 경우 4월 5월 등으로 운이 진행된다는 것입니다. 그러니까 따뜻한 기운이 필요한 경우에는 여름이 오니 좋은 운이 돌아온다고 보아야 되겠군요. 그러나 7월부터는 가을에 접어드니까 나빠진다는 것이랍니다. 음의 남자와 양의 여자인 경우에는 반대로 2월 1월 등으로 운이 진행되어 나가니 겨울이 오는 것이랍니다. 그러니까 따뜻한 기운이 좋은 사람은 나쁜 운이 되는 것이고 차가운 기운이 좋은 사람은 좋은 운을 맞이하게 되는 것이랍니다.

이 대운은 10년씩이나 되는 긴 세월이기 때문에 사람이 자기 인생을 살아가는 데 아주 중요한 길이라 할 수 있답니다.

악운이 되면 허송세월을 하고 호운이 되면 승승장구를 하게 되는 것 당연하지요. 양이라는 것은 갑병무(甲丙戊)등의 천간과 자인진(子寅辰)등의 지지 글자이지요. 음이라는 것은 을정기(乙丁己)등의 천간 글자와 축묘사(丑卯巳)등의 지지 글자이지요. 그러니까 천간으로는 갑은 양, 을은 음, 병은 양, 정은 음 등으로 양과 음이 교체되고 지지로는 자는 양, 축은 음, 인은 양, 묘는 음 등으로 양과 음이 교체되는 것이지요. 쉽게 말하여 쥐띠는 양, 소띠는 음, 호랑이띠는 양, 토끼띠는 음이라는 것입니다.

"참 재미있군요. 그럼 선생님, 오늘은 사주에 관련되는 재미있는 이야기가 있으면 하나 들려주세요."

그는 이야기를 다음과 같이 들려준다.

어느 시골 마을에 혼기를 맞은 들꽃 같은 처녀가 살고 있었다. 처녀의 온몸이 봄의 꽃처럼 피어오르고 꿀 같은 향내가 풍기는 것을 느낀다. 이웃집 언니도 작년 가을에 가까운 이웃 동네로 시집을 가고 가까운 벗이라고는 건너 마을 숙이 밖에 없다. 그러나 나이를 먹으면서 왕래도 줄어들고 가끔 지나는 동네 아주머니를 통하여 소식을 듣기만 한다.

"처녀, 저 앞 동네 숙이 있지? 나 시장 갔다가 오는 길에 만났는데 처녀 소식을 묻더구먼. 물론 잘 있다고 했지. 그래, 숙이는 결혼 날을 받았대."

아주머니는 처녀를 끔찍이 위하는 사이이다. 아주머니는 처녀의 어머니 은덕을 많이 입고 있기 때문이기도 하다. 어머니는 음식이 남아 있거나 별미음식을 만들었을 때 아주머니께 맛을 보여주곤 하였다. 떡이라든가 부침개 등 혹은 먼 곳에 가 진귀한 나물을 뜯어왔을 때에는 꼭 이웃에 사는 아주머니께 갖다주곤 하였다.

"애, 순이야. 너도 이제 숙성하였으니 시집을 가야 할 게 아니냐? 내가 보아둔 곳도 있고 청혼이 들어온 곳도 있으니 잘 생각해 보아라."

어머니는 들판 건너 멀리 떨어진 너럭바위라는 마을에 사는 농사꾼 총각과 개울 건너 양지 바른 동네에 사는 군인을 갓 피어나는 처녀인 딸에게 이야기한다. 농사꾼은 씨를 뿌려 농토를 잘 가꾸며 살았고 군인 총각은 나라의 부름을 받아 나선 강인한 체력과 늠름한 모습을 지니고 있었다.

어머니는 딸에게 이렇게 타이른다.

"농사꾼은 부모가 지니고 있는 살림도 탄탄하고 부지런하며 부모에게 효성도 지극하고 형제간 우애도 두텁다고 한다. 군인은 국가에 매인 몸, 언제나 국가의 위기에 나서야 하지. 전쟁에 이기면 명예를 얻는 훈장도 기다리지만 패배 때에는 생명까지도 내놓아야 한단다."

어머니는 농사꾼에 마음을 두고 하는 말이다.

"어머니, 저는 집안에서 농사나 짓는 사나이보다 나라를 위하여 큰 일을 하는 남자가 더 훌륭해 보여요."

처녀와 어머니는 얼마 후 딸의 의견을 존중하여 군인이 더 낫다는 결론에 이른다. 집안에 틀어박혀 농사나 짓는 옹졸한 사나이보다는 빛나는 제복에 전국 방방곡곡을 누비며 병사들을 호령하고 당당한 높은 분들과 사귀는 사내가 좋다는 생각이다.

이런 대화를 지켜보시던 할아버지가 두 남정네의 사주를 가져오라고 이른다. 처녀의 할아버지는 하늘에서 명한 인간의 미래를 공부한 유식한 분이셨다.

"어멈아, 두 남정네가 모두 탐이 나지만 두 사람 다 택할 수는 없는 일, 이 할애비가 두 사나이의 성품과 미래를 예측하여 보자꾸나. 사주를 가져와 보아라."

처녀의 어머니인 며느리에게 이르는 말이다. 가져온 사주를 들여다보시던 할아버지는 군인보다는 농사꾼이 낫다고 이른다. 자세한 이야기는 하지 않는다.

그러나 할아버지의 이야기를 몇 번 듣고서 어머니는 그들이 결정한 내용을 바꿔야한다는 의견을 말한다.

"세상을 오랜 동안 살아오시고 학식도 풍부하신 할아버지의 의견을 존중하여 농사꾼에게 시집을 가는 게 좋지 않느냐?"

어머니는 딸에게 말하며 생각을 바꿀 것을 권유한다. 그러나 처녀는 자기의 의견을 굽힐 줄을 모른다. 며칠이 지나도 처녀의 생각에는 변함이 없다. '시집을 갈 당사자의 의견이 더 중요한 게 아니냐'며 자기의 의견을 굽히지 않는다.

"호호, 팔자란 거역할 수 없는 모양이구나. 그 사내는 삼십 이전에 세상을 뜰 팔자여. 네가 그 나이에 홀로 될 처지이니 그 남자는 너와 천생연분인 모양이구나. 네가 상부(喪夫)를 하고 나서 결혼을 반대하던 할애비가 생각나 내가 죽은 뒤 사당에 와 통곡을 할 것을 생각하니 가슴이 아프구나. 더 이상 반대할 명분이 없구나."

할아버지는 장죽에 든 담배에서 연기를 빨아 들이켜고 나서 나무 재떨이에 재를 털어내신다.

처녀와 어머니는 할아버지 방에서 물러 나와 안방으로 향한다. 이어 혼사는 이루어지고 세월은 흘러 이 부부는 이십을 넘어 한참동안 살았다. 사나이는 전쟁터에서 공을 세우고 그 이름이 세상에 널리 알려졌다. 처녀는 이미 엄마가 되었고 그 남정네와 결혼한 것이 얼마나 옳은 판단인지 할아버지의 의견에 반대하던 자신이 대견스러워진다.

그러나 그것이 오래 가지는 않았다. 어느 날 남편이 누구의 모함에 의하여 옥에 갇히고 결국에는 주살(誅殺)을 당하는 비운에 처하게 된다. 그 소식을 들은 그녀는 자리에 쓰러진다. 갑자기 기절하여서인지 울음소리도 들리지 않는다.

"너무 애통해 마십시오. 장군님은 젊은 나이에 나라에 커다란 공을 세우셨습니다. 얼마나 훌륭한 분인지는 후세의 사람들이 평하실 것입니다."

그녀의 귀에는 아무 소리도 들리지 않는다. 열 살 무렵의 딸과 그 아래의 아들이 곁에서 무슨 영문인지 모르고 멍하니 서 있었다. 며칠이 지나 이제 조금 제 정신이 드는 모양, 아낙은 두 남매를 앞세우고 들길을 걷는다.

파랗게 자라나는 보리가 바람에 가볍게 흔들리고 있다. 어린 시절을 보냈던 친가에 들어섰으나 인기척은 없다. 어머니와 아버지 그리고 오빠가 들에 나가신 모양이다. 안방 옆에 사랑방이 있고 그 사랑방 앞에 할아버지의 사당이 마련되어 있다. 그녀는 사당 안에 놓여진 상의 다리를 붙들고 흐느낀다.

아이들은 밖에서 아름다운 오색의 꽃들을 구경하고 있다. 살구꽃이 흐드러지게 피어있고 떨어진 꽃 이파리들이 마당에 흩어져 그녀의 마음을 쓸쓸하게 한다.

여인의 시야에는 자기가 결혼을 할 무렵의 할아버지 모습이 떠오르고 그때 하시던 말씀 '홀로 되어 쓸쓸한 몸을 이끌고 이 할애비의 사당에 와 흐느낄 것' 이라는 말씀이 귀에 쟁쟁하다.

이 여인이 남이 장군의 부인이다. 남이(南怡)는 태종의 외손으로 세조 때의 장군이다. 이시애의 난에 용맹을 날리고 26세 때 병조판서를 지냈으나 한계희의 간에 의하여 예종이 즉위한 해에 옥사하였다.

남이가 어느 날 밤 금중(禁中)에서 숙직을 하고 있는데 혜성이 나타났다. 남이는 새 것이 나타날 징조라고 아래와 같은 시로써 소신을 피력하였는데 류자광이 역모를 획책한다고 모함하였다.

白頭山石磨刀盡　백두산의 돌은 칼을 갈아 닳아지고
豆滿江水飮馬無　두만강의 물은 말이 마셔 없어져
男兒二十未平國　남아 이십에 나라를 평정하지 못하면
後世誰稱大丈夫　후세에 누가 대장부라 칭하리요.

남아이십미평국(男兒二十未平國)을 남아이십미득국(男兒二十未得國)(나라를 얻지 못하면)으로 조작하여 역모를 꾀한다고 모함한 까닭에 영의정 강순(康純)등과 함께 주살(誅殺)되었다. 남이의 묘가 있는 북한강 가운데의 조그만 남이섬에는 지금 방갈로 골프장 수영장 등이 있어 그곳에서 운동을 하고 삶을 즐기는 이들은 서러운 남정네의 일생에 대해 조금이라도 돌이켜보거나 애달프게 생각하지 않을 것이다.

명성을 날리던 남이장군이 20대 후반의 젊은 나이에 세상을 뜰 것을 미리 알고 손녀와의 결혼을 반대하던 이 할아버지의 역학 실력에 우리는 감탄을 하지 않을 수 없다.

"선생님, 참 재미있군요. 단순히 재미있다기보다는 이 세상에 그런 뜻깊은 학문이 있다니 놀랍군요. 그런데 선생님, 부적이라는 것은 도대체 무엇인지 그리고 그 효과는 과연 있는 것이지 궁금하군요. 그것에 대하여 이야기 좀 해주시겠어요?"

아래의 이야기는 현우 선생이 들려주신 이야기이다.

어느 봄철, 젊은 아낙이 사내아이의 손을 붙잡고 개울가로 빨래를 하러 가는 중이었다. 봄날이라 언덕 위에 하얗게 피어 있는 찔레꽃 향기가 널리 풍기고 있어 아낙네의 가슴을 취하게 만들었다.

마침 바랑을 짊어진 나이 든 스승 한 분이 언덕을 내려오는 중에 발걸음을 잠시 멈추고 아이를 내려다보며 한 마디 던졌다.

"고놈 참 잘 생겼구나. 선이 뚜렷한 코에 반짝이는 이마, 어디 하나 결함이 없구나."

스승은 혀를 껄껄 차며 말을 이었다.

"그런데 어쩜 중년에 큰 액운이 닥칠지 모르겠는걸."

안타깝다는 스승의 표정과 말에 아이 엄마는 어쩔 줄을 모르며 스승의 옷자락을 붙잡고 애원한다.

"스승님, 무슨 일이 생기면 어떻게 해요."

그러나 스승은 별 관심이 없다는 듯이 옷자락을 부여잡으며 발길을 재촉한다.

아낙은 액운을 면할 수 있는 처방을 내려달라고 사정을 한다.

"스승님, 이대로는 떠나시지 못하십니다. 가련한 저를 이대로 팽개치고 떠나시지는 못하십니다."

그리고 보니 빨래 바구니는 저 멀리 보이고 두 사람은 한참 동안 언덕을 향하여 올라온 처지였다.

"아낙의 애원이 애절하시니 박절하게 거절을 못해 액을 때우는 글귀를 하나 써 드리리다."

스승은 지필묵을 바랑에서 꺼내 하얀 용지에 무어라 쓴 뒤에 접어 가지고 아낙에게 전한다.

"이 글귀를 주머니에 싸 평생 지니도록 하시오. 어려움이 있을 때 덕이 되리라."

오색 비단 주머니에 싸여진 부적은 어머니에 의하여 아이의 아래 내의의 위 부분에 꿰매어져 항시 소지하는 대상이 되었다.

소년은 몸도 무럭무럭 건강하게 자랐고 학교 공부도 열심히 하여 동네의 모범청년으로 성장해 갔으며 깊은 학문도 많이 쌓아 어느 날 과거를 보러 한양에 가게 되었다. 한적한 산길을 고달프게 걸어가는데 밤이 되어 잠자리를 찾게 되었다. 한참을 올라가니 봉창에 불빛이 새어나오는 집이 한 채 보였다. 마당에 들어서 주인을 찾았다. 안에서 나이 든 여인이 나와 사정을 듣는다. 그는 숙식을 제공받고 싶다고 말한다. 안내를 받은 그는 안으로 들어갔다.

맛있는 음식을 먹고 따뜻한 방에서 풍요로운 밤을 보내고 아침이 되어 눈을 떴다. 두 사람은 밤 깊은 줄도 모르고 오래오래 지나온 이야기를 주고받으며 시간을 보냈던 것이다. 그가 눈을 떴을 때에는 방 안의 공기가 부유스름하게 우윳빛으로 젖은 듯하였다.

그리고 가슴과 배가 답답하게 느껴졌다.

하룻밤을 즐겁고 만족스럽게 해주었던 그 여인이 배를 타고 앉아 하얗게 번득이는 칼날을 그의 목의 동맥에 겨누고 있는 것이 아닌가? 그 순간 조금이라도 움직이면 그의 목숨은 달아날 참이었다.

"조금만 움직이면 그대는 살아남지 못하리라. 그대가 어젯밤에 들려준 이야기를 생각해보니 관직에 있던 우리 아버지를 모함하여 파멸케 한 사나이가 바로 당신의 아버지였더구먼."

여인의 아버지가 관직에서 파직을 당하고 감옥에 가는 등 갖은 고통을 겪은 것은 사나이의 부친 때문이라는 것이었다. 그리하여 가세는 기울고 따님도 부모의 보살핌을 받지 못하고 고달픈 인생의 길을 걷고 있는 것이었다. 이제 원수를 만났으니 복수를 하겠다는 것이었다. 사나이는 이 막다른 골목을 벗어날 수 없음을 느끼고 절망한다.

그런데 잠시 후 퍼뜩 머리에 떠오른 것은 어렸을 적 어머니가 매달아 준 조그만 주머니였다. 지금도 그 주머니는 그의 내의 한 부분에 매달려 있는 것이 아닌가?

"내 그대의 심정을 충분히 이해하오. 아버지가 저지른 과오를 내가 사죄드리는 바이오. 그런데 간절히 부탁하는 마지막 한 가지 소원이 있사오니 들어주시구려."

그는 글귀를 꺼내 여인에게 건넨다. 그 안에는 다음과 같은 내용의 글이 적혀있다.

〈돌아가신 아버지의 원수를 갚을 수는 있어도 살아있는 남편을 죽이는 죄는 면할 수 없으리라.〉

그녀는 한참 생각을 하다가 칼을 던지고 그를 껴안는다. 이렇게 하여 오랜 기간 간직해 온 글의 힘은 완벽하게 발휘되었다. 글귀를 읽으며 '하룻밤만 같이 지냈어도 사나이는 남편이 아닌가' 하는 생각이 들었던 것이다.

"참 재미있는 이야기입니다. 선생님, 사람이 자기 자신을 비롯한 많은 사람들의 안에 숨겨진 인생의 내막 같은 것이나 미래를 안다는 것은 참으로 재미있고 세상을 살아가는데 많은 도움이 될 것이지만 어쩌면 모르는 것보다 삶에 대한 의욕이 사라지고 삭막한 세상이 될지도 모르는 일이 아닌가요? 저는 그런 생각을 하면 인생에 대하여 환멸 같은 것이 느껴져요. 인형극에서 그 인형들은 자신의 의지가 아니고 어떤 다른 존재에 의하여 움직이고 있듯이 우리 인생들도 그렇게 조종당하고 있다면 얼마나 재미없는 일인가요? 선생님도 이만큼 공부를 하셨으니 살아가는 일이 참으로 재미가 없으실 것 같아요"

우리 인생이란 그렇게 단순하지만은 않지요. 아무리 공부를 하고 경험을 쌓아도 모르는 일이 끝없이 일어나는 게 세상일이니까요. 그럼 우리 인간이 얼마나 어리석은가 다른 이야기를하나 들려드릴까요?

아주 먼 옛날, 어느 여름에 중국의 장자(莊者)선생이 외출을 하였다가 돌아오는 길에 산언덕을 지나고 있는데 무덤 앞에서 부채질을 하는 여인이 보였다. 날씨가 그렇게 덥지도 않거니와 부채의 바람이 얼굴에 와 닿는 것이 아니라 반대로 밖을 향해 움직이고 있었다. 하도 수상하여 그는 여인에게 다가가서 말한다.

"왜 별로 덥지도 않은데 그렇게 열심히 부채질을 하고 계십니까?" 하고 사연을 물었더니 그 여인은 이렇게 말하는 것이었다.

"이 무덤은 제 남편의 무덤이랍니다. 남편이 며칠 전 세상을 떴는데 눈을 감으면서 〈내가 겪은 바로는 당신은 남자가 없으면 도저히 살 수 없는 여인이지요. 그러나 너무 서둘러 재혼을 하면 사람들이 손가락질을 할 테니 내가 죽거들랑 무덤의 풀이나 마른 뒤에 재혼을 하도록 하시오.〉라는 말을 유언으로 남겼어요. 그래 재혼을 빨리 하고 싶어서 풀이 빨리 마르도록 부채질을 하고 있습니다."

장자선생이 집에 돌아와 마누라에게 이 이야기를 하였다.

"그렇게 부부간이 수십 년을 같이 살다가 남편이 세상을 떠나면 무덤의 풀이 마르기도 전에 다른 남자의 품에 안기기 위하여 재혼을 서두르다니 세상에, 여자의 마음이란 얼마나 간사하며 순식간에 남편을 배반하는가 말이요."

그는 이렇게 여자들의 흉을 보았다. 그랬더니 부인은 그 여자를 멸시하며 자신의 의지를 말하는 것이었다.

"그런 여자가 그렇게 흔하겠어요? 그런 배은망덕하고 음탕한 여인은 천벌을 받아야 마땅하지요."

남자는 부인을 시험해보고 싶은 충동이 일었다. 그래서 자신의 몸을 둘로 나누어 하나는 빼어난 미남으로 밖으로 내보내고 하나는 앓다가 시름시름 죽어 가는 남편으로 가장하였다. 남편은 병에 시달리고 있다가 얼마 후 거짓으로 죽는다.

남편이 죽자 아내는 무척 슬퍼하였다. 딴 남자로 변신을 한 남자는 자기의 집으로 들어가 죽은 사람의 친구라 말하며 애도를 표시한다.

여인은 잘 생긴 사나이를 보고 남편이 죽어 무덤에 들어가기도 전에 사나이와 눈이 맞아 순간의 사랑에 빠진다.

조문객으로 찾아온 남자는 여인과 헤어지는 장면에서 눈을 맞추어 웃으면서 이렇게 말한다.

"나는 지금 몹쓸 병에 걸려 사내의 구실을 제대로 못하는 보잘것없는 사나이랍니다. 아무리 훌륭한 의사일지라도 아무리 좋은 약이라도 소용이 없는 지경에 이르고 말았지요. 그런데 딱 한 가지 좋은 약이 있는데 그것을 구하려면 차마 사람으로서는 할 수 없는 짓을 해야 하는 처지랍니다."

"무슨 약인데 그렇게 어렵게 구해야 한다는 말입니까? 제가 도울 수 있다면 어떤 어려운 일이라도 해드리겠습니다."

"차마 실행은 못하겠지만 그런 어려운 사정이나 알아주시기 바랍니다. 죽은 지 얼마 안 되는 시체의 골을 먹으면 병이 낫는다고 합니다."

부인은 얼굴에 복숭아 빛을 띠면서, 장사를 지내지도 않은 남편의 머리를 쪼개 골을 가져가도록 도끼를 가져다준다. 사나이는 도끼를 받아들고 여인을 뚫어져라 바라본다. 여인은 이상한 생각이 들어 아무 생각 없이 그대로 서 있다. 사나이는 그 자리에서 본래 남편의 모습으로 변신하여 부인을 다시 바라본다. 부인은 남편으로 변한 사나이를 바라보더니 자신의 변절을 크게 뉘우치고 어찌할 바를 모른다. 참회의 모습을 보이며 얼굴이 홍당무로 변해진다. 그러더니 조금 후에 물동이를 이고 물을 길으러 떠난다. 남편이 아무리 기다려도 부인이 돌아오지 않아 샘 근처로 나간다. 부인은 물동이를 길섶 풀 위에 놓아두고 샘에 빠져 불귀의 몸이 되어 있었다. 남편은 물동이를 두드리며 한탄하였다. 이것이 고분지탄(叩盆之嘆)이라는 말이 나온 유래라고 한다.

다른 사람으로 몸을 변신하여 마누라의 마음을 떠볼 정도로 매사에 능통한 그였지만 자기가 한 시험에 마누라가 양심의 가책을 받아죽을 줄은 예견하지 못했다는 이야기이다. 또한 인간의 양심과 도덕이 얼마나 허구인가를 보여주면서 인간의 지혜의 한계를 적나라하게 나타내주는 이야기이다.

"선생님, 백마의 해(백말띠)는 무엇이고 그 띠는 팔자가 드세다는 말이 있는데 그것은 맞는 말인지요?"

오행에는 색이 있지요. 목은 나무이니 푸른색(靑色)이요, 화는 불이니 붉은색(赤色)이며, 토는 흙이라 누런색(黃色)이고, 금은 쇠붙이이니 하얀색(白色)이며 수는 물이라 검은색(黑色)인 것입니다.

백마라는 말은 하얀 말이라는 뜻이니 천간(天干)은 금(金)이요, 지지(地支)는 말을 의미하는 오(午)가 되는 것이지요. 금에 해당하는 천간은 경(庚)과 신(辛)이 있는데 오(午)와 결합할 수 있는 천간은 같은 양인 경이 되는 것이지요. 그래서 경오(庚午)년이 백마의 해가 되는 것이랍니다. 1930년과 1990년이 이 해이지요. 그런데 팔자에서 자신을 의미하는 기둥은 날짜인데 날짜도 아니고 날짜와 가까운 월이나 시의 기둥도 아니며 가장 먼 그 해의 기둥인데 그 사람의 인생과 얼마나 관계가 있겠습니까? 제가 아는 그 해 출신들도 아무 탈 없이 잘 지내고 살아온 것을 알고 있습니다.

"선생님, 정해년에 〈황금돼지의 해〉라고 하여 좋은 해이니 결혼을 그 해에 하면 좋다고 하여 많은 처녀 총각들이 결혼을 한 것으로 압니다. 황금돼지란 어떤 의미가 있고 이 말은 맞는 말인지 궁금하군요."

아까 말을 하였듯이 불은 붉은 색인데 불에 해당하는 천간은 병(丙)과 정(丁)이 있지요. 병은 양이니 붉은 불이고 정은 음이니 그보다 더 약한 노란색이라고 볼 수 있겠지요. 노란색은 황금색이라고도 볼 수 있는 게 아니겠어요? 돼지의 해는 해(亥)의 해이니, 황금돼지의 해는 정해(丁亥)년이 되는 것이지요. 사람들이 황금을 좋아하니 그 해를 황금돼지의 해라고 하여 나쁠 것은 없지 않겠습니까? 남녀 청춘들이 결혼을 많이 못 하고 있는 실정인데 그런 해에 결혼을 많이 한다는 것은 나라로서도 축하해야 할 일인 것 같군요. 그리고 그 해가 나쁘다는 것보다 좋다고 하여 지낸다는 것은 참으로 긍정적인 태도로 바람직한 사고방식이라고 보여집니다. 그런 생각은 많이 할수록 좋은 일인 것 같군요."

"선생님, 쌍춘년이란 무엇이며 이 해에 아이를 낳으면 좋다는 이야기가 전해온다는데 무슨 의미입니까?"

거의 매년 2월 4일이면 입춘이 들어옵니다. 이것은 양력으로 따졌을 때의 일이지요. 그런데 음력으로 생각하면 입춘이 1월에 들어 있거나 12월에 들어 있습니다. 그러니까 어느 해는 정월에 입춘이 들어오고 12월에도 입춘이 들어올 수가 있습니다. 그러니까 한 해에 입춘이 두 번 들어있다는 것입니다. 이 해를 쌍춘년(雙春年)이라고 하는데, 봄은 따뜻하여 추운 겨울보다 좋다는 생각이 누구에게나 있을 것입니다. 한 해에 봄이 두 번이나 들어 있다니 얼마나 좋은 일입니까? 그래서 이 해에 아이를 낳고 싶어하게 되었다는 것입니다. 사실 우리나라 쌍춘년에 출산율이 많았다고 합니다. 늙은이는 많아지고 출산을 기피하는 추세인데 이런 일로 아이를 많이 낳는다면 얼마나 좋은

인연들의 대화

일입니까? 이런 생각을 이끌어낸 것은 참 좋은 발상이었다는 생각이 듭니다.

"선생님, 그럼 우리의 운명에 대한 이야기가 확률이라는 말이 있는데 그 말을 어떻게 생각하며 그 적중률은 얼마나 된다고 생각하십니까?"

그래 아주 좋은 질문을 하셨군요. 그런데 우리의 명이란 확률이 아니라 원리이지요. 나무는 물에서 생을 받고 불을 생(生)하여 주는 것 이것은 확률이 아니지요. 이것인 세상의 원리라 할 수 있지요. 물이란 차가운 물도 있고 따뜻한 물도 있으며 나무도 불이 잘 붙는 마른나무와 불이 잘 붙지 않는 젖은 나무로 구분하고 있지요. 물이 없으면 나무는 살아갈 수 없고 나무가 있어야 불이 붙는다는 것은 다 아는 일 아니어요? 그리고 나무는 쇠붙이에서 극을 받고 흙을 극하는 것도 마찬가지 아니어요? 산에 있는 나무는 도끼나 톱으로 잘라 내지요.

이 기구들은 모두 쇠붙이거든요. 그리고 나무가 자라면서 흙을 붕괴시키는 것을 보세요. 이것이 극의 의미이지요. 물론 지금은 세상의 일들이 다양해져서 여러 가지로 생각할 수 있지만 동양의 사고는 분석적이라기보다는 통합적이니 그렇게 이해해주면 되겠군요. 암기력이 좋아 공부를 잘할 수 있는 인수(印綬)(나를 생하여주는 것), 발표력이나 창의력 예지력이 뛰어나고 음식 솜씨도 좋다는 상관(傷官)이나 식신(食神)(내가 생하는 것) 등은 이런 원리로 이해하면 되겠습니다.

그리고 물론 확률로 생각할 수 있는 것들도 있지요. 사는 곳을 여러 번 옮겨 살게 된다는 역마살이나 지살(합하여 驛馬地殺이라는 말도 쓰지요) 같은 것이나 바람기가 많아져 이성 교제가 빈번해진다는 도화살(핑크빛의 복사꽃을 의미하는 桃花), 그 밖의 많은 살 등은 확률이 높은 것도 있고 낮은 것도 있지요. 살 중에서 역마살이나 도화살 등은 가장 확률이 높은 것이랍니다.

"선생님, 요즈음 출산의 날짜를 앞둔 젊은 여인들은 출산을 할 때 날짜와 시간을 잡아 인위적으로 사주를 결정하는 제왕절개 수술을 한다는데 이것도 의미가 있는 것인지 궁금하군요."

그런 일들은 아주 예전에도 있었다지 않아요? 이것에 관한 이야기를 하나 해드리지요.

우리가 잘 아는 성삼문이라는 분이 있다. 조선 초기 단종 때 세조의 폐위를 주장하여 생명까지도 내놓고 의를 위해 싸웠던 사육신 중의 대표적인 인물 아닌가? 그 분의 외할아버지가 역학을 잘 아는 분이었다고 한다. 딸이 되는 성삼문의 어머니가 출산의 고통을 당하면서 아버지에게 물었다고 한다. 지금 곧 아기가 태어날 것 같은 느낌이 들어서 말이다.

"아버님, 지금 태어나면 이 아이는 훌륭한 사람이 되겠습니까?"

아버지는 시간을 알아보시더니,

"지금 태어나면 이 아이는 의로운 일을 하지 못하여 역사에 더러운 이름으로 남을 것이다. 조금만 참아 보아라."

따님은 자녀를 좋은 시간에 낳아 훌륭하게 기르고 싶어 어려움 중에서도 참으며 아버지의 의견에 좇고 있었다. 세 번째 물음에야

"얘야, 지금 낳으면 어렵게 살더라도 역사에 깨끗한 인물로 기록되어 대대로 숭앙을 받는 사람이 될 것이다."

그제야, 어렵게 참고 있던 고통을 풀고 아기를 낳았고 이 아이는 고고의 소리를 지르며 이 세상에 태어났다. 그래서 세 번 물어서 태어났다는 뜻으로 삼문(三問)이라는 이름을 얻었다고 한다.

이 아이가 자라 세종을 도와 한글 창제에 공을 세우고 나중에 수양 대군으로부터 갖은 고문을 당하면서도 지조를 지키어 단종의 복위를 꾀하다 죽어 사육신으로 이름을 남겼다는 이야기이다.

그녀는 나중에 도서관에 들려 역사 사전을 들쳐본다.

거기에는 이렇게 적혀 있다. 성삼문이 외가에서 태어나려고 할 때 하늘에서 〈태어났느냐?〉 하고 묻는 소리가 세 번이나 들렸다고 한다. 그래서 이름을 삼문으로 지었다는 것이다.

"강여사, 재미있지 않아요?"

"그렇다면 누구나 이런 방식을 취하면 훌륭한 아이를 낳을 수 있다는 이야기이네요?"

아니지요. 아무나 그런 훌륭한 아이를 낳을 수 있는 것은 아니겠지요. 아버지나 어머니가 훌륭한 아이를 낳을 수 있는 경우라야 그런 자식을 낳게 되겠지요. 우리가 잘 아는 설총이라는 분이 있잖아요? 훈민정음에 버금가는 이두(吏讀)라는 문자를 발명한 분으로 알려져 있지요. 원효대사와 요석공주 사이에 태어났는데 두 분 다 훌륭하였고 훌륭한 자녀를 둘 수 있는 운명의 소유자였다지 않아요. 그 뿐만 아니라 좋은 시간을 택하여 합방을 했다는 이야기도 있지요. 제가 언젠가 경기도 소요산의 자재암이라는 곳을 찾았는데 이런 글을 써놓은 것을 발견했답니다.

〈이 곳에서 원효대사와 요석공주가 사랑을 나누었다고 하며 나중에 요석공주가 설총의 손목을 잡고 옛날을 회상하며 이 곳을 찾았다는 이야기가 전해지고 있다.〉

소요산은 서울에서 지하철을 타고 북쪽으로 달리다가 창동역과 도봉산역을 지나면 경기도 의정부가 나오지요. 이곳에서 철원, 평강(이

곳은 휴전선너머에 있다)쪽으로 달리는 기차를 타고 가다 한탄강에 이르기 전에 나오는 산이랍니다. 제가 이 곳을 찾았을 때는 가을이어서 단풍 구경을 나온 많은 사람들이 보였답니다.

"이 세상을 떠나면 저승에 가게 되는데 저승의 시간과 이승의 시간은 어떠합니까?"

이승에서도 시간이 빨리 흐른다고 야단들인데 저승의 시간은 너무 빨라 이승에서 일 년이 저승에서는 삼 일밖에 되지 않는다고 해요.

정말 시간 아까운 줄 알고 할 일을 열심히 해야겠지요. 백 년을 산다고 해도 열 달에 해당하는 짧은 시간이니 얼마나 무상해요. 글쎄 가보지 않은 저승의 시간을 이야기한다는 것이 우습기도 하니 그냥 재미있는 이야기로 들어두세요.

그리고 사주에는 좀 특이한 것들이 많이 있는데 예를 든다면 김유신 장군 있지요. 그 분의 사주는 연월일시가 모두 경진이라고 해요. 경진년 경진월 경진일 경진시라는 것이지요.

유신이라는 이름도 이 경진(庚辰)이라는 것을 참고하여 지었다고 해요. 경(庚)자와 유(庾)자가 비슷하지 않아요? 그리고 진(辰)과 신(信)이 발음으로 비슷하고요. 그리고 진(辰)은 토(土)이니 믿음(信)을 나타낸다고 볼 수 있지요. 믿음에 충실한 사람들, 즉 종교에 심취한 사람들의 사주에는 토(土)가 많이 들어 있다고 합니다. 재미있지요? 물론 아주 오래 된 일이라 사실인가 아닌가는 알 길이 없는 것이지요.

03년에 작고하신 조선일보의 전 회장 우초(愚礎) 방일영(方一榮)선생은 23년 11월 26일 생인데 계해년 계해월 계사일이고 시간은 계해시에 태어났다고 합니다.

그리고 무오년 무오월 무오일 무오시에 태어난 사람은 남편도 자녀도 없이 신앙인으로 평생을 보낼 사주라고 합니다. 그리고 기사년 기사월 기사일 기사시에 태어난 사람도 역시 신앙인데 위 신앙인은 평신도라면 이 사주의 주인공은 교주 정도의 지위로 살아간다고 하니 사람의 일생은 아마 정해진 대로 살아가는 것이 아닌가 하는 생각이 듭니다.

그리고 일본의 소설가 아쿠타가와 류노스케(芥川龍之介)(소화昭和 10년-1935년-이후에 신인 등용문으로서 아쿠타가와 문학상(芥川賞)이 수여되고 있다)는 용띠의 해 용의 날 용의 시에 태어났다고 하여 이름을 류노스케(龍之介)라고 지었다고 합니다. (1892년 3월 1일)

그리고 계해년 계해월 계해일 계해시에 태어난 사람은 한고조 유방이라고 합니다. 네 기둥이 모두 같은 팔자를 타고난다는 것이 얼마나 어려운 일인가 하는 생각이 듭니다.

"그리고 사람에게 오행이 있다는데 땅에도 그런 것이 존재하나요?"

오행이란 목화토금수의 다섯 가지의 요소를 말하는데 우리가 쓰고 있는 일곱 요일 중 해와 달, 그러니까 일요일과 월요일을 뺀 것으로 암기하면 편리하지요. 목은 우리가 흔히 말하는 나무, 화는 불, 토는 흙, 금은 쇠붙이, 수는 물이지요. 갑과 을은 목, 병정은 화, 무기는 토, 경신은 금, 임계는 수랍니다.

목일에 태어난 사람은 인정이 많고 화일에 태어난 사람은 매우 밝은 표정에 예의 바르고 성미가 급하며 토일에 태어난 사람은 믿음 곧 신용이 있습니다. 금일에 태어난 사람은 의리에 밝아 불의한 일을 보면 참지를 못하며 수일에 태어난 사람은 지혜가 뛰어나며 말을 많이 하지 않고 매우 침착한 성격이라 할 수 있습니다. 그런데 이런 이야기도 주변의 사정, 곧 연월일시의 천간과 지지에 따라 많은 변화가 있기 때문에 한 마디로 말을 할 수는 없는 것이지요.

"우리 인간의 건강이 운명과 어떤 관계에 있는지, 특히 질병은 어떤 경우에 생겨나는지 궁금하군요."

우리의 건강과 재산은 태어나면서 타고난다는 말이 있습니다. 이 말은 노력을 아무리 해도 얻어지지 않는 경우가 있고 심하게 말하면 경제적인 어려움을 겪거나 건강을 잃는 경우가 있다는 말이 됩니다. 팔자는 강한 사람이 있고 약한 사람이 있습니다. 그리고 그 강약도 그 정도가 여러 단계가 있습니다. 강한 사람이 건강하고 약한 사람의 건강이 부실한 것은 당연한 이치입니다. 그리고 몸의 각 부분도 오행과 관련이 있어서 질병의 부분도 자신의 팔자와 관련이 있다는 말이 됩니다. 목은 우리 몸의 간(肝)과 쓸개(膽)에 해당하고 화는 심장(心臟)과 소장(小腸)에 해당하며 토는 밥통—위장(胃腸)과 지라(비장脾臟), 금은 폐(肺)와 대장(大腸), 수는 신장(腎臟)과 방광(膀胱)에 해당합니다.

특히 요 근래에 많이 생기는 암은 그 오행이 많이 쌓여서 굳어 생기는 병이라고 알면 되겠습니다. 위암은 토가 쌓여서 굳어, 간암은 목이 쌓여서 굳어, 그리고 폐암은 금이 쌓여서 굳어 생기는 병입니다. 나무나 흙이나 쇠붙이는 단단하게 굳는 성질을 가지고 있지요. 그런데 불이나 물은 단단하게 굳는 경우가 없지 않습니까? 그래서 불에 해당하는 염통(심장)이나 물에 해당하는 콩팥(신장)에는 암이 생기지 않는 법이랍니다. 그래서 화일주(火日柱)나 수일주(水日柱) 사람들은 암에 걸리지 않는다고 합니다.

그밖에도 많은 경우가 있습니다마는 간단히 줄여 이것으로 마치겠습니다.

우리가 인의예지신이라는 다섯 가지 덕의 요소도 이것에서 나온 것 아니겠어요? 그리고 방위로는 목은 동쪽, 화는 남쪽, 토는 중앙, 금은 서쪽, 수는 북쪽이지요. 동쪽의 대문을 숭인문이라고 부르는 것은 동쪽의 성품인 인정(仁), 서쪽의 문을 돈의문이라 부르는 것은 서쪽의 성품인 의리(義), 남대문을 숭례문이라 부르는 것은 남쪽의 성품인 예의(禮), 그리고 북쪽의 대문은 숙정문(肅靖門)이라 부른답니다. 물의 성품은 지혜인데 이것은 정숙과 통한다는 말이지요.

그리고 중앙에는 보신각(普信閣)종이 있지 않아요? 중앙의 성품인 믿음 곧 신의(信)를 나타내는 것이랍니다.

그리고 우리나라 지명에는 오행과 관련이 있는 곳이 많이 있습니다. 목에 해당하는 곳은 목포(木浦), 화에 해당하는 곳은 부산(釜山) 광주(光州) 마산(馬山) 등이 있습니다. 토에 해당하는 곳은 중앙이니 서울이 되겠지요. 금에 해당하는 곳은 한국전쟁 당시 피해가 컸던 철의 삼각지대인 철원(철원) 평강 김화, 수에 해당하는 곳은 물에 해당하는 바다와 연결되어 있는 항구가 되겠지요. 목일, 특히 을(乙)이라는 목의 날에 태어난 사람은 노래를 즐기고 나무를 사랑한다고 합니다. 목에 해당하는 목포에서는 이난영이라는 가수가 많은 노래를 불렀지요. '목포의 눈물'이라는 노래를 즐겨 불렀지요. '목포행 완행열차'라는 노래 생각이 나지 않아요? 목포는 노래의 항구 노래의 도시랍니다.

내가 경험하기로는 을일에 태어난 사람 치고 노래를 즐기지 않은 사람이 없었습니다.

어느 날 제가 아는 사람이 시조를 하여 상을 받아왔기에 그 사람이 태어난 날짜를 찾아보니 을의 날이었습니다. 그리고 우연히 그 상장을 보니 그가 소속된 부서가 을부(乙部)였습니다. 이것을 우연이라 부르기에는 너무나 신기하였답니다.

　나무야 나무야, 겨울나무야 / 눈 쌓인 언덕에 외로이 서서
　꽃 피는 봄 여름 생각하면서 / 나무는 휘파람만 불고 있느냐

　나무의 날에 태어난 사람이 노래를 잘 부른다든가 나무의 항구 도시 목포가 왜 노래로 유명한가 하는 의미를 이 노래에서도 터득할 수 있는 일이 아닙니까? 불이나 흙이나 쇠붙이가 노래를 부른다면 아무래도 이상하지 않을까요? 졸졸졸 흐르는 물이 노래한다면 자연스러울는지는 모르지만 말입니다.

　한국전쟁 당시에 철의 삼각지가 얼마나 피해를 입었는지 잘 아시지요? 전쟁이 일어난 해가 1950년, 경인(庚寅)년인데 경(庚)은 쇠붙이이고 인(寅)은 목이기는 하지만 불이 잘 붙는 장작 같은 나무랍니다. 그래서 쇠붙이에 불이 붙어 그 열기가 대단하였지요.

　특히 철의 삼각지에는 그 피해가 엄청나게 컸던 것은 누구나 잘 아는 일이 아닙니까? 철원 평강 김화를 잇는 삼각형의 지대의 산에서 빼앗고 뺏기는 전투가 얼마나 심각하게 일어났었는지 어린 아이들조차 치를 떨었던 전쟁터였습니다.

　그리고 부산에서 큰불이 자주 나던 때를 기억하시는지? 그 때 사람들은 부(釜)(가마 부-火와 金이 합성된 글자)라는 글자 때문이라 하였지요. 마산도 불의 고장입니다. 왜 마산이 불의 고장이냐고요? 하루 중 가장 온도가 높은 시간이 한낮 아닙니까? 한낮은 오시(午時)인

데 갑오 병오 등 오라는 글자가 들어간 해가 말띠 아닙니까? 말은 불을 의미한다고 볼 수 있답니다. 그리고 광주(光州)는 빛의 고장이니 역시 불의 고장이지요.

근래의 일이지만 부마사태 광주사태 등이 일어난 해는 금의 기운이 강하던 때였습니다. 차가운 바람과 서리가 내리쳐 불의 고장이 피해를 당한 것이라 보고 싶습니다.

금은 쇠붙이이니 무기가 될 수 있지요. 경(庚)은 금이니 우리 역사에서 무력이 판을 쳤던 시기였습니다. 나라를 빼앗겼던 국치의 해는 경술, 기미년 독립운동이 일어나고 나 다음해는 일본이 더욱 억압하였던 경신, 육이오는 경인, 광주사태는 경신년이 아닙니까? 그리고 온천이 나오는 곳으로 온양이 있는데 이 글자도 우연이라 볼 수는 없겠지요. 이런 내용은 웬만한 사람이면 다 들은 흔한 이야기 아닙니까?

그리고 전남에는 영암(靈巖) 영광(靈光)이라는 고장이 있는데 영(靈)이라는 글자를 보면 영혼 영감이라는 말이 떠오르고 죽음이라는 말도 연상이 됩니다. 한국전쟁 당시 이 고장에 있는 월출산과 불갑산에서 참으로 많은 사람들이 죽었다고 합니다.

이렇게 보면 이 영혼이라는 말이 우연하게 그 지명에 들어갔다고 할 수가 없잖아요?

"그럼 선생님, 한자에만 오행이 있고 우리 한글에는 이런 의미가 전혀 없는 것입니까?"

아주 재미있는 질문입니다. 세종께서 훈민정음을 창제하실 때, ㄱㅋㆁ을 묶었고 ㄷㅌㄴ(ㄹ)을 같이 묶었으며 ㅂㅍㅁ, ㅈㅊㅅ, ㆆㅎㅇ을 한 무리로 묶었던 것을 알고 계시지요? 이런 분류가 모두 같은 오행

으로 되어 있다는 것입니다. ㄱ 무리는 목, ㄴ 무리는 화, ㅇ 무리는
토, ㅅ 무리는 금, ㅂ 무리는 수의 성질을 가지고 있답니다.

어금니는 나무(木)이요 혀는 불(火)이며 목구멍은 흙(土)이며 이(치
아)는 쇠붙이(金)이고 입술은 물(水)이랍니다. 아음(牙音)은 목이요 설
음(舌音)은 화요 순음(脣音)은 수요 치음(齒音)은 금이요 후음(喉音)은
토라는 것입니다.

혀를 가볍게 놀려대는 사람을 혀에 불이 붙은 것처럼 생각하면 되
겠습니다.

그 사람의 운명에 나무(목)의 성질이 필요한 사람은 목에 해당하는
글자를, 불(화)의 성질이 필요한 사람에게는 화에 해당하는 글자를 이
름에 넣어주면 좋아지겠지요. 어떤 사람의 성격이 너무 침착하여 말
이 너무 없을 때 우리는 그 사람이 침묵을 의미하는 물의 기운에 쌓여
있다고 보면 되겠군요. 밝은 성격이 되도록 하기 위해서는 불의 글자
를 이름에 넣어주는 방법도 있답니다.

"마지막으로 한 가지만 더 여쭈어보겠습니다. 기독교 신자들이 점
이니 사주니 운명이니 하는 말을 들으면 아주 불쾌하게 생각한다는
말이 있고, 불교 신자들이 이 학문에 관심을 많이 두고 공부하는 사람
이 많다는데 이 문제에 대해서는 어떻게 생각하시는 지 궁금하군요."

사주에서 천간이란 하늘을 지배하는 어떤 기운이고 지지는 땅을
지배하는 기운 아니겠습니까? 불교에서는 살아 움직이는 모든 생물
은 다 연결되어 있고 모습을 바꾸며 윤회한다고 믿습니다. 기독교는
우리에게 원죄를 인정하고 조물주 하느님을 영접하면 영생을 얻는다
고 가르칩니다. 하느님을 믿는 사람들이 하늘의 뜻이 담긴 천간으로
인간을 해석하는 데 거기에 거부감을 느낀다는 것은 잘못이라고 봅

니다. 갑자일에 태어난 사람은 갑이라는 천간으로 그 사람을 이해합니다. 갑은 커다란 나무이며 물에서 생을 받고 자라며 불에 잘 탈 수 있는 성질이 있습니다. 자(子)라는 지지를 따라 쥐라는 성격을 지니기도 하지만 이보다는 천간인 갑(甲)의 성질을 더욱 부각시킵니다. 그 갑이라는 것은 천간 아닙니까?

천간은 하늘의 뜻이 담겼다는 것으로 해석이 되는 것 아닙니까? 이 말처럼 하늘의 의미를 강조한 사주인데 기독교 신자들이 거부감을 느낀다니 이상한 생각이 듭니다. 물론 타고난 운명을 그대로 받아들이고 노력을 하지 않는다는 데에는 저도 동의를 하지 않습니다.

운명은 꼭 그렇게 되는 경우도 있지만 그런 일이 일어날 확률이 높다는 의미로 받아들여지기도 하기 때문에 살아가는 데에 참고로 하면 좋지 않겠어요? 예를 들어 위가 나빠지는 운이라면 위를 더욱 생각하여 조심하면 피해를 줄일 수 있고 교통사고가 날 운이라면 차를 조심해야 되지 않겠어요?

물론 조심하여도 피하지 못하는 경우도 있긴 하지만 조심하여 나쁠 것은 없지 않겠어요?

그리고 자기가 타고난 재주가 없는 분야를 알아내거나 자기의 소질이나 다가올 운을 미리 알아내어 자기의 발전을 도모하는 노력을 하면 얼마나 좋겠어요? 인생을 한참 살다가 〈이게 아니었는데〉 라고 후회한다면 참으로 안타까운 일이 아니겠습니까? 관운이 전혀 없는 사람이 오랜 기간 고시 공부를 하거나 돈을 벌 수 있는 운이 없는 사람이 돈을 벌기 위하여 지나친 투자를 한다면 참으로 어리석은 일이라고 보아야 하겠지요.

저도 기독교인인데 물론 점에 대하여서는 보통 기독교인들과 마찬가지로 거부감을 느낍니다. 하여튼 운명에 대한 것은 너무 세밀히 따지고 자주 관심을 가지는 것은 금물이라고 생각합니다. 그러나 자기 인생의 줄기는 어느 정도 알고 살아가는 것이 지혜 있는 삶이라 봅니다. 실제로 제가 아는 기독교인은 이 학문에 대한 관심이 많았고 실제로 공부를 하려고 무척 애를 쓰곤 하였답니다.

그 분은 신학대학 교수이면서 목사이기도 하였지요.

그리고 이 공부를 하면서 우리보다 앞선 지식인들에 대하여 두려움을 느낄 정도로 존경을 느끼게 됩니다. 하늘을 지배하는 기운이나 땅을 지배하는 기운을 찾아냈던 동양의 지식인들은 정말 대단한 혜안을 가졌던 사람들이라는 생각을 합니다. 그리고 이 기운들이 해와 달을 따라 아니 날짜와 시간에 따라 변해 가는 것까지 다 잡아냈으니 얼마나 대단한 사람들인가 하는 느낌을 갖지 않을 수가 없습니다. 물론 서양의 물질문명도 우리가 상상할 수 없을 정도로 엄청난 발명과 발견을 하였지만 보이지 않는 것들에서 음양오행의 생극제화를 찾아내고 그것이 우리 인생에 어떻게 작용하는가를 찾아내 이용하였던 우리 동양 선현들의 지혜는 두려울 정도로 뛰어난 것이었다고 느낍니다.

아리스토텔레스의 〈순수이성비판〉에서는 우리 인간이 시간을 창조하였다고 하였는데 그것은 잘못된 생각입니다. 동양의 선인들은 하늘이나 땅의 기운이 바뀌는 것을 찾아낸 것 아닙니까? 이것은 창조가 아니고 이미 정해진 것을 찾아낸 것, 그러니까 발견이라고 보아야 겠지요.

1년을 12개월로 나누고 하루를 24시간, 1시간을 60분, 1분을 60초로 나눈 것은 고대 메소포다미아인들입니다. 이것이 로마를 거쳐 전 유럽에 퍼져 태양력으로 자리잡았습니다.

요즈음은 서양 사람들도 이 학문에 대단한 관심을 가지고 있다는 것을 실감합니다. 어느 날 제가 아는 역술인에게 전화를 하였더니 외국어 공부하느라 바쁘다고 하더군요. 근로 현장에 있는 외국인 손님이 자주 오기 때문에 외국어 공부를 해야 한다는 것이었어요.

그리고 제 주변에서 일어난 일 몇 가지를 들려드릴까 해요. 몇 년 전이었어요. 고향의 죽마고우였던 친구가 오랜 기간 동안 직장 생활을 하여 퇴직금을 받았어요. 그리고는 사업을 하겠다고 저에게 자문을 요청해 왔습니다. 저는 몇 가지 이야기를 해주었지만 그에게 분명한 이야기를 하지 못한 것입니다. 그는 사업을 시작하였고 얼마 되지 않아 크게 실패를 하여 퇴직금을 모두 날리는 일이 벌어졌습니다. 사업장으로 쓰이는 부동산을 계약하면서 사기를 당한 것이었어요. 그가 일시에 많은 돈을 날리고 건강까지 해치는 일이 벌어지고 나서 저는 하루도 마음이 편할 날이 없었습니다. 자세히 살펴보니 아주 나쁜 운의 해였거든요. 당시 〈절대로 사업은 하지 마라〉 이 한 마디만 해주었던들 이런 불행은 일어나지 않았을 텐데 하는 마음이 저를 끝없이 고문하는 것이었답니다. 역술인의 말이 얼마나 중요한지 이해하시겠지요?

또 언젠가 아주 오래 전의 일이었어요. 제가 고향에 갔는데 제 숙부가 어디에서 들었는데 〈금년에 죽을 수〉라는 말을 들었다며 매우 괴로워하시는 것이었어요. 제가 따져보니 운은 나빴지만 죽기까지 하지는 않겠다는 생각이 들었어요. 그런 말씀을 드렸더니 마음이 풀어지셔서 고통에서 헤어나셨답니다.

우리가 어린 시절 학교에서 〈삼 년 고개〉라는 이야기를 교과서에서 읽은 기억이 납니다. 불행을 가져다주는 말 자체가 우리를 불행하게 하는 경우를 많이 봅니다. 그러니까 상대에게 던지는 말은 칭찬과 격려 그리고 앞을 밝게 해주는 의미의 언어로 가득 차 있어야겠지요. 언어가 운명을 만든다는 이야기도 들은 기억이 납니다. 〈말이 사람을 만든다〉는 구절이 있습니다.

길거리에서 만난 소녀를 보고 〈너무 아름답고 미래에 귀부인이 될 소녀〉라고 말을 하는 경우와 〈앞뒤가 꽉 막힌 답답한 아이〉라고 말을 하였을 때, 그 말에 따라 발전을 하는 경우와 하는 일에 자신을 잃고 심한 경우에는 퇴행을 하는 경우도 생길 수 있다는 말입니다.

"오늘은 저의 삶에서 아주 중요한 계기를 마련한 하루였습니다. 너무 고맙고 즐거운 하루였습니다."

여기까지 이야기를 나누는 사이에 일행들은 하산을 할 마지막 단계에까지 이른다. 현우는 이름이 잘 알려지지 않은 절의 마당에 있는 샘터에서 조롱박으로 시원한 물을 받아 강여인에게 건넨다.

강여인도 물을 떠주어 두 사람은 이렇게 우정을 나누고 알 수 없는 삶의 길에 대한 생각에 다시 잠긴다.

"그럼 오늘은 강여사가 살아온 이야기나 하며 시간을 보냅시다."

이제 경사진 곳이 아니고 평지로 된 오솔길을 걸으며 현우는 말한다.

"선생님, 이제 버스를 타야 할 지점에 온 듯하군요. 그런데 이 근처에 제가 소유하고 있는 산장이 있어요. 그곳으로 가 마음 편하게 조금 쉬었다 가세요. 조금 있으면 차가 도착할 거예요. 미리 연락을 해두었거든요."

조그만 광장에 들어서니 블랙칼라의 벤츠가 거대한 나무들의 모습을 표면에 반사하며 나타난다.

"어서 타시죠. 오늘은 제가 잘 모시겠어요."

그들을 태운 차는 한참 동안 들판을 건너 달리더니 상상도 못할 만큼 검은 숲이 우거진 계곡으로 들어선다.

별로 크지는 않지만 아담한 건물이 숲에 가려 잘 보이지 않는 모습으로 다가선다. 사람들은 보이지 않고 기사도 인사를 하더니 어느새 사라지고 보이지 않는다.

"저는 속된 삶에서 승리를 이루지 못하고 사람들 사이에서 개밥의 도토리처럼 살다가 이런 세상을 아주 떠나기로 작정을 하였어요. 재물에 대한 운은 있었던지 물질의 부족함은 언제나 느끼지 않았어요."

통나무로 지은 집인데 숲 속에 있는 것처럼 신선한 풀과 나무의 향내가 나고 밖에서 물소리도 들린다. 강여인은 통나무 탁자에 황토색의 두터운 도자기 찻잔을 쟁반에 받쳐들고 들어와 티 포트에서 진한 차를 따른다. 아마 진귀한 한약재를 끓인 모양이다.

"맛을 좀 보세요. 커피처럼 강한 자극은 없지만 은은한 향이 그리 나쁘지는 않을 거예요."

두 사람은 차를 마시며 푹신한 가죽의자에 몸을 기댄 채 마주 앉아 시선을 마주친다. 시간이 조금 지나니 여인은 이야기를 시작한다.

저는 선생님과 다른 이야기를 하나 해볼까 해요. 우리는 정해진 인생의 길을 걷기도 하지만 우리 자신들이 지은 선악의 열매, 보상도 받고 벌도 받는다는 이야기, 이것이 우리 인생의 길을 바꿔놓는다는 생각을 해보아요. 어쩌면 우리 인간들의 역사는 이렇게 하여 발전하고 퇴보하며 진행되어 왔다고 볼 수도 있지 않나 하는 그런 관점, 그런 이야기를 하나 들려드릴까 해요.

저의 어머니는 어쩌면 남편 복이 없는 여인이었어요. 결혼도 서른 넘어 늦게 하였지만 결혼을 하여 얼마 되지 않아 아버지가 세상을 떴지요. 삼십대 후반, 그런 젊은 나이에 혼자 살아간다는 것이 무척이나 힘들었던가 봐요.

어느 유부남과 정을 통하여 가까워졌지요. 유부남이니 부인도 있고 자식도 둘이나 있었어요. 얼마간 비밀을 지키며 밀회를 즐겼지요. 그러나 그게 얼마나 오래 가겠어요. 세상 사람들이 차츰 이 사실을 알게 되었지만 이 남자가 터놓고 엄마에게 와서 시간을 많이 보내고 본처를 멀리 하기 시작하였지요.

시간이 지날수록 본처는 버림을 받았다는 생각이 들었고 경제적으로도 쪼들리고 아이들도 차츰 아빠를 싫어하게 되었어요. 만났다 하면 그 부부간은 다투게 되었지요. 결국 그 남자는 그 집을 떠나다시피 하였지요. 불행해진 부인과 그 아이들, 나는 그 아이들을 사랑해요. 엄마는 결국 그 남자를 주인으로 모시는 가정에서 탐욕스럽게 훔쳐 온 것이었어요.

어느 날 저는 꿈을 꾸었어요. 두 시쯤 되는 싶은 밤이었지요.

하늘에서 많은 천사들이 어머니를 끌고 심판관 앞에 나왔어요. 제가 보는 앞에서였지요. 천사들은 그 이름처럼 너무 순하고 착해 보였지만 어머니는 죄를 지은 사람으로 너무 험상궂고 추한 얼굴이었어요.

심판관은 어머니에게 '너는 부인과 자녀가 있는 남자를 훔쳤으니 벌을 받아라' 하면서 족쳐댔어요. 속죄를 하라는 뜻이었어요. 어머니는 참 뻔뻔한 여자였어요. 아무런 뉘우침도 없는 표정으로 마음대로 하라는 듯이 흘겨보기만 하였어요. 이와 같은 내용의 꿈을 세 번이나 꾸었어요. 마지막 날도 똑같은 내용의 꿈을 꾸었는데 어머니는 반성의 기미도 없이 무표정하게 있다가 그 앞에서 침을 뱉었어요. 저는 너무 민망하여 그 앞에 나아가 무릎을 꿇고 '제가 대신 벌을 받겠어요.' 하고 말을 하였던 거예요.

"그래 너는 불구가 된 몸으로 남편도 없이 살아보아라."
하는 말과 동시에 심판관은 자그마한 몽둥이로 제 발목을 가볍게 쳤어요. 저는 너무 아파 그 자리에서 기절을 하고 말았어요.

꿈을 꾸고 며칠이 지난 후 저는 학교 동창의 결혼식에 참석하고 피로연장에서 학창시절 친구들과 맛있게 음식도 먹고 재미있는 이야기도 나누며 즐거운 시간을 보냈던 거예요. 발랄한 이십대의 피어나는 꽃들이었지요.

예식장은 야트막한 언덕에 자리잡고 있었어요. 우리는 이 세상에 아무도 부럽지 않은 즐거운 모습으로 턱이 별로 높지 않은 계단을 내려오고 있었어요. 아무도 다리를 걸거나 장애물이 될 것들도 보이지 않았어요. 그런데 갑자기 내 몸은 휘청 체중이 한 쪽으로 쏠리더니 그 자리에 넘어졌어요. 우리는 평소에 서로 손도 잡고 어깨를 겯기도 하였지만 그 순간만은 저 혼자 손을 흔들며 내려왔던 거예요. 별로 심하지 않는데 나중에 더욱 통증이 심하여 병원 신세를 지게 되었던 거지요. 아무리 치료를 하여도 잘 낫지를 않고 결국에는 이렇게 절뚝발이가 되고 말았지요. 치료비도 계속하여 많이 들었어요.

그뿐입니까? 제가 결혼을 하여 한 이 년 잘 살았는데 튼튼했던 남편이 갑자기 시름시름 앓더니 세상을 뜨고 말았지요. 그게 단순한 우연이 아니라는 것을 저는 믿어요. 그리고 이 모든 불행이 갑자기 우연으로 닥친 것이 아니라 어머니가 지은 죄에서 기인되었다는 생각을 한시도 잊은 적이 없어요. 선생님은 제 이야기를 재미로 들으실지 모르지만 이 사건은 제 인생에 지울 수 없는 그늘로 다가온 엄청난 옹이가 되었던 것이지요. 그래서 운명이니 죄악이니 하는 것들에 관심을 갖게 되었고 공부도 하게 되었어요.

현우선생과 강여인은 창밖을 바라보았다. 밖의 공기는 투명하고 훈훈하게 느껴졌지만 어쩐지 음산한 느낌은 지울 수가 없었다.

인생을 다시 시작한다면 이렇게 비뚤어지게 살지는 않겠다고 강여인은 속으로 생각하고 있을 것으로 현우는 느낀다.

저녁이 다가오니 유리에 물기가 흐리게 어리는 것이다.

창밖의 광경을 바라보니 마치 과거로의 여행이나 되는 것처럼 아늑한 느낌이다.

강여인의 눈동자에 엷은 분홍색의 노을빛이 어린다. 강여인은 그 노을을 타고 먼 과거로 돌아가고 있다고 현우는 생각한다.

그리고 이것이 상상이나 꿈이 아니고 현실이 된다면 얼마나 좋을까 하고 현우는 다시 생각한다.

"저는 여기서 이제 떠나겠어요. 같이 보낸 시간 즐거웠어요. 기회가 있으면 다시 만나게 되겠지요."

맑은 시내가 흐르고 있는 것이 선경을 연상케 한다. 이제 가을이 끝나고 겨울의 터널을 지나면 이곳에는 복사꽃 살구꽃이 오색 구름처럼 피어날 거라고 말한다. 밖은 이미 가벼운 어둠이 깔리고 공기가 젖어오기 시작한다.

나무가 우거진 좁은 길을 둘이서 걸으며 생각에 잠긴다. 말은 하지 않지만 '보이지 않는 손길에 의해 사람들은 인형처럼 조종당하고 있는지도 모른다' 는 생각을 같이 하고 있다.

　여인은 외출복으로 보기 어려운 가벼운 복숭아 빛 티셔츠를 입고 그 위에 호피처럼 얼룩덜룩한 가디건을 걸쳤는데 단추는 잠그지 않은 상태이다. 헤어지면서 말도 없이 여린 손을 펴서 흔들기만 하는 그녀의 눈언저리가 젖어 있다고 느낀다. 시계를 보니 버스를 타야 할 시간이 임박해 있어 발걸음을 재촉한다.

　'인생은 역시 불가사의의 세계이지.'

　현우는 숲 속을 벗어 나오면서 무엇을 잃어버린 듯 허전한 심정으로 이렇게 중얼거린다.

　'이런 아름다운 자연과 풍요도 좋지만 남편과 자녀가 기다리는 가정이었으면 금상첨화 아닐까?'

옛날의 금잔디

    나는 그 학생을 내가 살해한 것 같은 죄책감이 들어 잠을 못 이루
곤 했답니다. 물론 그 이전에도 줄곧 그 학교와 학생들 특히 그 학생
에 대한 슬픈 기억에 마음이 아파 자신을 학대하곤 했답니다. 그 동네
사촌 동생이라는 사람이 그의 집에 들어가 그 옛날의 사진 한 장을 얻
어가지고 돌아왔지요. 내 화장대 위의 사진은 그때 가져온 것이었다
오.

나는 지난여름, 내가 졸업하였고 교직생활을 하면서 두 번이나 근무했던 모교의 총 동창회에 간 일이 있다. 졸업생을 배출한 지 80년 가까이 되는, 그러니까 75회 졸업생까지 낸 학교에서 총동창회를 연 것은 처음 일이었다. 마침 그 곳 우체국을 민영화하면서 운영해오던 친구가 이 사업을 주관했기 때문에 그의 어깨에 힘을 실어준다는 의미에서 먼 여행길을 떠났던 것이다.

얼굴을 아는 선후배가 서로 인사를 나누고 그 동안 지냈던 사연들을 이야기하며 시간을 보냈다. 주최측에서 준비한 음식도 넉넉하여 마음껏 마시며 점심과 간식들을 먹었다. 그 중에는 같은 마을에서 태어났거나 이웃 마을에서 태어나 자란 사람들, 외가 동네에서 서로 친근했던 사람들, 동기 동창들, 내가 가르쳤던 제자들까지 여러 층의 사람들을 만나 이야기의 꽃을 피웠다.

오랜 시간 동창회라는 식도 치르고 음식도 먹고 대화도 나누며 즐거운 시간을 보내다가 학교 가까이 사는 동창들, 그러니까 고향을 지키며 사는 사람들은 모두들 집으로 돌아가고 먼 곳에서 온 사람들만 옛 생각이 나서 자리를 뜨지 않고 있었다. 어두움이 운동장에 깔리고 우리가 자리를 잡았던 강당에 찬 기운이 돌기 시작하자 우리들 엉덩이도 차츰 자리를 뜰 생각이 들었다. 우리 동기 몇과 나는 어느 선배를 따라 근처의 주점에 들어섰다. 그 주점은 내가 이 학교에 근무하면서 가끔 들려 돼지고기 안주를 놓고 막걸리를 마시던 기억이 새로운 곳이었다. 그 당시 같이 근무하던 동료들은 모두 어디론가 떠나고 세상을 떠났다는 소식이 들려오는 선배들도 세어보니 몇 손가락이 되었다. 주점의 주인은 우리를 다정하게 대해주고 형님 동생 부르며 지내던 옛날의 그 사나이가 아니었다. 모두들 인심이 변해 있었다. 그러고 보니 도로도 넓혀있고 언덕 너머 바라보이는 야트막한 산도 그 옛 모습은 아니었다. 모두가 생소했다. 서울에서 보험회사 간부로 근무하는 우리 삼 년 선배인 최 사장은 술이 약간 오르는지 거슴츠레한 눈으로 혀를 약간 꼬부리며 이야기를 시작했다.

지난 해 여름, 나는 모처럼 휴가를 얻어 여행을 떠났다네. 남해 바다의 서쪽에서 동쪽으로 지나며 아름다운 바다와 하늘, 푸른 산과 구름들을 구경했지. 이름난 항구나 도시 등 유명하다는 관광지는 두루 돌아보며 며칠을 지냈지. 참으로 우리나라 바다도 아름답더군. 물론 117개의 섬을 이어 이룩한 항구 도시인 베니스(베네치아)나 성녀 루치아(산타 루치아)가 수호한다는 바다를 향한 절벽 위에 세워진 나폴리항도 아름답지만 그에 못지않게 여수나 한산도도 아름다웠네.

나는 아름다운 바다를 오랜만에 구경하고 나니 내 고향에 가고 싶었다네. 마침 휴가 날짜가 남아 있었지. 어릴 적에 우리들은 보자기에 책을 싸들고 학교에 다녔지.

저학년 때는 그 보자기를 길게 풀어 등에 엎고 배 쪽으로 묶고 다녔고 고학년이 되자 도시락과 함께 책보자기를 들고 다녔지. 어느 때는 도시락의 반찬에서 국물이 흘러나와 책이 젖기도 하였지. 책이 벌겋게 물들고 김치 국물 냄새가 코를 찌르곤 하였지.

그래도 우리는 이 좁은 들판과 야트막한 산, 그리고 그 위에 흘러가던 구름들이 그렇게 아름답게만 느껴졌다네. 자네들도 다 그렇게 느꼈겠지만 말이야. 우리는 여름이면 저 돌보다리 밑 개울에서 물고기를 잡기도 하였지. 수영도 물론 하고 모래를 가지고 '두껍아, 두껍아' 하며 모래 장난도 했던 거야.

학교에서는 그 낮은 언덕에 올라 그림을 그렸지. 가을이면 낙엽을 태우는 푸른 연기를 바라보고 산 밑으로 흐르던 안개를 신비스럽게 바라보곤 하였지.

그는 이상하게 신들린 사람처럼 푸르스름한 눈빛으로 이야기를 이어나갔다. 그러고 보니 하고 싶은 이야기는 따로 있었던 것이다.

나는 이상하게도 갑자기 모교가 보고 싶어졌다네. 그래서 따가운 햇살을 받으며 저 들판을 건너왔지. 볼을 간질이는 훈훈한 남풍이 내 등을 밀어주고 목덜미를 따사롭게 비추어 땀에 젖게 했다네. 갖가지 옛 생각이 나서 나의 발걸음은 가벼웠고 그 생각들은 내 가슴에 안겨지거나 이 좁은 손아귀에 잡혀질 듯하였다네. 비단결 같은 아름다운 추억들이었지.

나는 운동장과 언덕들을 거닐며 옛 생각에 사로잡혔었지. 잘 다듬어놓은 언덕과 계단, 누군가 만들었다는 기념비 같은 것들이 옛 생각에 사로잡힌 나의 머리에는 생소하기만 하였다네. 몇 학년 때인가 우리 반 아이들은 언덕 위에서 그림을 그리곤 하였지. 크레파스가 나오기 전의 크레용은 색이 잘 칠해지지도 않고 딱딱하기만 하였지.

우리들은 그런 크레용도 못 사 미술시간이면 연필로만 그리기도 하고 옆 친구에게서 하나씩 빌려 그리기도 하였고, 어쩔 때는 한 시간이나 두 시간을 빈둥빈둥 놀기만 하기도 하다가 언덕을 오르내리곤 하였지. 언덕 위에는 커다란 관목들도 자리에 버티고 있었지만 그 나무 밑으로는 아름다운 잔디들이 생기에 넘쳐 반짝거리는 자태를 보이고 있었지. 우리는 그 언덕을 청라언덕이라 불렀다네.

푸른 비단을 깔아놓은 언덕, 내가 서울에서 힘들게 일하며 마음으로 고생을 하면서도 돈을 벌어 그 아름다운 그 '청라언덕'이 있는 내 고향으로 돌아가리라 생각하면 내 고통은 눈 녹듯이 사라졌다네.

언덕에서 건너다보면 저 들녘으로 기다란 기차가 검은 연기를 내뿜으며 철둑길을 따라 움직이곤 하였지. 그 가운데로는 철교가 있었는데 그 위로 지나간 기차는 초가집이 옹기종기 모여 있는 마을에 가려 그 자취를 감추곤 하였지. 어릴 적에 우리는 언제 저런 기차를 타고 외지에 나가볼 수 있을까 꿈꾸듯 그리곤 하였지. 기차를 타고 북으로 가면 송정리에 닿게 되고 남으로 가면 나주에 닿게 되어 있는데 그 기차를 타보지 못했지.

우리 동창들 모임에 나가면 〈기차도 못 보는 동네에서 살아온 촌놈〉하는 우스갯소리도 그 시절을 떠올리곤 하였다. 그는 말을 계속 이어갔다.

'싱겁기만 한 이야기를 누가 들어?' 하면서도 우리는 자리를 뜨지 못하고 곁에서 젓가락을 들어 안주 부스러기를 집어 입에 넣곤 하였다.

나는 교무실로 들어갔지. 방학 때라 교실은 쥐죽은듯이 조용했고 학생들은 하나도 보이지 않았지. 넓기만 하던 교무실이 이 날은 퍽 좁아 보였고 유리창을 넓게 달아서인지 허전해 보이기조차 하였지. 중년의 여선생이 딱딱한 의자에 앉아 뜨개질을 하고 있었는데 내가 들어서니 눈이 휘둥그레지며 가까이 나왔었지. 그리고는 어디서 무엇을 하러 왔느냐며 말을 걸었다네.

'난 이 학교를 졸업한 사람인데 학창시절이 생각나서 찾아왔습니다.'
하고 말하고는 여선생이 권한 의자에 앉았다네.

아담하면서도 말끔히 닦아놓은 교무실은 외지인인 나에게 냉담하다는 느낌을 주었고 여선생의 태도도 그리 친숙하게 느껴지지는 않앉다네. 선생은 차를 한 잔 타 주며 곁에 앉았다네. 몇 마디 이야기를 나누면서 시간의 조각을 소비하고 있었다네.

얼마 있다가 여선생은 예식장의 방명록 같은 책자를 꺼내더니 이 학교에 찾아온 기념으로 서명을 해줄 수 있느냐고 물었지.

"이 학교에 찾아온 손님들이 서명한 것이랍니다. 여기에 선생님이 서명해 주시면 영광으로 생각하겠습니다."

나는 그 방명록을 뒤적거리며 이 학교에 찾아온 사람들을 하나하나 생각해보곤 하였다네.

그러나 모르는 사람이 태반이었고 비슷한 나이의 동창들이나 가까이 살던 이웃의 선후배가 몇 눈에 띄었을 뿐이라네. 그런데 나는 특이하게 눈에 띄는 사람 이름을 발견했지. 일본 이름이었다네. 곰곰이 생각해보니 어디에서 많이 들었던 이름이었네.

이시카와 요코, 아니 이 이름은 내가 이 학교의 일 학년 때, 나를 담임하셨던 선생님 이름이었다네.

"아니, 이 분은 어떤 분인데 여기에 적혀 있습니까?"

나는 모르는 척하고 물었다네. 그랬더니 선생은 이렇게 설명해 주었다네.

"이 분은 일제시대에 우리 학교에서 근무하시던 선생님인데 일본이 패망하면서 본국으로 돌아가셨지요. 그런데 얼마 전 관광 길에 올랐다가 예전에 근무하던 학교 생각이 나서 관광단에서 빠져 나와 일부러 우리 학교에 들르셨던 거예요. 나이도 많으신데 불편하신 몸을 이끌고 힘들게 다녀가신 분이지요."

나는 이 선생님 생각이 떠올라 주체할 수 없는 감격으로 가슴이 벅차게 뿌듯해졌다네. 나는 그 선생의 주소와 전화번호를 메모해 가지고 집으로 돌아왔다네. 그 길로 집에 돌아와 밤이 오길 기다렸지. 조용하고 한가한 시간을 타 전화번호를 돌렸다네.

나는 내가 해방되던 해에 일 학년이었다는 것, 그리고 선생님이 나를 담임했다는 것을 이야기했다네.

나는 맨 앞에 앉을 만큼 키가 작았고 당시 이름은 '카나타노 유키'였다는 것, 그리고 운동장에서 연필을 잃어버리고 선생님께 말했더니 양복저고리 위에 붙은 주머니에서 기다란 연필 한 자루를 꺼내 주셨다는 것 등의 옛 이야기를 해드렸지. 아마 그 분은 다 잊어버리신 이야기일 것인 줄 뻔히 알면서도 나는 주책없이 그렇게 주워 섬겼던 것이야. 그랬다. 나는 나만의 생각에 취해 있었던 것이지. 그런데 그게 아니었어. 아니 나는 아무 것도 생각이 나지 않는데 하는 것이 아니었어. 그래 기억나, 키가 조그만 야무진 아이였지, 그 빛나는 눈동자가 지금도 생각난단 말이야.

공부도 잘 하고 어쩜 그렇게 또렷한 목소리로 발표를 잘했는지 하며 한참을 주워섬기더니 목이 갑자기 막히기 시작했어. 그리고는 흑흑 흐느끼기 시작하며 말을 잇지 못했던 거야.

나는 그 분이 해방을 맞아 고국으로 떠나면서 짐을 싸들고 트럭에 오르던 기억이 지금도 새롭단 말이야. 우리들은 단풍나무가 서 있던 정자 근처에서 그 분이 타고 떠나는 우람한 트럭을 바라보며 한없는 원망과 원인 모를 섭섭함을 달랬던 거야.

우리 고향 노안, 나주벌판의 북쪽인 이 고장은 남쪽 끝에서 서울, 한양으로 올라가는 길이 있었지. 지금도 그 길이 저기에 있지 않은가? 그는 손가락으로 가리키며 이야기를 계속하셨다.

그 길가에는 나무들이 숲을 이룬 마을에 정자가 지어져 사람들이 쉬어가곤 하였다네. 오리나무가 많은 곳에는 오리정, 단풍나무가 많은 곳에는 단풍정이라는 이름이 지어져 지금도 그 고장의 이름으로 전해오고 있다네. 나는 트럭이 떠난 뒤에도 그 자리를 떠나지 않고 멍하니 서서 엉뚱한 생각에 사로잡혀 있었던 거야.

왜 우리는 전쟁을 해야만 하는가. 그리고 사람을 죽이고 재산을 모두 불태우고 땀 흘려 쌓아올린 문화재들을 부셔야만 하는가를 그 어린 눈동자로 생각하고 있었는지도 몰랐지.

그 노인네는 국제 전화를 끊지 않고 계속 흐느끼며 말을 잇지 못하였다네. 그 흐느낌 속에는 이국 교단에서 청춘을 보내며 가르쳤던 아이들의 빛나는 눈동자를 기억하는 추억이 사라지지 않고 자라고 있었던 거야.

이제는 80을 넘어선 노숙녀가 되어버린 고향의 처녀 교사, 나는 그 선배의 이야기를 들으며 웃었지만 뭉클한 감동을 지울 수는 없었다. 그리고 내가 가르친 아이들도 이런 감동을 느낄 수 있게 나는 정성을 다했는지 반문해본다.

"나는 지금 나이가 너무 많아 거의 집에서만 지낸다네. 그리고 건강도 나빠져 병원에도 자주 다니고 약도 많이 복용하며 지낸다네. 건강이 허락되면 다시 찾아가 정들었던 그 제자들과 만나 대화를 나누고 싶다네."

그녀는 이야기를 하면서 숨을 거칠게 쉬었고 기침을 하기도 하였다네. 그리고 눈물을 계속 흘리고 계셨어. 말도 중간에 자주 끊기곤 하였다네.

우리는 식민지에서 교직생활을 했던 교사들이라고 하면 오만하고 권위에 차 있으리라 생각하였는데 전혀 그런 느낌은 받지 않았다네.

오히려 우리나라 은사들보다 더 다정다감하고 가녀린 느낌을 받았다네.

나는 언젠가 일본에 갈 기회가 있다면 꼭 그 선생님을 찾아가 옛정을 다시 나누리라 마음먹었다네. 그때까지 살아 계셔서 건강하시길 나는 기대하고 있다네.

나는 이 선배의 이야기를 듣고 한 동안 깊은 감동에서 헤어 나오지 못하고 슬프기도 하고 안타깝기도 한 아름다운 한 편의 영화를 본 것 같은 그런 추억에 잠기면서 내가 사는 곳으로 돌아왔다.

그로부터 3년 후 나는 그 선배의 동생인 영훈이를 만나게 되었다. 영훈이는 우리 동기 동창이고 내가 고향에서 보내던 청년 시절, 친목계를 조직하여 어울려 다니던 기억이 떠올려지는 친구였다. 그 날도 역시 동창들이 모이는 장소였는데 동창 중 대학에 있는 친구의 출판 기념회 자리였다. 그 친구는 미국에서 물리학을 전공한 박사인데 〈연료 문제와 태양열의 이용〉이라는 책자였다.

대학에 〈태양열 학회〉라는 연구 기관을 만들어 같은 학문의 길을 걷는 학자들과 학생 그리고 그런 계통의 제품을 생산해내는 회사 직원들까지 각계각층의 다양한 사람들이 모인 자리였다. 그는 형의 이야기를 잠깐 비쳤는데 내가 요청하여 저녁까지 들면서 그 이야기를 자세히 듣게 되었다. 그 이야기를 이곳에 자세히 적어 보려고 한다.

아래의 이야기는 영훈이가 형의 이야기를 듣고 옮겨 적은 것이다.

내가 다니던 초등학교에 들려 그 학교를 방문한 인사들의 〈방명록〉을 들추어보다가 내가 어린 시절, 그러니까 일 학년 때 담임을 했던 선생님의 이름을 발견하고 며칠 후, 국제전화를 하여 대화를 나누었다는 이야기는 이미 들려주었지. 나는 그 노 교사를 만나보겠다는 집념을 오랫동안 견지해오고 있었는데 마침 그 일을 실현할 기회를 얻게 되었다네.

우리 회사의 지사가 일본에 몇 군데 설립되었고 몇 사람이 그 지점들에 가 업무를 보게 되었던 것이야. 나는 직접 발령은 받지 않았지만 한 번 가보고 싶다는 의도로 그 기회를 기다리다가 좋은 시기를 잡게 된 것이라네.

내가 휴가를 얻게 되는 날짜는 일년에 두 번 모두 열흘 정도의 날짜였다네. 그 중 한 번을 엿새의 날짜로, 여름날을 택하였으며 일본의 서쪽인 가고시마지방을 선택했던 것이야. 비행기를 택하지 않고 부산에 가 배를 타고 일본으로 건너간 것이지. 모처럼 배로 건너보는 대한해협은 정말 아름다웠다네. 석양에 배를 타고 가는데 지는 태양의 빛줄기가 검푸른 바다의 물결에 비추어 은빛 파도를 일으키는 것이 조개구름이 반짝이는 검푸른 하늘과 대조되어 너무나 아름답게 빛나고 있었던 것이야.

소년시절과 청년시절은 공부를 한답시고 언제나 책과 씨름하며 지내느라 아름다운 것, 삶의 여유 그리고 즐기는 것 자체를 거세당하며 살아왔다는 것을 되돌아보게 되었다네. 그리고 결혼과 동시에 가지게 되었던 가정과 직장이라는 두 무리의 집합이라는 범주 안에 들면서부터 자신이라는 개체의 자유와 너른 시야로 펼쳐져야 했던 꿈이라는 나래도 접혀지고 만 자신을 되돌아보는 기회가 되었다네.

서서히 움직여지는 배의 난간에 서서 어린 시절의 추억과 함께 같이 어울려 다니던 잊혀진 친구들의 이름까지 세세히 생각하며 딛고 있던 자신의 현실을 잊고 있었던 것이야.

조금만 더 그런 시간이 지속된다면 내가 태어나기 이전의 모든 기억과 태초에 있었던 우주의 비밀까지 모두 되살릴 것 같은 그런 예지를 나는 얻을 것이라 생각이 들었지.

그리고 지상에서 사라진 혈육들도 모두 되살아나 어울려 만나고 같이 춤을 출 수 있다는 그런 환상에 사로잡혀 있었다네. 희열과 환희, 아니면 망상, 혼미 이런 세계를 나는 느끼고 있었던 거야. 내가 흘려보낸 시간들이 모두 되살려지는 그런 세계랄까?

항구의 바닷가에 도착한 것은 한 밤중이라는데 그 배 안에서 몇 시간을 그대로 보내다가 여명이라는 시간의 지점에 도착해서야 배에서 내려 숙소로 들어가 샤워를 하고 식사를 하고 대형 버스에 실려 목적지로 향하였다네. 하긴 나는 그 당시 육십을 넘은 노인이었는데 마음은 어린아이로 변해 있었던 것이야.

들판을 달리면서도 나는 고향 마을 개울에서 두꺼비집을 만들고 붕어를 잡던 추억과 하얀 목화의 추억이 나를 놓아주지 않았던 것이야.

일본 서부의 시골 마을, 나 홀로 찾아가던 길이었지. 현지 사람들에게 물어 그곳에 가는 길을 알아내고 기차를 타고 갔다네.

역에서 내려 조금 기다리다가 버스를 타게 되었지. 근처의 들과 산을 바라보며 너무 아름답다는 느낌이 들었다네. 그러나 그런 감탄사를 내뱉기에는 일본은 너무 조용하였고 안정되어 있었어. 초등학생들이 뛰노는 놀이터에서 성년들의 도서실에 들어선 느낌이었어.

출발하면서 미리 연락을 한 나는 내가 찾아간 중소 도시의 버스 정류장에서 내리자 도로 쪽으로 나와 공중전화에서 선생님께 전화를 드렸다네.

"안녕하세요? 저, 한국에서 전화를 드린 일이 있는 유키예요."

"그래요? 나 지금 오랜 동안 젊은이를 기다리고 있었다오. 그럼 내가 그 쪽으로 나갈 테니 그 자리에 서 있어요."

가기 전에 전화를 드린 일이 있어 선생님은 금방 알아차리셨지.

그 지방은 서울보다 남쪽이었지만 해양성 기후 때문인지 따갑다는 느낌은 들지 않았어. 그러나 복사열로 다가서는 태양의 촉감은 눈을 피로하게 하고 뇌세포를 혼미하게 하였어.

키가 작고 허리가 구부정한 노인네가 나의 팔을 잡았어. 그녀는 잔주름이 얼굴에 깔려 있으면서도 자신을 가누는 의지 때문인지 흔들리는 기색은 없었지. 나는 가벼운 마음으로 인사를 드렸지. 내가 그녀를 만난 것은 '오십 년 가까운 세월의 바다를 건넌 다음, 가파른 언덕과 들판을 지나서'라고 회고했다네. 어릴 적에 보았던 얼굴 모습이나 아름다웠던 추억은 전혀 되살려지지 않았고 눈앞에 나타난 것은 '추억'이라는 색이 바래고 구겨진 '노트' 바로 그것이었다네.

그녀는 눈물부터 흘렸다.

"유키, 너무 반가워요. 너무 보고 싶었어요."

그러면서 그녀는 울었다.

그녀의 말씨나 태도를 보니 '겸손'이라는 낱말을 설명하는 자료처럼이나 순수하고 친절하였다. 나도 어느 새 눈언저리가 젖어왔다. 현실과 동떨어진 추억이라는 머나먼 바다를 바라보며 우리는 울고 있었던 것이다.

나는 근처 가게에서 과일과 고기를 조금 샀다. 우리는 그녀가 끌고 온 바다 색깔의 소형 승용차에 올라 그녀의 집으로 향하였다. 아담한 동네가 자리잡고 있었다. 정원수들이 집의 앞에 있는 텃밭이나 뒤뜰에 가지런히 정돈되어 있고 텃밭에는 채소들이 탐스럽게 자라고 있었다. 그리고 뜰이나 마루에도 화분들이 아름답게 자라 꽃을 피우고 있었다. 일본이란 나라는 정말 정리가 잘 된 나라이구나 하는 감탄사가 저절로 나왔다. 지저분한 모습이라고는 찾으려 해도 찾을 수가 없었다. 집의 벽이나 지붕 그리고 자동차에 이르기까지 어느 것 하나 정리가 안 된 것이라고는 하나도 없었다.

집안으로 들어가니 노인네가 신발을 가지런히 정돈해 놓고 들어왔다. 그녀는 아주 힘이 없어 보이고 말소리도 아주 가늘고 단순하였다. 그녀는 과일과 차를 가지고 나와 웃으며 들라고 한다. 남편도 없이 혼자 사는 모습이 무척이나 쓸쓸해 보인다. 어쩌면 고양이 같다는 착각을 하기에 이른다.

"오느라고 너무 수고하였어요. 보잘것없는 이 늙은이를 만나러 이곳까지 오다니, 너무 고마워 무어라 말을 할 수가 없어요."

"선생님은 너무 깔끔하시고 건강하셔요. 이렇게 과거를 잊지 않고 계시고 정을 두고 계시다니 너무 감격했습니다."

우리는 깎아놓은 사과와 복숭아 등 과일을 들고나서 차를 마시고 담소를 나누었다. 방안에는 조그만 옷장과 책장, 그리고 화장대 등이 놓여 있었고 화장대 앞에는 조그만 사진이 놓여 있었다. 나는 그 사진을 보고 정말 깜짝 놀랐다. 내가 다니던 초등학교의 현관 앞에서 찍은 사진이었다. 너무 오래 되어 윤곽이 흐릿하였지만 그 학교인 것만은 금방 알 수 있었다. 현관 부분을 새로 고치기 전의 모습인 듯한데도 그 학교인 것만은 분명하였다.

"선생님, 정말 대단하십니다. 이런 사진을 간직하고 계시다니 놀랍습니다. 정말, 타임머신을 타고 과거나 미래에 와 있는 듯한 느낌이 드는군요."

그 사진에는 남자 선생님 한 분과 학생 하나가 보였다.

"이 학생은 사쿠라이 하나비라고, 지금도 이름을 기억하고 있는데 바로 학교 앞 동네에 살고 있었지. 아주 가난하였지만 어찌나 착하고 공부를 잘 하였던지 지금도 잊지 않고 있어요."

우리 동기는 아니었다. 선배인 모양이었다. 이 선배는 어디에 있는지 선생님은 궁금해 하실 것이 아닌가.

"이 학생들은 우리를 정복자라고 욕을 하고 미워하겠지만……."

그녀는 이 말을 하다가 흐느끼기 시작하였다. 나는 아무래도 이 음산한 분위기를 바꿀 수가 없었다.

"선생님, 우리 노래 하나 불러요. 예전에 불렀던 동요 하나 말이예요."

그녀는 말을 하지 않았다. 내가 겨드랑이를 붙잡아 일으켜 세우고 노래를 부르기 시작하자 이 여인은 작은 목소리로 따라 부르기 시작하였다.

풍당풍당 돌을 던지자
누나 몰래 돌을 던지자
냇물아 퍼져라 널리널리 퍼져라
건너편에 앉아서 나물을 씻는
우리 누나 손등을 간질여 주어라

그 날 오후 나는 선생님을 모시고 강변에 나가 부서지는 은빛 파도를 바라보며 모래를 만지고 놀았다.

파라솔이 무거운지 힘들어하기에 내가 들어 주면서 강렬한 과학문명에 대항하듯이 눈부시게 부딪쳐오는 태양의 광선을 차단시켜 드렸다.

먼 곳에서는 관광용 헬리콥터도 날고 쾌속정도 날쌔게 달리고 있었다. 그녀의 여린 팔뚝으로서는 세차게 몰아치는 과학과 정보의 비정(非情)을 견딜 수 없게만 느껴졌다.

비틀거리는 시골 버스를 타고, 나는 꿈같은 그 고장을 떠나왔다. 그녀는 가냘픈 손을 흔들며 가볍게 웃었지만 웃음으로 보이지 않고 흐느끼는 것으로 보였다.

내가 그 고장을 찾은 것은 가을이라는 계절이 대지를 물들이고 있는 구월의 하순이었다. 생각을 하지 못한 것은 아니었지만 다녀와서 바쁘다 보니 십일월에 접어들어서야 전화를 드리게 되었다.

그런데 이상한 일이었다. 신호는 가는데 전화를 받지는 않았다. 나는 몇 번인가 다이얼을 돌렸지만 역시 마찬가지, 받는 사람이 없었다. 그 후 십이월 초에 편지를 써 보냈지만 역시 답장은 없었다.

지금은 초겨울의 깊은 밤, 나는 잠을 이룰 수가 없어 마루에 나와 소파에 앉아 다리를 펴고 손바닥을 깍지를 끼고 머리를 뒤로 눕힌 채 선생님을 만났던 좁은 마루와 뜰, 그리고 아름답게 가꾼 정원과 텃밭을 떠올린다.

인생은 작은 배를 타고 홀로 떠다니는 여행이라는데 선생님은 어느 먼 이름 없는 항구에 마지막으로 정박하고 있는 것은 아닌가? 하고 나는 생각에 잠긴다.

바쁜 나날을 보내면서 선생님의 이야기는 어느새 잊혀져갔고 다른 일들에 파묻혀 갔다. 그런데 어느 날 밤 내가 퇴근을 하여 돌아오는 길에 우편함에서 누런 편지 한 통을 발견하고 깜짝 놀랐다. 선생님한

테서 온 편지였다.

　사랑하는 유키, 참으로 많은 세월이 흘러갔소이다. 내가 한국에 건
너갔던 때가 1940년, 내 나이 스무 살 무렵이었는데 지금 내 나이 팔
십을 넘어섰다오. 반세기의 세월이 훌쩍 흘러간 셈이군요. 나는 몸이
아파 오랜 기간 병원에 입원하여 있다가 어제 퇴원하여 집에서 휴양
을 하고 있답니다. 크게 통증은 없지만 완치되기는 힘들고 차츰 악화
되어 언젠가는 하늘나라로 돌아갈 것 같군요. 그런데 이렇게 내가 펜
을 들게 된 것은 깊은 사연이 있기 때문이랍니다. 군이 우리 집에 찾
아왔을 때 화장대 앞에 놓여 있던 학생의 사진, 그 사진에 얽힌 이야
기를 군에게 들려주어야겠다는 생각을 오래 전부터 가지고 있었다
오.

　내 나이 스무살 무렵이었으니, 지금 생각하면 너무 철이 안든 나이
였답니다. 나는 여기까지 편지를 쓰다가 창밖을 내다봅니다. 60년 전
그 학교와 학생들에 대한 사연들이 눈앞에 나타나 주체할 수 없이 눈
시울이 뜨거워지는 군요.

　사실 지난 해 내가 한국에 가 그 학교에 찾아간 것은 그 학생과의
사이에 얽힌 사연들을 풀기 위해서였다오.

　그 학생은 참 똑똑한 아이였지. 특히 수학이나 과학에 대한 두뇌가
특이하여 다른 학생이 근처에도 따라갈 수 없는 우수한 성적을 나타
내던 학생이었답니다. 그런데 국어 시간이었습니다. 국어가 일본어
였으니 일본어를 가르치는 시간이었다오. 그런데 그 학생이 나를 비
꼬는 눈빛으로 쳐다보더니 고개를 돌리고는 다리로 곁 학생의 책상
다리를 툭툭 차는 것이었어요. 나는 너무나 불쾌하여 그 학생을 불러
냈지. 그리고는 귀 근처 머리에 꿀밤을 한 대 갈겼지요. 그리고는 야

단을 쳤지요. 아직 가슴의 피가 뜨거운 이십대의 청춘이었으니까. 그런데 순하게 보이던 그가 비꼬는 듯한 눈초리로 쳐다보더니 내 치마 밑 정강이를 차는 것이었어요.

아직 어린 나이이고 고무신을 신었으니 얼마나 아팠겠어요.

별로 아프진 않았지만 너무나 불쾌하여 얼굴을 쥐어박았지요. 그의 코에선 코피가 주르르 흘러내렸답니다.

그가 갑자기 '일본년' 하며 손으로 코를 만지더니 그 피를 뿌리는 것이었어요. 그 피가 내 치마에 묻었어요. 일본이라는 말은 똑똑하게 잘 들렸지만 년이라는 말은 확실히 듣지는 못하였어요. 아마 그렇게 들렸다는 느낌이었으니까. 그 피가 내 치마에 묻었어요. 그 때의 일을 돌이켜 생각하니 지금도 울분이 터져 가슴이 뛰는군요. 그 뒤의 일은 별로 생각하고 싶지도 않군요. 그의 어머니가 학교에 불려와 교장실에서 훈계를 받았고 학생은 정학 처분을 당해 학교를 며칠 동안 나오지 못하게 되었지요.

그런데 정학 조치가 풀린 뒤에도 학생은 학교에 잘 나오지 않았어요. 나중에 들으니 그의 아버지는 집을 나가고 안 계시다는 말이 들리더군요. 독립운동을 한다는 소리도 들렸어요. 학생의 집은 무척 가난했어요.

그 뒤로 나는 한국 학생들이 미워서 견딜 수가 없었답니다.

그런데 내가 일본에 돌아와 가정에 파묻히고 나이가 들면서 그 학생에게 너무나 미안하다는 생각이 들고 한국 학생들에게 내가 잘못했던 일들이 돌이켜져 무척 괴로워했답니다.

추운 겨울날 밤 한밤중에 잠이 깨어 일어나 그 학생 생각을 하며 몸부림을 치기도 했답니다. 마루에 나가 캄캄한 하늘에 떠 있는 별들을 바라보며 한국 학생들의 눈동자를 떠올리곤 했답니다. 아주 먼 옛날, 그 시절은 너무나 가난하였고 인심도 소박하였던 시절이었지요.

그 학생의 어머니는 아들의 잘못을 수없이 사죄하며 교장선생께 빌었어요. 나는 추운 밤에 뜰을 거닐며 그 학생이 얼마나 훌륭한지를 생각하곤 했답니다. 그 학생에 비하면 교장선생이나 나나 그의 어머니는 하찮은 존재로만 여겨졌어요.

사랑하는 유키, 나는 지금 몸이 불편하여 이 편지를 조금씩 며칠 동안 쓰고 있다오. 손가락에 힘도 없고 시력도 약하기만 하여 돋보기를 쓰며 겨우 쓰고 있답니다. 그러나 그 학생 생각을 하면 내 눈에 빛이 돌고 자신이 한없이 죄를 지은 것 같아 괴로웠답니다. 작년에 학교에 갔을 때 그 학생이 살던 동네에 찾아갔었답니다. 동네 사람들에게 학생 이름을 대며 물었지요. 그런데 어느 할머니가 이렇게 이야기를 들려주었답니다.

그 사람은 참 착한 사람이었지요. 착한 사람이라기보다는 천재에 가까운 예리한 두뇌를 가진 사람이었지요. 그는 초등학교를 마치고 가난 때문에 진학을 못하고 어느 광산에 가 일을 했어요. 스무 살이 지났는데 결핵에 걸려 고통을 받다가 세상을 떠났답니다.

나는 그 학생을 내가 살해한 것 같은 죄책감이 들어 잠을 못 이루곤 했답니다. 물론 그 이전에도 줄곧 그 학교와 학생들 특히 그 학생에 대한 슬픈 기억에 마음이 아파 자신을 학대하곤 했답니다. 그 동네 사촌 동생이라는 사람이 그의 집에 들어가 그 옛날의 사진 한 장을 가지고 나왔는데 그 사진을 얻어가지고 돌아왔지요. 내 화장대 위의 사진은 그때 가져온 것이었다오.

난 지금 가슴에 통증이 와 더 이상 펜을 들고 있기가 힘드네요.

편지는 이렇게 끝나고 다른 사람이 글씨가 이어졌다.

저는 이 편지를 쓴 분의 딸입니다. 어머님이 작고하셔서 찾아왔다가 이 편지를 발견하였답니다. 곁에 주소가 적혀 있더군요. 그래서 제가 편지지를 봉하여 부쳐드리는 것이랍니다. 내내 건강하시고 하시는 일이 잘 이루어지기를 기원합니다.

그 이야기를 생각하면 지금도 아름다운 시골의 내 모교와 거기에서 지내던 어린 시절, 그리고 내가 가르쳤던 제자들을 떠올리곤 한다.

명곡이 흐르던 교정의 추억

– 〈엘리제를 위하여〉의 여인

"얘들아, 내가 너희들처럼 어렸던 시절, 우리 학교에는 바이올린을 잘 켜는 선생님이 부임하여 오셨단다. 우리는 그 음악 소리를 듣고는 너무 반하여 마음속으로 사모하게 되었지. 나도 그 선생님처럼 아름다운 음악을 들려주거나 이야기를 잘 하는 선생님이 되고 싶었단다. 유난히 선생님을 따랐던 여학생 하나가 나중에 시도 쓰고 피아노도 잘 치는 선생님이 되셨단다. 나는 그 선생님을 잘 알고 있지."

지금 나의 서재 공간에는 〈엘리제를 위하여〉의 곡이 흐르고 있습니다. 내가 다니던 사범학교 입학시험의 음악 문제가 지금도 나의 머릿속 어딘가에 남아 있습니다. 그 음악의 특징을 나타낸 부분의 몇 음절이 그려져 있고 그 음악의 제목을 맞추는 객관식 문제였습니다. 그런 문제는 피아노를 쳐본 학생이나 찾아 맞추는 문제였습니다. 나는 나주의 어느 시골 학생으로서 피아노와 가까이 해보지 않은 처지여서 도무지 들어보지도 않은 곡명이었습니다.

"그게 무슨 곡이야?"

그 학교에 입학을 한 뒤로 나중에 급우들에게 그 문제 정답을 물었습니다. 우리가 다니던 사범학교는 남학생이 세 클라스 여학생이 한 클라스였습니다. 남자 친구들 대부분은 그 곡을 알아내지 못하였습니다. 내가 입학을 한 지 한 학기가 지나고서 가을이 되었습니다.

은빛으로 빛나는 가냘픈 태양의 빛이 창가에 어른거리던 어느 날 오후, 나는 음악실의 풍금 앞에 앉았습니다. 음악실은 강의를 듣는 교실이 있고 이어서 풍금이 두 대씩 놓여 있는 좁은 방들이 칸막이로 나뉘어 있었습니다. 풍금 교본을 펼쳐들고 그 자리에서 한 곡을 치기 시작하였습니다. 어느 여학생이 들어왔습니다. 그 학생은 내 옆에 놓여 있는 풍금의 앞에 놓인 의자에 앉더니 거침없이 어느 아름다운 음악의 곡을 치기 시작하였습니다.

나는 아무런 생각도 없이 그 음악에 감동을 받아 손을 놓고 멍하니 앉아 있었습니다. 가냘프고 작달막한 학생이었습니다. 나는 고개를 돌려 그 학생을 바라보았습니다. 한동안 음악소리만 들리고 다른 잡음은 들리지 않았습니다.

"그 곡이 무슨 곡이어요?"

나는 너무나 신기하고 아름다운 곡이어서 이런 질문을 나도 모르게 던졌습니다.

"이 곡이 〈엘리제를 위하여〉라는 곡이지."

그녀는 존경어도 반말도 아닌 애매모호한 어투로 나에게 그 곡의 이름을 가르쳐 주었습니다.

그녀는 한참 있다가 이렇게 이어서 말을 하였습니다.

"응, 이 곡이 우리 입학시험에 나왔던 곡이라고."

그 곡이 정말 아름다운 〈엘리제를 위하여〉라는 것을 알아냈습니다. 정말 아름다운 곡이었습니다. 나는 그 곡의 아름다움에 취하여 그 소녀가 나간 뒤로도 얼마 동안 그 자리에 앉아 있다가 마치 마술에 도취된 듯한 느낌으로 밖으로 나와 기차역으로 달려갔습니다.

그 일이 있고 난 뒤에도 그 음악에 대한 아련한 향수와 기대 그리고 이름 모를 막연한 아픔 같은 것 이런 것 때문에 학교에 다니던 길목이나 한가한 시간의 오후에 뜰에서 사색에 잠겨 있을 때 이상한 충동을 느꼈습니다. 내가 더 나이 들면 그런 아름다운 음악을 종일 들으면서 아름다운 여인과 살고 싶다던가 하는 그런 것이었습니다. 아니, 그런 것이 아니면 아무런 고통이나 슬픔도 없는 어느 이름 모를 너른 들판이나 깊은 산골 어느 곳에서 외롭게 살아갈 것 같은 야릇한 예감을 느꼈습니다.

아니 닥치지 않은 것을 현실처럼 느끼기도 하는 착각이라니, 나는 그 당시 타임머신 같이 시간을 뛰어넘는 이상한 공상을 하고 있었는지도 모릅니다. 그런 생각에 빠져 있다가 시간에 늦어 기다리던 차를 놓친다든가 엉뚱한 곳으로 가기도 하는 일도 일어났습니다.

나는 나주의 노안에서 기차를 타고 통학을 하고 있었습니다. 광주

땡추이 흐르면 교정의 추억

역에서 두 정거장을 지나면 송정리가 나오고 그 다음의 역이 노안역이었습니다.

얼마 후였습니다. 아마 다음 해 봄이 아니었나 싶습니다. 산수유가 피고나서 개나리 진달래와 함께 목련의 꽃송어리가 한참 부풀어 있던 시절이었나 봅니다. 아침 시간에 노안에서 기차를 타고 송정리에 도착하였습니다. 당시의 통학 열차는 화물 열차를 개조하여 간이 의자를 만들어 넣은 여객열차였는데 거무스름한 모습에 창문도 작아 빛이 잘 들지 않은 어두운 모습이었으나 우리의 젊음이 그런 조건들에 불만도 없이 즐겁고 보람 있는 태도로 통학을 하였습니다.

기차가 송정리에 도착하여 멈추자 나는 읽고 있던 일본인 오노(小野圭次郞)의 원작 〈영문법〉 참고서를 덮고는 출입문을 바라보았습니다. 당시에는 이 영문법과 A.W. 메들리의 〈삼위일체 영어〉가 많이 읽혔던 시절이었지요. 그리고 하늘색으로 깃을 두른 검은 가방을 들고 들어서는 여학생을 바라보고는 눈이 반짝 빛났습니다.

음악실에서 풍금을 치던, 그 아름다운 〈엘리제를 위하여〉를 치던 바로 그 여학생이었습니다. 내 가슴은 콩콩 뛰기 시작하였으나 말 한마디 붙이지 못하고 광주에까지 오면서 그 학생을 지켜보기도 하고 멍하니 다른 곳, 창밖이나 출입문 혹은 붐비던 출입문을 바라보며 시간을 보냈습니다.

그 열차는 중고등 학생을 비롯하여 대학생, 그리고 출근하는 회사원들과 장사를 하는 아줌마들로 무척이나 붐볐습니다. 아줌마들은 가을이면 복숭아나 배 그리고 사과 보따리를 이고 차를 타고 광주에 가 팔고는 했습니다. 퇴근시간에 광주역에서 출발하는 기차는 송정리를 거쳐 나주 방향으로 가고 장성 방향으로 갔습니다. 그리고 광주에서 바로 반대편의 화순 쪽으로 가기도 하였습니다.

　기차가 겹쳐 도착하는 아침이나 출발 시간에 맞추어 몰려드는 학생들을 정리하느라 휘슬을 불어대고 소리를 고래고래 질러대던 역무원 아저씨의 발갛게 열을 올리던 모습이 사십여 년이 지난 지금도 내 기억의 영역에 파편으로 남아 있습니다.

　그 학생이 입었던 옷이나 얼굴 모습 그리고 들고 다니던 가방 등으로 보아 가난한 집안의 학생은 아니었고 눈빛이 빛나는 학생이었습니다. 기차 통학을 하는 학생들은 대부분 집안에 여유가 없는 학생들이 많았습니다.

　여유가 있는 학생들은 하숙을 하였고 친척이 있는 학생들은 그 집의 신세를 지기도 하였습니다. 그리고 기차역에서 집이 너무 멀거나 통학을 하기 불편한 학생들은 방을 얻어 자취를 하기도 하였습니다. 하숙을 하는 학생은 비교적 드물었고 대부분 자취나 통학을 하는 경우가 많았습니다.

　그 여학생은 봄 한철 통학을 하는 듯하더니 어느 새 자취를 감춘 것을 보니 하숙을 하는 모양이었습니다.

　내가 사범학교에 들어간 뒤 한 학기는 새로운 환경에 적응하느라 어수선하게 지내고 가을이 되어 그 여학생을 만난 뒤, 나의 가슴에는 말로는 표현하지 못할 즐거움으로 가득 차 졸업을 할 때까지 무언가로 충만한 행복감에 젖어 힘이 드는 기차 통학에도 피곤한 줄을 모르고 지내면서 열심히 공부하고 친구들과도 잘 사귀었습니다.

　우리가 다니던 그 학교는 그 지방에서 수재들만 모였다는 자부심으로 우리들은 자존심에 차 있었고 다른 학교 특히 실업계 학교 학생들을 우습게 보곤 하였습니다. 우리들이 아침에 교문에 들어서면 아름다운 음악소리가 마이크를 통하여 운동장에 울려 퍼졌고 아름다운 정원수 사이사이로 그 음악소리는 흩어져 나갔습니다.

건물도 우리가 교실로 쓰는 본관은 일제 때 지은 이층으로 된 것이었는데 붉은 벽돌로 아주 튼튼하게 잘 지은 것이었고 그 뒤로는 과학실 실습실 자료실 도서실 등이 있고 옆으로는 내가 〈엘리제를 위하여〉를 듣던 음악실이 있었습니다. 음악실 곁으로는 조그만 운동장이 있어 주로 선생님들이 테니스를 치곤 하셨습니다.

본관 건물 가운데의 현관 앞에는 정원이 잘 꾸며져 있고 그 가운데에 커다란 바위가 세워져 있었으며 거기에 〈날로 새로워라〉라는 글귀가 새겨져 있었습니다. 정원수들은 상록수들로 너무나 푸르고 싱싱하였습니다.

교문에 들어서 가운데 현관까지의 도로 왼쪽에는 운동장이 있었고 오른쪽으로는 부속 초등학교가 있어 사범학교 삼학년이 되면 그 학교에서 어린이들을 가르치는 교생 실습을 하곤 하였습니다.

이 국립학교인 이 초등학교의 어린이들은 시험을 치르고 입학을 하고 가정환경이나 경제적인 면으로 다른 공립학교의 어린이들보다는 유복하였습니다.

아름다운 그림을 모두 그리자
아름다운 꿈나라를 모두 그리자
언제나 부지런히 공부를 하면
우리들의 푸른 꿈은 이루어지지

우리가 삼 학년이 되어 교생 실습을 받을 때, 초등 2학년 교실에서 우리의 실습을 담당하신 지도 교사는 반 어린이들을 데리고 스스로 꾸민 희곡으로 연극을 하는 학예회를 열게 하였습니다. 그 연극의 주인공은 그림을 그리는 착한 어린이였습니다.

처음 스무 명이나 되는 어린이들이 나와서 노래를 부르면 주인공인 소녀가 나와 그림을 그리게 되고 그러다가 낮잠이 들게 되는데 어느 할아버지가 꿈에 나타나 세계 여러 곳의 모습을 보여주는 요술 그림책을 주고 떠납니다.

숲 속에서는 이름 모를 아름다운 여러 고운 색깔의 새들이 날아다니다가 그 소녀를 발견하고는 그를 끌고 숲 속으로 날아가 같이 놀게 됩니다. 마침 길을 잃은 사냥꾼 젊은이가 그 곳에 다다르게 되는데 그 소녀를 보고는 넋을 잃게 됩니다.

'내가 다섯 살 때 세상을 떠난 여동생이 이곳에 와 있다니.'

사냥꾼은 어린 나이에 시름시름 앓다가 세상을 떠난 여동생이 이 숲에 나타난 것을 알아차리고는 꿈을 꾸는 것처럼 자신을 믿지 못하게 됩니다.

사냥꾼은 반가워하다가 이상하다는 듯이 물끄러미 바라만 보는데, 그 곳을 지나던 요술 할머니가 그를 만나 이야기를 늘어놓게 되는데…….

"어린 나이에 세상을 떠난 네 어린 누이동생은 어느 날 먼 곳으로 길을 떠났지. 잘 걷지도 못하는 그 모습으로 숲 속에 들게 되었는데 어디에선가 아름다운 음악 소리가 들리고 있었지. 그녀는 넋을 잃고 그 자리에 우두커니 서 있게 되었는데, 그 아름다움에 반한 요정이 그녀의 넋을 빼 가지고 달아나고 말았지. 그녀는 집으로 돌아왔지만 제정신이 아닌 채 살게 되었고 결국에는 세상을 떠나게 되었지."

그 소녀가 숲 속에서 들었던 노래 소리가 〈엘리제를 위하여〉로구나, 하고 나는 그 연극을 내 어릴 적의 현실로 받아들이게 되었고 나이 어린 여동생이 있었다는 이야기를 어렴풋이 떠올리게 되었습니다.

"어머니, 내 어릴 적에 세상을 떠난 여동생이 있었지?"

나는 어머니에게 어릴 적 이야기를 들려달라고 애원을 하였습니다. 어머니는 나의 이런 모습에 당황해 하였지만 아무런 이야기도 들려주시지 않았습니다. 어머니의 입술은 갑자기 새파래지셨습니다. 그리고는 나의 손을 뿌리치고 밖으로 나가셨습니다. 그리고는 우물에서 한 동이의 물을 길어 오시더니 세수를 하고는 머리를 감기 시작하셨습니다.

이때에 내 머리에 떠오른 생각이 참으로 이상한 것이었습니다. 내 주변에 살고 있는 인물들은 원인 모를 이유로 시들게 된다는 야릇한 상상이었습니다.

나는 사범학교를 졸업하고는 고향 근처의 초등학교 선생님이 되었습니다. 그리고는 2학년 어느 반을 맡게 되었습니다. 자전거를 타고 다니며 열심히 공부를 가르쳤습니다.

내가 맡은 반 아이 중에는 말을 잘 하지 못하는 어린이가 있었습니다. 벙어리는 아니었지만 더듬거리고 평소에도 별로 말을 하지 않으려 하였습니다. 그리고는 날마다 동화책을 한 권씩 가지고 와서는 그걸 읽곤 하였습니다. 물론 친구들도 별로 없었습니다. 얼굴은 새하얗고 표정이 없는 것처럼 보였습니다. 시험을 치를 때마다 수학에서 만점을 받곤 하였습니다. 그리고 다른 암기 과목은 별로 점수도 좋지 않았고 관심도 없어 보였습니다.

그녀가 보던 동화책은 언제나 가방 속에 감추어져 있었습니다. 어느 날 그녀가 화장실에 간 사이에 그녀의 책가방을 열고 그 동화책을 열어 보았습니다.

그 책갈피 속에는 편지지가 예쁘게 접혀 있었습니다. 나는 호기심을 감출 수가 없었고 그 편지를 읽게 되었습니다.

〈사랑하는 윤지야, 네가 건강하게 잘 자라고 있다는 사실에 나는 항상 하느님께 감사를 드리고 있단다. 선생님 말씀 잘 듣고 공부 열심히 하여라. 너의 담임선생님은 내가 잘 아는, 나와 동창생이시란다.〉 그리고는 〈나도 열심히 어린이들을 가르치고 있단다. 너를 가장 사랑하는 이모로부터〉라는 말을 추신으로 이어놓았습니다.

아마 이런 내용이었던 것 같습니다. 나는 그 편지를 얼른 접어 그녀의 가방 속에 넣고 똑딱단추를 잠갔습니다. 그리고는 편지를 쓴 선생이 누구인가 곰곰이 생각에 잠겼습니다.

이모라는 여선생은 과연 누구인가 이 생각에 잠이 오질 않았습니다. 나는 생활기록부를 펴고는 학생 어머니의 이름을 찾아 성을 확인하였습니다. 성씨였습니다. 나는 학교를 졸업할 때 찍은 앨범을 책꽂이에서 꺼내어 펼치고는 여자 동창생들의 성을 확인하기 시작하였습니다.

성씨인 여학생을 찾은 순간 나도 모르게 가슴이 뛰기 시작하였습니다.

내가 사범학교 1학년 때 음악실 풍금 앞에서 〈엘리제를 위하여〉를 치던 예쁘장한 바로 그 여학생이었습니다.

그 무렵, 사범학교를 같이 다니던 친구들이 여러 통로로 만나곤 하였습니다. 같이 기차를 타고 다니던 그룹이 따로 모이기도 하고, 음악

부나 과학부, 혹은 미술부나 문예부 등에서 같이 취미 활동을 즐겼던 친구들이 모이기도 하였습니다.

그런가 하면 같은 지역에서 근무하는 동창들이 주말에 만나 가벼운 등산도 하고 음식점에서 저녁을 먹거나 취하는 멋도 모르면서 젊은 호기로 막걸리를 겁도 없이 마시기도 하였습니다.

졸업을 한 지 이 년이 되는 해 가을, 내가 근무하던 학교 근처의 동창들이 만나는 모임을 가지게 되었습니다. 그 날 우리는 여느 때처럼 일곱 명의 친구들이 모였습니다. 그림을 그리는 친구도 음악을 공부하는 친구도 그리고 시를 쓴다는 친구도 있었습니다. 그 날은 이상하게 술을 많이 마시지 않았습니다. 그리고는 진지하게 사는 이야기며 앞으로의 진로 등에 대하여 이야기를 나누게 되었습니다. 시를 쓰는 친구가 이런 말을 던졌습니다.

"우리 동창 중에 은실이라는 여학생이 있었지. 그녀가 이번에 하나 일보의 신춘문예 시 부문에 뽑혔다는구나."

그 친구는 키도 조그맣고 단단한 체구에 생각이 깊은 눈동자를 지니고 있었습니다. 그는 그녀가 썼다는 〈이슬〉이라는 시 구절을 모두 외우고 있었습니다.

이슬이 슬픈 것은 눈물 때문이 아니지
아침 차가운 바람에 찢기는 아픔이
가슴을 적시오기 이전에도 그런 슬픔이

그가 외우던 구절이 지금은 다 사라지고 없지만 지금도 이 부분만은 내 기억에 남아 있습니다. 아마 잘못 외우고 있는 부분도 있으리

라. 다음 해 이른 봄 그녀, 성은실은 내가 근무하던 학교에 전근해 온 것입니다. 그녀는 시집을 많이 가지고 있다는 소문이 여선생들 사이에 퍼져 있었습니다.

그녀는 어쩌면 그렇게 피아노도 잘 치고 시도 잘 짓는다는 말인가. 그런 걸 보면 아마 천재인지도 모르지. 나는 상상의 나래를 펴고 그녀를 바라보곤 하였습니다.

그 사이 윤지는 3학년이 되었고 다른 선생님이 담임을 하게 된 것은 당연한 일이었습니다. 나는 말을 잘 하지도 않고 책만 열심히 읽는 윤지를 〈천재 엘리〉라는 애칭으로 부르고 있었습니다.

〈엘리제를 위하여〉라는 곡을 잘 치던 이모와 연결시켜 지은 이름이었습니다.

은실선생이 어느 날 아파 출근을 못하자 이상한 소문이 돌기 시작하였습니다. 윤지의 어머니 그러니까 은실선생의 언니가 이혼을 하고 멀리 떠나 어느 섬에 살고 있다는 것이었습니다. 그래서 언니 대신 은실선생이 엄마 노릇을 하려고 이 고장에 전근을 해 왔다는 것이었습니다. 그러나 은실선생과 윤지는 상당히 멀리 떨어진 곳에서 살고 있었습니다.

은실선생이 며칠째 결근을 하자 몇 명의 선생들이 그녀의 집을 찾아 위문을 갔습니다. 물론 나도 따라갔습니다. 그녀는 마을에서 조금 떨어진 허름한 한옥에서 자취를 하고 있었습니다.

미스 선생들이 많이 가서 위로의 말을 하고 학교에서 일어난 일들을 주고받는 사이, 나는 뜰을 서성이며 뜰 앞에 자라고 있는 탐스런 대나무 죽순들을 바라보고 있었습니다. 그러는 순간 내 귓가에는 〈엘리제를 위하여〉가 들리고 있었습니다.

설핏 들여다 본 그녀의 방안에는 조그마한 오디오가 놓여 있었고 그 곁에는 레코드판들이 수없이 놓여 있었습니다. 물론 시집으로 보이는 책들도 많이 보였습니다. 나는 그 책들의 표지를 들여다보고 싶었지만 차마 말을 하지 못하고 그 날 많은 선생들과 어울려 학교로 돌아오고 말았습니다.

나는 그녀를 생각하는 마음에 시라는 것을 동경하게 되었고 서점에 들르면 시집이라는 책들에 관심을 갖게도 되었습니다. 그러다 어느 날 〈렌의 애가〉라는 시집 한 권을 사 가지고 와 밤새워 읽었습니다.

어느 날 오후 내가 교무실에서 장부 정리를 하고 있는데 은실선생이 가까이 오더니

"토요일 날 바닷가에 갈 일이 있는데 같이 가지 않겠어?"

라고 말하는 것이었습니다. 우리는 처음으로 단둘이 여행 비슷한 것을 하게 되었습니다.

오색으로 단풍이 드는 가을이었던 것 같습니다. 우리가 다다른 동네의 바다는 짙고 푸른 잉크빛깔의 파도가 넘실대고 있었고 바람 끝도 차가운 것 같았습니다. 토요일 날이어서 근무를 마치고 나왔기 때문에 털털거리는 버스를 타고 그 곳에 도착하였을 때는 이미 해가 기울기 시작할 때였던 것 같습니다.

"우리 저 바다 건너 먼 나라에 가 같이 살지 않을래?"

그녀는 나를 보고 이렇게 중얼거리다가

"아니야, 그래서는 불행해지겠지?"

하고 말했습니다. 그리고 그녀는 웃었습니다. 우리는 갈매기도 보고 바닷가 바위에 달라붙은 굴 껍질도 보면서 거품을 일으키는 파도

의 끝자락에 벗은 발을 맡기기도 하였습니다. 아늑한 양수에 담긴 어린애처럼 우리들의 발은 포근한 바닷물에 잠겼습니다. 그녀의 머리카락은 바람결에 흩날리면서 귓바퀴를 내보이곤 하였습니다. 그녀의 귀는 유난히 작았고 이상한 흉터에 찌그러진 듯한 느낌이 들었습니다. 오랜 세월이 지난 뒤, 귀에 상처가 있는 사람은 어린 시절에 시련을 많이 당할 운명을 타고난 사람이라는 것을 알게 되었습니다.

　우리는 어느 허름한 여인숙에 들게 되었는데, 같이 식사를 하고는

　"나는 지금 누구를 만나고 올 테니 기다리지 말고 편안히 쉬고 있어요."

라고 말을 하고는 자리를 떠나갔습니다. 나는 그렇게 궁금해하지도 않고 애타게 기다리지도 않고 시간을 보냈습니다. 너무 심심하여 바닷가에 나가 검푸른 파도를 바라보며 파도 자락에 휘감기는 흐느낌 소리를 들었습니다. 멀리 떨어진 언덕에서는 소나무 몇 그루가 바람에 흔들거리는 모습이 어렴풋이 보였습니다. 시간이 많이 흘러 밤이 깊어가자 속이 출출한 느낌이 들었습니다.

　나는 근처 술집에 들어가 맥주를 몇 잔 마시고 혼자 쓸쓸히 시간을 보내다 밤을 다 보내고 말았습니다.

　잠시 눈을 붙였다가 아침에 일어나 보니 그녀가 문 근처에서 잠들어 누워 있었습니다. 차가운 공기가 방안에 가득 차 있어서 나는 이불을 끌어다가 그녀를 덮어 주었습니다.

　그녀는 이상하게 불만이나 안타까움 같은 것을 눈자위와 입술에 나타내고 있었습니다.

　그 바닷가 마을 건너 어느 섬에는 그녀의 언니가 살고 있다는 것을 나중에 들어서 알게 되었습니다.

"이것저것 생각하지 않고 동물처럼 살아가는 것도 좋을 것 같아."

"민선생, 너무 책에 빠져들지 말아요. 자신을 학대하는 것만 같단 말이야."

그녀는 내가 흥미 있게 듣는지도 모르면서 엉뚱한 이야기를 잘 하였습니다.

나는 아무런 깊은 생각도 없이 흘려들었던 것이 지금은 후회가 됩니다. 나는 당시에 소설을 많이 읽으면서 세상 사람들의 아픔 같은 것도 생각하였지만 그녀가 시를 쓰느라 자신을 안타깝게 하는 것에 비하면 너무 가벼운 것이었다고 지금은 돌이켜집니다.

그녀는 언니의 슬픈 운명을 바라보며 느꼈던 안타까움을 흘러가는 바람 소리처럼 내게 들려주었던 것을 나중에야 알게 되었습니다. 언니는 바다를 건너 먼 섬에 살고 있다는데 밤중에 어떻게 만나고 올 수 있다는 말인가. 아니면 언니가 미리 이 바닷가 고장에 건너와 기다리고 있었다는 말인가.

언니는 지상의 기쁨보다는 천상의 외로움을 더 사랑했을지도 모른다는 상상이 나를 이상한 희열로 매료시켰습니다. 나는 당시 꿈만 먹고서도 살아갈 수 있다는 엉뚱한 착각 속에서 살고 있었던 것입니다.

그리고 보면 내가 추구하는 상상의 나래는 은실이 쪽 보다 언니 쪽에 더 치중되어 있었는지도 모릅니다. 먹이를 찾아야 할 벌이 꿀보다도 멀리 떨어져 보이지도 않은 꽃의 아름다움에 취해 있었다고나 할까?

바다에 다녀온 이후에 나는 그녀에게 〈엘리제를 위하여〉라는 음악의 곡을 마음속으로 연결시켰습니다. 그리고 그 이름 앞에 〈슬픈〉이라는 형용사를 붙이고 바라보곤 하였다.

〈슬픈 엘리제〉, 그녀는 병은 없었지만 항상 연약하였고 가끔 결근을 하곤 하였습니다.

우리가 바다에 갔다 온 이후 얼마 있다가 그녀가 병원에서 정신치료를 받았다는 이상한 이야기가 들리곤 했습니다. 그녀가 결근을 한 날이면 나는 그녀의 반에 들어가 보충 수업을 하거나 수업이 겹치는 날이면 과제를 내주어 수업 시간을 비우는 일이 없도록 해 주었습니다.

그녀의 책상 위에는 쇼펜하우어라든가 파스칼 같은 철학자들에 관한 책이나 음악에 대한 전문 서적이 놓여 있기도 하였습니다.

그리고 시를 쓰다가 버려 둔 초고들이 여기 저기 눈에 띄곤 하였습니다. 그 초고들은 볼펜으로 난잡하게 지워지거나 심하게 구겨져 있기도 하였습니다.

우리 집에는 퍽 너른 복숭아 과수원이 있었는데 봄이 되어 꽃이 필 무렵이었습니다. 햇빛이 엷게 비치고 나른한 오수가 느껴지는 오후였습니다.

"복숭아꽃을 보고 싶은데 나 초대하지 않을래요?"

우리 집에 복숭아 과수원이 있다는 사실을 알고 있던 그녀가 학교 근처의 산언덕에서 복숭아꽃을 바라보다가 갑자기 이런 말을 던졌습니다. 우리는 같이 우리 집의 과수원으로 들어왔습니다. 그녀는 흐드러지게 피어있는 복숭아꽃을 하염없이 바라보다가 깊은숨을 들이쉬곤 하였습니다. 나는 그녀의 시선을 쫓다가 눈빛에서 슬픔 같은 것을 느꼈습니다.

그녀가 바라보던 복숭아꽃은 외롭게 남아있고 그녀의 시선은 먼 곳에 흐리게 바라보이는 산이나 하늘이었습니다. 나비를 바라보며 말했습니다.

"꽃이 지면 나비들은 어디로 날아가지요?"

그녀가 말하는 의미는 차가운 가을을 어떻게 지낸다거나 눈이 쌓이는 겨울에 얼어 죽지 않나 하는 그런 의문의 단계에서 벗어나 세월이 쌓이는 언덕을 지나면 어느 절벽에 추락하는가 하는 것 같은 인간들의 마지막 가는 길을 내다보는 절망의 의미인 것 같았습니다. 그녀는 나비들과 벌, 그리고 복숭아꽃을 보면서 그림을 그리고 싶다는 말을 자주 하였습니다.

"나는 그림을 그려야 하는 건데 괜히 시를 쓴답시고 자신을 학대하고 있으니 안타깝지요?"

자신에게 말하는 것인지 나에게 들으라는 것인지 모르게 중얼거리곤 하였습니다. 그러고 보면 시를 쓴다는 것이 자신의 골수를 파먹히는 작업이라고 할 수 있는 것 같기도 하였습니다.

인간이 신성의 광맥에서 보석을 찾기 위하여 시를 쓰지만 그 진주를 건지기 위해서는 암초와 부딪치며 위험을 무릅쓰고 깊은 바다에 들어가야 한다는 사실도 알게 되었습니다.

그렇게 건져 올려진 진주는 나에게는 참 귀하고 부러운 것이었습니다. 나는 그녀의 시들을 무척 감명 깊게 읽곤 하였고 그녀를 가까이에서 접근할 수 없는 그 무엇이 있다고 여겼습니다.

그 해 가을 그녀의 첫 시집 〈언니의 바다〉가 나왔습니다.

언니의 바다는 슬픈 운명의 심연
들리지 않는 파도소리
잡히지 않는 물보라

그녀가 찍은 시집은 그녀의 방 책꽂이에 쌓여 있었고 누가 선뜻 빌려가지 못하였습니다. 그녀는 어느 날 곱게 포장을 하고 이면에 서명을 하여 나에게 전해주는 것이었습니다. 그녀가 쓴 대부분의 시는 참으로 어렵다는 것을 나는 그때 처음 느꼈습니다. 이해할 수 없는 문장들로 가득 차 있었고 도대체 그 속에 숨겨진내용이 무엇을 의미하는지도 알 수가 없는 것들이 많았습니다.

그 해 유월은 유난히 비가 많이 내리고 음습한 공기가 나를 어둡고 안타깝게 하였습니다. 나의 집안에는 이상하게 어려운 일들이 많이 일어나기 시작하였고 어머니가 병석에 누운 것도 그 해 여름이었습니다. 불행들은 언제나 겹쳐 찾아온다는 이야기를 어느 잡지에서 읽게 되었고 그 실험실이 곧 우리 집안이라는 것도 알게 되었습니다. 그 무렵에는 나의 방안에도 꽤 많은 레코드판이 쌓였고 틈틈이 시간이 나면 이름난 시집들을 읽곤 하였습니다.

어느 토요일 오후 나는 집으로 가는 버스를 타려다 시간에 늦어 차를 놓치고 되돌아 온 일이 있었습니다. 그 날도 비는 내리고 평소보다 낮은 기온이 나를 움츠리게 하였습니다. 문으로 들어서자 우편물꽂이 아래에 편지 한 통이 떨어져 있었습니다.

〈마을 앞에 있는 우리 논에 파놓은 샘이 있지 않느냐? 가뭄을 이겨내기 위하여 아버지가 힘들여 파놓은 뜸북샘 말이다. 그 샘에 여르실 댁 아이가 빠져 죽었단다. 그 어머니가 우리 집 마루에 와 울부짖으며 나에게 악담을 퍼붓는단다. 첫날 그러더니 며칠 만에 한 번씩 찾아와 나의 애간장을 긁곤 한단다.〉

조용한 오후면 뜸부기가 찾아와 운다고 지어놓은 샘 이름이었습니다.

〈아름답고 정다운 마을에서 우리는 험한 이야기 한 번 듣는 일 없이 어린 시절을 보내고 살아왔었는데, 이 나이에 이런 꼴을 보고 살아야 한단 말이냐?〉

나의 어머니는 서투른 글씨로 아들에게 편지를 보내왔던 것입니다. 편지를 받은 날 저녁, 동네 뒷산에 올라 〈엘리제를 위하여〉를 읊조리고 있었던 것입니다. 나는 그 날 그 뜸부기가 우리 집안에 불행을 가져온다는 상상을 하였습니다. 먼 훗날 나는 뜸부기 뻐꾹새 부엉이는 인간에게 어머니를 꺾는 불행을 가져오는 불인지조(不仁之鳥)라는 것을 알게 되었습니다.

그리고 우리 인간에게서 일어나는 불행들이 어쩌면 이 세상을 더 아름답게 하고 있다는 엉뚱한 생각에 빠져 있었습니다. 불행이 없는 세상은 쓸개 없는 인간처럼 아무 가치가 없고, 불행이 사이사이 찾아와 이 세상을 아름답게 가꾸고 있다는 그런 비정상적인 생각의 그물들이 나를 사로잡고 있었던 것입니다.

그물들은 거미줄처럼 가냘프다가 차츰 노끈처럼 굵어지다가 나중에는 밧줄로 변하여 나를 묶어가고 있다는 것을 나는 먼 훗날에야 알아차렸습니다. 그리고 그 그물은 거미의 꽁무니에서 은빛의 실이 나오듯 어쩜 엘리제의 여인, 은실이에게서 나온 것인지도 몰랐습니다.

나는 지금 그 옛날에 엘리제와 관계가 있었던 이야기들을 찾으려고 당시의 일기장을 펴놓고 조금씩 읽어내려 갑니다. 너무나 글씨가 서투르고 앞뒤의 글들이 맞지 않는 내용들이 나타나면 부끄럽고 안타까운 마음이 듭니다. 어머니가 아프셨고 나중에 돌아가시게 된 옛일이 되돌려지기 때문입니다.

바늘을 잡은 손이 떨리고 바늘귀에 실이 잘 들어가지 않는구나. 나이가 들어가는 모양이구나.

어머니는 토요일, 내가 집에 들어온 날 오후 봉창 앞에 앉으셔서 바느질을 하고 계시다가 아들인 나에게 하신 말씀입니다. 나는 그 날 쓰다 둔 수필 원고를 정리하다가 피곤하여 팔베개를 하고 눈을 감고 있었습니다. 문의 중간에 붙여 놓은 유리를 통하여 기다랗게 자란 은행나무의 이파리가 바람에 흔들리고 있었습니다. 하늘은 맑고 푸르렀습니다. 어머니는 내가 입던 와이셔츠의 트여진 부분을 꿰매고 떨어진 단추를 달고 계셨던 것입니다.

그 때 나는 은실선생과 깊은 관계에 이를 수 있는 사건들이 많이 있었습니다만 왜 그런지 미래를 위하여 현재는 생각하지 않는 이상한 꿈에 젖어 있었습니다. 어머니는 그 때 창을 듣는 것을 즐기셨고 동네에 결혼식 같은 즐거운 일이 있기라도 한 날이면 한 가락씩 뽑기도 하셨습니다. 그리고 하얀 모시 저고리를 입으시고 널찍한 소매통을 들어 올리고는 춤도 한 바탕씩 추시곤 하셨습니다.

소매 끝이 이어주는 길고도 폭 넓은 곡선을 나는 지금도 잊지 못합니다. 그 곡선 안에는 이 세상의 모든 슬픔과 한이 들어 있는 듯도 하였고 바다의 물결처럼 몰려오는 슬픔과 한을 그 연약하고 좁은 소매 끝으로 밀어내려는 손짓 같기도 하였습니다.

그러나 그 손짓은 너무 무력하였고 그 파도는 사정없이 우리 가정에 밀려들고 말았습니다.

지금 생각해보니 아무런 효험도 없었던 한약들, 나는 그 약들을 구하러 동네 한약방에 드나들었고 그것을 끓이고 삼베 주머니에 넣고 짜 텁텁한 즙을 어머니께 드리곤 하였습니다. 어머니는 그 약을 별로 달가워하시지 않으셨고 머리맡의 자리에 밀어놓곤 하셨습니다.

허여멀겋던 그 약을 돌이켜 생각하면 지금도 이맛살이 찌푸려지곤 합니다.

'네가 어서 장가를 들어 살림을 나는 모습을 보아야 할텐데.'

나는 그 말씀의 진의를 알지 못하고 세월이 흐르는 것을 방관하였습니다. 언제나 주인공이 되지 못하고 엑스트라에 머물렀던 나 자신의 초라한 모습에 어머니는 안타까움과 슬픔을 느끼셨을 것입니다. 지나고 보면 모두가 슬픔이고 안타까움입니다.

〈시를 쓰는 여인들은 슬픈 운명을 타고 난단다.〉

어느 여선생이 내 옆을 스치며 일부러 들려준 이야기였습니다. 나는 그 말에 내 혼을 빼앗기고 은실선생을 멀리 하였습니다. 지금 생각해보니 그녀를 질투하는 마귀의 장난이었던 것을 몰랐습니다.

같은 학교에 근무하던 어느 해 늦은 봄날 나는 은실선생과 산 너머 읍내에 있는 교육청에 출장을 간 일이 있었고 그날따라 일이 많아 늦어서 돌아오게 되었습니다. 자전거를 타는 일도 있었지만 대개는 걸어서 다니던 때였습니다. 돌아오는 길은 잡목이 우거진 산길이었습니다. 읍내를 벗어나자 마을이 나타났고 먼 곳에서 음악소리가 들려왔습니다. 아름다운 선율의 잔잔한 음악이었습니다.

마을에서 흘러나오는 음악소리를 듣고 그녀는 〈부베의 연인〉이라고 속삭이며 내 손을 붙잡았습니다.

살인죄로 14년형을 선고받고 복역중인 부베를 찾아가는 마라(Mara)의 회상으로 시작되는 영화 – 이곳저곳을 옮겨 다녀야만하는 부베(Bebo)와의 면회를 자그만치 14년째 계속하고 있는 연인의 슬픈 이야기, 그녀는 그 영화의 이야기를 내게 들려주었습니다. 부베는 레

지스탕스로 처형된 오빠 산태의 동지로 전사를 전하러 왔던 것이고 처음 본 순간, 이들은 이끌리게 되었다는 것이다.

그녀는 내 손을 붙잡고 미래의 아름답고 단란한 가정을 꿈꾸며 기도를 드리고 있었던 것인지도 몰랐습니다.

그녀의 기도는 내 가슴에 지금도 남아 있습니다. 마을에서는 저녁 짓는 연기가 하얀 물감처럼 가늘게들 퍼지고 있었습니다. 구수한 된장국 냄새가 코를 자극하는 것인지도 몰랐습니다.

그 연기들은 더 높이 올라가면서 더 너른 폭으로 하늘로 솟으면서 흩어지거나 사라져 갔습니다. 아름다운 저녁의 고요한 시골의 풍경이었습니다. 어둠이 짙어지자 앞이 잘 보이지 않았고 스쳐 지나가는 나무들의 모습들도 어둠에 싸여갔습니다.

목동들이 양을 몰고 돌아오는 모습이 눈앞에 떠오르면서 나는 그녀를 꼬옥 끌어안았습니다. 그녀는 아무런 표정도 짓지 않고 감정을 드러내는 말도 하지 않았습니다.

"이 언덕에서는 전란통에 많은 군인과 민간인이 피를 흘렸다는 이야기가 전해오는 곳이라오."

나는 동네에서 들은 이야기를 들려주었습니다.

우리는 무서움에 숨이 헐떡이고 발걸음이 헛디뎌졌습니다. 넘어질 것 같은 경우도 여러 번 있었습니다. 몸이 온통 땀으로 젖어 갔습니다. 등에 내의가 달라붙었습니다.

중간에 우리는 발걸음을 멈추고 하늘을 쳐다보았습니다. 청록의 하늘에는 공포와 슬픔 그리고 전쟁의 상처 같은 것은 찾으려 해도 찾을 수가 없이 고요하고 평온했습니다. 고요하고 푸른, 거꾸로 박힌 바다에 별들이 촘촘히 널려 있었습니다.

"우리 동네에는 이상한 전설이 많이 내려오고 있답니다."

은실선생은 자기가 살던 곳의 이야기를 들려주기 시작하였습니다. 아니 그녀는 그 이야기들을 나를 위해 지어낸 것인지도 모릅니다.

그녀의 이야기는 여기에서 아주 멀지 않은 곳에서 일어난 이야기라고 나를 끌어들이기 시작하였습니다. 나는 야릇한 호기심에 그녀의 불그레한 눈동자를 들여다보았습니다.

그녀는 아주 묘한 표정을 지으며 여우 이야기를 시작하였습니다. 지금 돌이켜보니 그 산골의 숲 속에 전란 통에 죽은 혼령들이 우리들의 마음을 홀리고 있었던 것이었어요.

"우리 마을에는 홀어미들이 많이 살고 있었답니다. 전쟁 통에 죽은 남정네의 아내들이었지요. 가을이 깊어지고 겨울이 가까워지면 밤중에 이상한 울음소리가 들리곤 하였지요. 밤 두시쯤 되는 싸늘하거나 아주 추운 겨울의 밤중에 말입니다. 우리들은 모두 잠이 든 깊은 밤이었지요. 이 이야기는 어느 나이 든 아주머니가 처음 들려주었지요."

그녀는 이야기를 이어나갔습니다.

나는 아주 어리고 잠 벌레가 되어서 두시까지 잠을 자지 않고 견디질 못하였습니다. 그러나 그 소리에 대한 호기심은 사라지질 않았습니다. 어느 추운 겨울의 깊은 밤이었지요. 나는 갑자기 변의가 느껴져 눈을 뜨고 밖으로 나왔습니다. 밖은 눈이 펄펄 날리고 바람소리가 으스스 느껴졌습니다. 개가 아파 울부짖는 소리랄까, 아니면 시베리아를 배경으로 한 영화에서 보았던 늑대의 울음소리 같은 것이었습니다. 나는 오줌이 마렵다는 생각은 까마득히 잊고 그 소리를 듣기 시작하였습니다. 야릇한 호기심이 나에게 있던 공포증도 추위에 대한 느낌도 모두 잊게 하였습니다.

그 때 어머니는 몸이 아파 늦게 잠이 들어 깨울 수가 없었고 아버지는 멀리 떨어진 사랑방에서 잠이 들어 계셨습니다. 하늘은 깜깜한데 눈은 계속 흩날리고 있었습니다. 마당가에 서 있던 나는 앞집의 뒤뜰에서 이상한 움직임을 보았습니다. 나보다 나이가 어린 소년이 밖에 나와 하늘에 손을 들고 있었습니다. 나는 이상한 충동을 느껴 그 소년에게 찾아갔습니다.

"우리 아버지가 사라지셨단다. 이 추운 밤중에, 누구를 만나러 떠나가셨을까? 저 여우 소리 때문이 아니었을까?"

그때는 이미 여우 소리가 그치고 바람 소리도 잠잠해져 있었습니다. 내가 방문을 열고 발걸음을 내디뎠을 때 어머니는 이렇게 말씀하셨습니다.

"얘야. 너도 불행이라는 회오리바람에 휘감길까 걱정이구나."

그러고 보면 어머니는 잠이 드시지 않고 계셨던 것입니다. 그런 밤이 끝나고 우리는 평소의 담담한 심정으로 돌아와 학교에 다니며 공부를 하고 어머니 아버지는 농사일을 계속하셨습니다.

그녀가 이야기를 들려주는 사이 우리는 산의 중턱을 넘어 내리막길에 들어섰습니다. 그런데 이상한 일입니다. 아무리 해도 발걸음은 움직여지지 않고 제자리걸음이었습니다. 내가 그녀의 가슴을 끌어안았을 때는 그녀 가슴이 차갑게 느껴졌습니다.

소름이 끼치던 밤이 지나고 우리에게는 새날이 밝았습니다. 그녀의 몸살은 며칠이 계속되었고 헐쑥한 모습으로 변해갔습니다.

어머니가 자리에 누우시자 다음 해 봄 나는 그 고장을 떠나 집 근처의 학교로 전근을 왔고 어머니가 이름도 알 수 없는 질병에 허덕이는, 안타까운 집안일에 매달리게 되었습니다. 그러면서도 은실선생,

〈엘리제를 위하여〉를 치던 가냘픈 손가락과 연약한 팔, 그리고 무언가를 갈망하며 안타까워하던 그 몸짓, 멍한 시선으로 시를 구상하던 그 이상한 눈빛을 나는 그때도 잊지 못하고 있었습니다.

어머니가 세상을 뜨시자 우리 집안은 이상한 일이 일어났습니다. 우리 집 뒤에 있던 대밭에서 예전에 볼 수 없던 커다란 죽순이 싹터 자라고 그 죽순들은 커다란 대나무로 성장해갔습니다. 경제적으로도 많은 소득이 생겨났고 어려웠던 일들이 잘 풀리기 시작하였습니다.

그 해 가을, 결혼과 동시에 지방의 큰 도시 학교로 전근을 하게 되었고, 6학년을 맡게 되어 어머니들이 많이 찾아와 우리 교실은 항상 북적거리게 되었습니다. 우리 반의 반장은 여자였는데 그녀는 시골에 살면서 그 도시에 사는 언니 집에 입적하여 전학을 해온 아이였습니다. 그 언니가 나에게 접근하여 우리는 갑자기 친구가 되었습니다.

세 살 박이 어린애의 엄마였는데 아주 요염한 자태가 보이는 아름다운 여인이었습니다.

어느 날 오후, 그녀는 나에게 이런 제안을 하였습니다.

"오늘 밤 제가 시골에 볼 일이 있어 가게 되는데 같이 가자. 드릴 이야기도 많이 있고 자신의 가슴에 쌓인 답답한 심정도 털어놓고 싶은데……."

그 날 밤 나는 숙직을 하게 되었는데 같이 근무하게 된 아저씨에게 맡기고 학교를 떠나왔습니다. 참으로 아슬아슬한 밤이었습니다. 나중에 들으니 근처의 학교에는 밤중에 감사가 나와 당직을 잘 못한다고 담당 교사를 징계한 사실이 있었습니다.

밤사이 내 가슴은 두려움과 초조감 그리고 안타까움에서 한시도 벗어나지 못하였습니다.

우리는 충청도 어느 작은 도시의 여관에 짐을 풀고 쉬게 되었습니다. 아니, 그런데 그녀가 나에게 들려준 이야기는 내가 풀어 낼 길이 없는 이상야릇한 내용이었습니다. 그 내용은 이런 것이었습니다.

"저는 경기도 안산에서 태어났답니다. 집안이 그렇게 유복하지는 않았지만 어려움이 있는 집안은 아니었습니다. 오빠가 하나 있고 저는 그 고장에서 고등학교도 잘 나왔습니다. 공부도 비교적 잘 하는 편이었지요. 지금 이 학교에 다니는 여동생과 세 남매였습니다."

그런 이야기는 세상에 흔한 자기 이력이었습니다. 그런데 그 다음의 이야기가 나를 어리둥절하게 하였습니다. 그녀는 요즈음 잠이 잘 오지 않아 중간에 깨곤 한다는데 그런 와중에도 꿈을 자주 꾼다는 것이었습니다.

그녀의 이야기는 계속되었습니다.

"며칠 전 어느 날 밤이었어요. 가을이 되었는데도 더위가 가시지 않은 무더운 밤이었지요. 저는 잠이 깨어 뒤척이다가 밖으로 나왔지요. 이상하게도 그 날 밤에는 구름들이 참 많이 하늘에 깔려 있었습니다. 푸른빛을 띤 검은 구름 주변에는 하얀 구름들도 있었지요. 앞집 뜰에 있는 정원수들이 이상하게 더욱 커 보이고 신비스럽게 보였습니다.

남편이 회사에서 하는 일이 이상하게 꼬이고 몸도 나빠지게 되어 간다고 투덜거리던 무렵이었지요. 저는 대지의 기운이 이상하게 흔들리고 있다는 생각을 하게 되었어요. 우리 집 마당에는 푸른빛이 감도는 빛줄기가 흔들리고 있었어요. 그리고 갑자기 선생님 생각이 났던 거예요. 그래서 제 동생이 자는 방으로 들어가 의자에 앉았지요. 책상 위에 놓인 스탠드의 불을 켜고 책꽂이에 꽂힌 책과 공책들을 바라보았어요.

　그런데 책상 모서리에 유명한 사상가의 명상록이 눈에 띄었어요. 제가 교실을 방문하였을 때 선생님 책꽂이에 꽂혀 있었던 책인데 제가 갑자기 읽어보고 싶어 선생님께 말씀드렸더니 꺼내주셨던 책이었어요.

　그런데 그 책의 중간에 선생님이 메모지에 써 놓으신 글귀가 눈에 띄었답니다. 펜으로 정성들여 쓴 글씨의 잉크가 스탠드의 빛을 받아 푸른빛을 띠고 있었습니다.”

　“그런 글을 쓴 기억이 전혀 회상되지 않는데요.”

　“물론 그러실 테지요. 제 이야기를 더 들어보세요. 저는 상상의 날개를 펴고 있었는지도 모릅니다. 사실 저는 선생님의 책꽂이에서 책을 몰래 꺼내가지고 왔던 것입니다. 그 일을 하도 심각하게 되풀이하여 생각했던 일이라서 말입니다. 그 메모지에는 선생님의 사생활에 대한 내용이 쓰여 있었습니다. 선생님이 방과 후 한적한 시간에 무료를 달래기 위하여 쓴 글이었는데 그 글이 선생님을 평소에 보고 느꼈던 이상한 감정을 푸는데 실마리가 된 것 같아 읽어보고 또 읽어 보았답니다.”

　나는 그 이야기를 들으면서 갑자기 요즈음 예전에 사귀었던 은실 선생이 떠올랐던 것을 회상하고 정말 신비한 느낌이 들어 더욱 자세히 귀를 기울였습니다. 내가 쓴 글의 내용이라고 그녀가 들려주었습니다.

　“〈내가 이렇게 반쪽의 인생을 사는 것처럼 외로운 것은 시골에서 젊은 시절에 가까이 했던 은실이라는 여자 때문이란다. 그 여자가 내 곁을 떠나간 뒤로 나는 가슴속에 든 쓸개를 잃어버린 것처럼 허전하고 쓸쓸해졌단다. 갑자기 허둥대는 모습도 떼어내버린 쓸개 때문에 그렇다는 것을 요즈음에야 확실히 깨닫게 되었단다.〉

선생님이 쓴 편지의 내용은 이런 것이었습니다. 그리고 그 밤중에 갑자기 선생님이 처량한 모습으로 내 눈앞에 나타나는 것이었어요."

그녀는 은실이라는 이름을 정확하게 대지는 않았지만 스치는 말투에 그런 이름이 갑자기 생각났습니다. 그리고 그 날 밤 나는 내가 겪었던 고향 마을의 생활과 학교에서 있었던 일, 그리고 그 여선생의 이야기까지 내가 담임을 하고 있던 여학생의 언니 연숙이에게 들려주었습니다.

다음 날 아침 우리는 일찍이 일어나 시장 가까이에 있는 음식점에서 해장국을 사먹고 하얀 연기를 내뿜는 기다란 기차를 타고 서울로 올라왔습니다. 그러고 보니 내가 고향을 떠나온 지도 십 년 가까이 지난 뒤였습니다. 당시 내 삶은 너무 고달프고 바빠서 지난날들을 돌이켜 생각하기에 너무 벅찼습니다. 그러나 은실이라는 여선생의 이야기는 그냥 스쳐 지날 수가 없었고 내가 교직에 몸담았던 그 고장의 친구들의 소식을 수소문하여 편지를 띄우고 전화도 하였습니다.

시골에는 나와 가까이 지내던 동창생과 내가 처음 발령을 받아 근무를 할 때 담임을 했던 사촌 여동생이 살고 있었고 고향의 이야기를 자세히 보내왔습니다. 그 내용을 여기에 적어보려고 합니다.

음악을 즐기고 시를 써 시집도 펴냈던 은실선생, 아니 그보다도 사범학교 재학시절 음악실의 한쪽에 있던 악기실에서 〈엘리제를 위하여〉를 건반으로 두들기던 가냘픈 그 여학생, 검은 연기를 내뿜는 기차를 타고 아침과 저녁 통학을 하던 나의 눈에 반짝이는 눈동자로 나타났던 아름다웠던 여학생 은실이는 지금 그 고장을 떠나 서울에 가 있다는 것이었습니다. 그 집의 주소를 여러 경로를 통하여 알아내고 어느 오후, 약도를 가지고 찾아갔습니다.

그녀의 집이 있다는 동네는 너무 빈촌이어서 그 아름다운 여인이 산다는 것은 도저히 상상할 수도 없는 일이었습니다. 갑자기 내 다리에도 힘이 쭉 빠졌습니다. 그 동네는 내가 살고 있던 동네에서 그리 먼 곳은 아니었습니다. 동네 가운데를 지나는 개천은 파헤쳐지고 길은 포장이 되어 있지 않아 비가 온 후라서 더욱 걷기 힘들었습니다. 다락방에 그녀는 세를 들어 있었는데 나는 사다리를 타고 올라갔습니다.

〈엘리제를 위하여〉를 치던 은실선생, 아니 성은실은 나를 바라보더니 눈시울이 젖어갔습니다.

"저는 사업을 한다는 사람과 결혼을 하였습니다. 제가 잘 아는 언니가 중매를 서주셨는데 알고 보니 그 언니가 저를 속여먹은 것이었답니다."

나는 그녀가 비스듬히 누워 몸을 잘 가누지 못하는 모습을 보고 놀랐습니다. 물론 평소에도 늠름하던 모습은 아니었지만 너무 가냘프게 보였습니다.

"저는 아이를 둘 낳았는데 몸조리를 잘못하여 산후풍에 걸렸답니다. 병원에 가 치료를 받아야 하지만 그런 여유도 별로 없어 날짜를 미루다 보니 조금 더 악화가 된 듯하군요."

그 해 가을, 날씨가 화창한 오후 나는 그녀를 불러내어 가까운 놀이터로 같이 갔습니다. 아이들도 함께 데리고 갔습니다. 모처럼 나온 아이들이라 그런지 무척이나 좋아하였습니다. 나는 음식점에 들어가 맛있는 음식도 배불리 사주고 이야기도 들려주며 시간을 보냈습니다.

"애들아, 내가 너희들처럼 어렸던 시절, 우리 학교에는 바이올린을 잘 켜는 선생님이 부임하여 오셨단다. 우리는 그 음악 소리를 듣고는 너무 반하여 마음속으로 사모하게 되었지. 나도 그 선생님처럼 아름다운 음악을 들려주거나 이야기를 잘 하는 선생님이 되고 싶었단다. 유난히 선생님을 따랐던 여학생 하나가 나중에 시도 쓰고 피아노도 잘 치는 선생님이 되셨단다. 나는 그 선생님을 잘 알고 있지."

아이들의 어머니가 바이올린을 잘 켜시던 음악선생님으로부터 감동을 받았다는 상상의 이야기를 들려주면서 과거를 떠올려 보았답니다.

나는 그 날 조그만 카세트 녹음기를 사고 아름다운 음악이 있는 테이프 몇 개도 가지고 갔습니다. 나는 그 물건을 준 게 아니고 영원히 잊혀지지 않는 음악을 선사한 것이었습니다.

동대문의 어느 버스 정류장, 그 복잡한 거리에서 작별 인사를 나누었습니다. 아이들은 철없이 무척이나 좋아하였지만 은실, 그녀는 아무런 감정 표현도 없이 물끄러미 나를 바라보며 시야에서 사라질 때까지 자리를 뜨지 않고 서 있었습니다. 바쁘게 지내다보니 몇 개월이 훌쩍 흘러갔답니다.

가을이 깊어가던 날 오후 시간을 내어 그 집을 다시 찾았을 때 그녀는 이사를 가버리고 그녀의 거처를 안다는 사람은 그 동네에 아무도 없었습니다. 그 집에서 자주 찾았다는 빵과 사탕을 파는 구멍가게에는 낯선 아주머니가 살고 있었고 거래를 했다는 쌀가게와 수퍼마켓에는 퉁명스러운 아저씨만 있었습니다. 그녀와 헤어지던 동네 어귀의 찻집 근처에는 지금도 여린 카세트의 음악이 흘러나올 것이라는 상상을 합니다.

아름다운 음악은 착한 심성의 소유자에게만 아름답게 들린다는데 그녀는 지금도 아름다운 여인으로 남아 있는 것일까? 혼탁한 세상에 물들어 거칠고 메마른 여인으로 변하지는 않았는지 궁금하기만 합니다.

아침부터 눈이 내리고 있습니다. 세상이 온통 하얗습니다. 차가운 바람소리만이 케이블카의 창을 통하여 상상으로 들릴 뿐 세상은 고요하기만 합니다. 우리는 산정으로 올라가면서 이 세상 사람들 모두가 동면을 하고 있다는 상상을 합니다.

"여러분, 이 높은 산과 아름다운 꽃들, 그리고 그림 같은 집들이 부럽고 이곳에서 살고 싶다는 생각이 들지 않으세요?

나는 지금 스위스를 여행하면서 어쩌면 은실이가 이 고장 어느 산골, 아름다운 언덕 위에 집을 짓고 살고 있다는 상상에 빠집니다.

"〈알프스의 소녀〉를 썼다는 알퐁스 도데의 이야기가 너무 아름답고 부럽지요?"

"그런데요, 이 아름다운 산골 마을 이 곳에서는 너무 외로워 살아갈 수가 없을 것입니다. 찾아오는 친구도 드물고 친척들도 너무 멀리 살고 있어서 만나기가 너무 힘들거든요."

"오직 높은 산들과 골짜기마다 두껍게 쌓인 하얀 눈, 이들은 우리 인간과 너무 멀고 대화가 안 통한답니다. 그들은 오직 침묵으로만 일관하니까요."

물론 에델바이스라는 아름다운 꽃이 피기도 하지만…….

몽블랑, 티틀리스……, 이런 높은 봉우리를 품고 있는 고유명사가 아니고 보통명사로서의 알프스, 그런 산악지대에서 외로움과 험악함 그리고 위태로움을 바라보는 것이 아니라 아름다움만 느끼는 철부지 어린 아이들인지도 모릅니다.

나는 알프스의 어느 언덕 아래 아담한 집들을 바라보며 은실이를 떠올립니다. 그러고 보니 그녀와 헤어진 지도 어언 삼십년이 훌쩍 지났나 봅니다. 그녀는 아마 저런 동네의 어느 집에서 창을 열고 햇빛 찬란한 언덕을 바라보며 예전에 다니던 빨간 이층 벽돌의 교실을 회상하고 그 아래 늘어선 향나무 그늘들을 떠올릴지 모릅니다. 벙어리처럼 말도 잘 하지 않으면서 수학을 잘 한다는 언니의 딸을 그리고 있을 지도 모릅니다.

밤늦게 호텔에 들어온 나는 창문을 통하여 하늘에 떠 있는 밝은 달을 올려다봅니다. 〈엘리제를 위하여〉를 치던 여인도 저 달을 바라보고 있는지도 모릅니다.

그녀가 소프라노로 창공을 향하여 노래를 부르면서 피아노를 치고 있는 모습이 떠오릅니다. 그 노래가 메아리 되어 내 귀에 아득하게 들려옵니다.

나는 지금 CD 플레이어를 열고 '엘리제를 위하여' 라인을 고릅니다. 별빛 같은 잔잔한 피아노의 선율들이 은하라는 커다란 내를 이루어 흐르듯이 잔잔하게 이어지고 있습니다. 구슬이 흐르는 것 같기도 하고 실에 꿰어진 보석에 빛이 반사되어 나타나는 현상에서 나는 소리 같기도 합니다. 자신도 모르게 나의 눈은 젖어옵니다. 생각하면 그녀의 일생이 슬픔과 외로움의 발자국이며 그녀와 헤어지고 다시 만나지 못하는 나의 마음은 안타까움 바로 그것입니다. 흩어져가는 구름처럼 나의 시야에서 사라진 모습이 나의 기억 어느 편에 간직된 영상은 오로지 그녀에 대한 간절한 그리움입니다.

가을의 여인

밤은 깊어가고 피로는 겹쳐오나 잠자리에 들고 싶은 마음은 조금도 없다. 지금까지 지내온 세월들에 찍힌 자신의 발자국이 바람에 날리는 종잇장처럼 흩어지는 것 같다. 그녀는 그림들을 치울 생각도 없이 베개에 엎드려 멍한 마음으로 자신에게 속삭인다.

'그래, 볼 테면 보아라. 내가 그린 그림들이 여기 이렇게 쌓여 있으니.'

그녀의 표정은 흐느끼는지 웃음을 터뜨리는지 알 수가 없다.

하늘이 유난히 높은 가을날, 소라는 지희가 가꾸고 있는 밭에 나간다. 지희는 주말농장에서 무 배추 고구마 고추 등의 채소와 들깨를 심어 열심히 잡초를 뽑고 북을 해주며 비료를 주고 있다. 한 쪽 구석에는 목화도 가꾸고 있다. 소라는 어렸을 적에 어머니를 따라 밭에 나가 심부름도 하고 잡초도 뽑곤 하던 기억이 되살아난다. 어머니는 땀을 흘리며 힘들어하면서도 조금도 피로해 보이거나 하기 싫어하는 표정은 아니셨다. 온 정성을 다해 호미로 밭을 매고 열매를 따셨다. 어느 여름날 무척 무더운 날씨였다.

어머니는 무성하게 자라고 있는 목화 사이에서 오이를 하나 발견해내 따셨던 것이다. 그 오이는 지금의 참외처럼 크거나 맛있어 보이지 않았었다. 어머니는 그걸 따 곁에 있는 딸에게 주었다. 소라는 그걸 남기지 않고 맛있게 다 먹었다.

먹고 나서 내려다보니 어머니는 얼굴이 온통 땀으로 얼룩져 있었다. 소라는 철없이 다 먹어버린 자신의 입이 그렇게 밉고 부끄러웠던 기억이 새롭다. 지금 생각해보니 그건 개똥참외였다. 소라가 참외를 볼 때마다 그때 일이 눈앞에 되살아나 어머니에 대한 죄책감에 맛있게 먹지를 못한다.

소라는 지희가 재미있게 가꾸는 밭 모습을 유심히 바라보면서 농사를 짓던 과거를 떠올린다. 몇 십 년 전의 일이 엊그제의 일만 같다. 그 때는 밭에서 고구마를 캐 풀잎에 쓱쓱 문지르고는 아삭아삭 씹어 먹고 목화의 열매인 풋내기 다래, 몽우리가 열리지 않은 목화를 보면 그걸 슬쩍 따 깨물어 먹곤 하던 기억이 새롭다. 그 때는 그게 그렇게 달콤하고 맛있었다.

그녀는 주렁주렁 맺힌 다래를 바라보며 입가에 웃음을 머금는다.

세상을 떠난 지 많은 세월이 흘러가 어머니는 기억에서 사라진 지 오래 되었고 보살펴주시던 언니도 이제 주름이 잡히고 혈색도 많이 옅어지셨다.

"소라, 뭘 그렇게 골똘히 생각하고 있어."

지희가 부르는 소리에 자기만 외톨이로 떠나 있던 생각의 섬에서 훌쩍 자신을 추스른다.

"이리 와 봐, 이게 배추벌레야."

지희는 이것을 마치 귀여운 벌레인 양, 아무 거리낌없이 막대젓갈로 잡아 올려 통로에 놓고 흙 속에 묻는다. 녹색의 벌레는 누에처럼 생겨 무거운 몸을 이끌고 이파리를 갉아먹는다. 이파리 곳곳에 구멍을 뚫어 누더기를 만들었다. 달팽이도 무당벌레도 보인다. 이런 것을 가지고 아이들이 놀곤 했을 때 그녀는 이렇게 채소를 갉아먹는다고는 생각지도 못했다.

그녀는 한참 동안이나 벌레를 잡아 나간다. 처음에는 징그럽고 구역질나듯이 역겨웠지만 차츰 익숙해져 아무렇지도 않게 된다.

허리를 펴고 먼 곳에 시선을 보내니 가까운 산에 물오른 잣나무가 짙은 녹색으로 가득 차 있다. 검은 숲이란 저런 것이구나 하는 생각이 든다.

간이 건물 안에는 수도 시설도 되어 있고 갖가지 연모가 갖추어져 있다. 지희는 배춧잎과 상추를 뜯어다 솟아 넘치는 샘물에 씻는다. 레인지에 프라이팬을 올려놓고 네모난 고기들을 굽는다. 풋고추도 싱싱하고 깻잎무침도 샛노랗고 먹음직스럽다. 푸른 잎에 갓 떼어온 된장을 찍어 먹는 맛이 일품이다. 싸 가지고 간 음식을 펼쳐놓고 지희는 맛있게 먹기 시작한다.

소라도 모처럼 나와 맑은 공기를 마시며 일이랍시고 손놀림을 조금 하였더니 음식이 여느 때와는 색다르게 느껴진다. 그러나 그녀의 머리는 무겁게만 느껴진다. 지금까지 살아온 삶은 어쩌면 가식이고 허위인 것만 같았고 주위 사람들에 대한 맹종이었으며 경쟁에 대한 강박관념 때문에 숨이 가쁘고 고달팠다.

그녀는 푸른 잎을 갉아먹는 벌레가 얼마나 신선한지를 느낀다.

건너 편 산언덕의 우거진 숲에서는 하늘로 치솟은 맹렬한 의욕과 신선한 느낌이 가슴에 와 닿는다. 배추벌레와 여치와 메뚜기에게서는 인간에게서는 찾아볼 수 없는 순수함과 생동감이 느껴진다. 왜 자기는 그림을 그리지 못하고 붓을 버리고 이젤에 먼지가 끼게 했는지 알 것 같다.

바닷가, 절벽이 있고 너른 바다에는 하얀 띠를 두른 파도가 몰려오고 있고 파도의 끝자락은 바위에 부서지고 있다. 천군만마의 군대가 무리를 지어 쳐들어오는 듯하다가 섬세한 얼음 조각의 아름다움으로 변했다가 다시 눈꽃으로 바뀌어 스러지는 변화무쌍한 파도의 반복이 눈앞에 가물거린다.

지희와 소라는 오후 3시 방배동 카페골목의 〈샘터〉에서 경민이를 만난다. 수평선과 절벽 그리고 그 위에 무리 지어 떠 있는 흰 구름과 끼룩끼룩 울부짖는 갈매기가 시선을 타고 들어와 망막에 영상으로 나타난다.

노란 은행잎의 단풍과 함께 찾아온 가을의 중심부이지만 밭에서 일하던 열기 때문인지 땀이 걷히면서 가벼운 가을 햇빛이 그리워진다.

이름 없는 화백의 연인이 운영하는 호프집 〈샘터〉에는 바다 그림이 그려 있다.

몇 사람이 앉아 잔을 들이키고는 잡다한 이야기를 나누는 시간이 지루해졌을 때 소라는 그림을 올려다보고 있다. 절벽이 한쪽에 보이고 멀리 펼쳐진 검푸른 해면이 여러 겹의 이랑을 이루며 가까이 오면서 하얀 파도로 거무스름하게 솟아오른 돌섬에 부서지고 있다. 고깃배의 뱃전이 하얗게 드러나고 삿대가 걸쳐있는 선체 위로는 빈 광주리가 놓여 있다.

두 여인은 주말농장에 나가 경직되었던 공기를 털어 내고 푸른 하늘과 싱싱한 초원을 즐기고 온 것이다. 중간 크기의 원통형 글라스에는 불그레한 비어가 잔잔하게 흔들리고 있다.

"시베리아의 너른 평원은 정말 넓고 시원해 보이더라. 그런 곳에서 실컷 떠돌아 다녔으면 얼마나 후련할까?"

잡다한 가사와 쪼들리는 가계에 얽매어 사는 소라가 여행에서 본 장면들을 되살리며 그림과 연관지어 이야기한다.

"에스키모인들과 곰, 순록이 끄는 썰매가 생각나는구나. 툰드라 지대의 여름은 하얀 꽃들이 피어 얼마나 아름다운지."

"그렇지만 그 곳은 너무 추워요. 따스한 곳에서 사는 사람들의 행복에 겨운 푸념이지."

경민이가 오른 쪽 입귀를 올리며 눈을 내리깔고 멸시하듯이 말한다. 글라스 안의 수면이 흔들리고 있다. 그녀들을 초대한 경민이는 술잔 속의 수면만큼이나 가득 찬 행복을 턱 아래부터 가슴 사이에 끼고 산다.

실내에는 잔잔한 소리의 향연이 경음악으로 울려 퍼진다. 너른 들판에 푸른 잔디와 들꽃들이 수놓여진 듯한 음악이다. 음악은 초원 위에 구름이 흐르듯이 이중으로 접혀 바닥에 깔리듯이 잔잔하다.

소라는 시야 저편에서 끝없이 펼쳐지고 있는 녹색의 평야를 떠올리며 회상에 잠긴다. 음악은 초록빛을 띤 듯 생생하고 감칠맛나게 이어지고 있다. 소라는 어쩌면 이 순간을 위해 세상에 태어났는지 모른다는 착각에 빠진다. 그녀는 활달하고 명랑했으며 달변이기도 하였다. 학창시절 항상 수석을 차지하였으며 그림 실기에서도 두드러지게 앞서곤 하였다.

지희는 착 가라앉은 듯한 성격 때문인지 답답하다는 평을 자주 듣곤 했지만 지분의 업무에는 항상 열성과 끈기가 뒤따랐다.

지희는 사귀던 사나이가 일찍이 사시를 통과하여 연수원에 들어가면서부터 이 한 쌍의 모습에 친구들의 시선이 집중되었고 대화의 중심부에 들어섰다. 시골에서 올라와 어두운 빛깔의 옷을 입고 모임의 구석에서 라이트를 받지 못하던 지희는 무대의 주연으로 변했다.

오늘의 자리는 얼마 후 해외로 나가는 경민이가 마련했다. 경민이는 날기 연습을 끝낸 새끼 새들이 창공으로 비행을 떠나는 출발선에 선 것처럼 설렘과 두려움 위에 기대감이 피어오르는 심정이 된다.

주인 화백은 〈샘터〉 공간에 얼굴을 내밀지는 않았지만 그의 그림은 삼면의 벽에 적당한 간격을 두고 조화 있게 배치되어 손님들의 품위를 높여 주었으며 조금 비싼 서비스에도 오히려 손님들은 늘어만 간다.

소라는 졸업 후 오랜 기간 인터벌을 두고 사귄 현국이와 맺어졌다. 현국은 유명 대학에서 첨단 공학을 전공한 수재였고 그의 재치는 소라를 감쌌으며 너른 포용력으로 소라의 모난 성격과 설익은 성격의 감상을 덮어나가곤 하였다. 그러나 그의 형이 시위대에 휩쓸려 거리를 누비다 다친 부상과 정신적 상처의 후유증으로 고통을 당하고 있다는 사실이 큰 그늘로 그의 이마를 뒤덮었다. 그렇다고 경제적으로 유복한 것도 아니었다.

형은 골반의 신경을 다친 탓으로 오랜 기간 병원 신세를 져 왔으며 이곳저곳에서 많은 약도 구해 써오고 있다. 마음씨가 착해서 정신적이건 물질적이건 누구에게나 부담을 주지 않으려고 애를 쓰고 있다. 이런 청백한 성격이 오히려 아우에게 큰 아픔과 부담으로 다가온다. 가끔 음주를 하고 심하면 마약까지 손을 대는 눈치가 아우에게 잡힌다. 아버지는 요즈음의 세태에는 둔감해서인지 이런 일들의 폐해가 얼마나 큰지 알지 못하신다. 형은 창백한 얼굴로 일상의 삶에 피로를 느끼면서도 과거에 시위의 대상이었던 정치권에 대해서는 일체 불만의 언급을 피하신다. 소라는 남편보다 오히려 더 넓은 마음으로 그를 바라본다.

현국의 아빠는 이름 없는 화가로 구청에서 실시하는 연수의 지도로 생계를 꾸리고 있다. 소라는 현국이가 풍기는 표현 불가능의 마력에 매료되어 있다고 중얼거리면서도 그의 영역에서 벗어나지 못하고 채집되어 박제가 된 나비가 된다. 결혼 즉시 아기를 갖게 되었고 육아와 가사에 포로가 된 듯한 착각에 빠진다.

그녀의 이상과 현실은 일치되었다 격리되었다 하는 요술 그림처럼 아침이 다르고 저녁이 달랐다. 깨알처럼 쏟아지던 찬란한 행복감도 가사와 육아에 시달리는 오후가 되면 잿빛으로 변하곤 하였다. 결혼 초기에 세 들어 사는 아파트의 부금을 덜어내기 위하여 그리기 그룹 지도의 일선에 나가게 된 것이다. 현국은 군입대로 늦어진 학업인데다 석사코스까지 연장된 학업이 끝나지 않았기 때문이었다.

경민이는 그림이 좋아서라기보다 그리는 분위기가 달착지근하게 아늑하고 물감에서 풍기는 이상야릇한 향기가 끄는 매력 때문에 미대에 들어왔다고 털어놓는다. 부잣집 외동딸, 경민이는 동네 사람들이 생각하는 대상으로는 선녀였다. 과수원 집 외동딸, 좁은 농토에서 생산하는 얼마 안 되는 곡식으로 연명하던 시절, 그녀는 긍지의 갑옷을 입은 여기사 같은 부러움의 대상이었다. 영국에서 내로라하는 수퍼를 운영하는 언니를 찾아가는 길이라고 하였다. 언니는 일찍이 부모 슬하를 떠나 열심히 노력하여 저축을 하였다.

그리고는 차츰차츰 가게를 넓혀 나갔다.

"사는 게 다 별 게 아니더라. 이름 있는 예술가나 학자라고 별 게냐?"

경민이는 일찍이 일상의 삶에 재미를 붙인다. 경민이는 자신의 삶에 대한 가치 자체를 지상에 두었고 지희는 남편의 이상을 뒷바라지하는 자신을 지상에 두었다면 두 여인은 같은 지역의 토지에 뿌리를 박은 나무 같다. 소라는 두 여인을 경멸하는 듯한 시선을 보내다가도 부러움에 몸을 떨곤 한다. 안주하지 못하는 자신의 현실과 닿을 수 없는 이상 사이에서 불안하게 흔들리는 자신이 돌이켜지기 때문이다.

누에는 허물을 네 번 벗는다는데 사람은 몇 번이나 변신을 할까. 소라는 요즈음 자신이 허물을 벗고 있는 것이 아닌가 하고 스스로 놀란다. 부엌에서 설거지를 하다가 갑자기 손놀림이 싫어지곤 하는 것이다. 피로나 권태, 혹은 마음에서 오는 나태도 아니고 질병에서 오는 장애 같은 것은 더욱 아니다.

찌개를 끓이면서 간을 맞추느라 뚜껑을 열고 맛을 보는 순간 공간에 막혔던 김이 와락 퍼져 오른다. 그녀는 밥솥이나 국을 끓이는 냄비 등으로부터 피어오르는 김에서 가족에게 대하는 사랑을 확인하며 뿌듯한 행복감을 느끼곤 했다.

그러나 언제부터인가 피어오르는 김은 가슴에 간직했던 벅찬 충족감이 흩어지는 느낌으로 변했고 딛고 있는 발의 중압감이 무중력 상태에 있는 것처럼 허전하기만 하다.

"엄마는 요즈음 왜 그림을 그리지 않으세요?"

중3인 딸이 붓을 놓은 엄마에게 따지듯 묻는다. 무심코 던진 질문이었지만 이 말의 말미는 자신의 가슴에 와 꽂힌다.

그녀는 졸업 후에 입시 지도 아르바이트를 꾸준히 해오면서도 가끔 그림을 한 장씩 완성하곤 했고 결혼 후에도 집안을 꾸미느라 구성작품을 가끔 손대면서도 그림다운 그림을 표구해 게시하면서 주위의 부러움을 샀다. 말하자면 그녀는 손으로 아름다움을 창조하면서 눈으로는 그 작품들을 즐기면서 세월을 엮어온 셈이다. 그녀가 작품에 보내는 관심 못지않게 자연을 대하는 가슴의 너비도 넓어져 갔다. 그림을 그리고 자연의 아름다움에 넋을 잃는 일은 농부가 밭에서 일하는 것만큼이나 당연하고 즐거운 일이었다.

일요일이면 어른들만 가는 야외 스케치에도 참여하여 자연에서 그림으로서의 풍요한 자원을 찾아내 수채화로 유화로 작품화해냈다. 남보다 마른 체질인데도 좀체 지치지도 않으며 이름 있는 화가들도 미소를 띠며 바라보곤 하였다. 그녀는 어른들이 그림에 심취하는 열정을 경탄으로 대하며 부러워하였다. 그녀에게 시간이라는 풍부한 자원이 무한정 있다는 사실을 당시에는 감사하지 못했다.

그러던 그녀가 빨래하고 밥 짓는 등 일상의 업무에 쫓겨 그림과는 차츰 멀어져, 이제는 그림이 없는 현실의 산길과 들길을 걸으며 내를 건너고 찬바람을 맞고 있는 것이다.

아버지는 〈우리 집을 온통 그림으로 장식하고 싶다〉는 말씀을 자주 하셨지만 지금 생각해보니 그 말을 너무 허투루 듣고 넘긴 것이 후회가 된다. 아버지는 졸업 앨범에 그림 그리는 장면을 남겼다고 자꾸 강조하시곤 하였다. 사실 그 앨범을 소라도 본 기억이 난다. 이젤 위에 화판을 올려놓고 팔레트와 붓을 들고 있는 모습, 화판 위에는 색칠을 하다 만 수채화 그림이 선명하게 표현되어 있었다. 화려한 꽃과 화병이 생각난다. 그 화병도 화려한 무늬였다.

학교 화실에서 찍은 사진이란다. 왜 이 사진이 떠오르는 것일까. 이 사진은 현실이 아니고 희망이요 기대였다. 아버지가 자라던 시골은 가뭄이 무척 자주 들던 가난한 농촌이었다. 너른 땅을 소유하지 못해 호주머니는 항상 가볍기만 하였던 것 같다.

"우리는 미술 시간만 되면 기합을 받곤 하였지. 미술 선생님이 그렇게 기대하시던 화판과 팔레트와 수채 물감을 준비하지 못했기 때문이었단다."

왜 그 말씀을 자주 하셨을까. 소라가 그림을 그리던 시절에도 그 꿈은 사라지지 않으셨다. 아니 더욱 열정적으로 타오르곤 했는지도 모른다. 그리곤 그 당시 미술 선생님을 자꾸 들먹이곤 하셨다.

홍도에서 풍란을 가져와서는 자랑하시던 장면까지 자꾸 말씀하셨다. 소라는 여느 소녀와 달리 이런 옛 이야기를 가슴으로 받아들였고 아버지의 상실감을 같이 아파했다.

소라는 딸만 둘을 두었다. 큰딸은 이지적이고 학구파여서 가정에서 일어나는 일들에는 별 관심을 두지 않고 크고 높은 곳에 시선을 두었으며 작은딸은 아기자기하고 섬세하였으며 감정이 풍부하였다. 당연히 어미는 작은딸과 대화가 트였고 어미의 가려운 곳을 긁어주고 위안하고 때로는 격려하고 뜻을 지향하여 주려고 애썼다. 큰애가 대학에 들어가고 나서 깊은 연구에 몰두하고 같은 학과의 친구들과 어울리면서 가정에서의 대화는 거의 단절되다시피 하였다. 자식도 다 자라면 남이 된다는 사실을 자꾸 말로 현실로 접하면서도 아침저녁으로 대하는 작은딸이 있어 그런 느낌은 가슴에 오지 않았다. 그런데 어느 날 작은애가 자신에게 던진 한 마디는 따끔한 바늘로 자신의 피부를 자극하였다.

'그래, 너희들 가르치느라 바빠서 붓을 들지 못하였단다.' 거나 '살림에 시달려서 그럴 시간을 얻지 못했지.' 하고 말을 할 수도 있었지만 그렇게 쉽게 말이 나오지 않았다. 어쩌면 자신에게 너무나 충격적인 언어였기 때문이다. 그 날 그녀는 잠을 이루지 못한다. 졸업한지 이십 년이 되어 가는, 말하자면 그녀의 인생이 가을을 맞고 있는 셈이 아닌가?

가을은 차가운 바람과 단풍과 흩어지는 낙엽과 함께 찾아온다. 단풍은 산천을 수놓는 천사의 그림이지만 낙엽은 요술부리는 악마의 잔인한 유희이다. 딸애의 이 말 한 마디는 차가운 바람과 같은 것이었다. 그것은 세상을 꽁꽁 얼게 하는 엄동의 예고인지도 모른다고 생각하면서도 한사코 미소짓는 봄의 훈풍으로 여기려 애쓴다. 그녀는 거칠어진 손등을 만지면서 이 생각은 더욱 깊어간다. 로션을 바른 지도 오래된 것만 같다. 이런 걸 그렇게 아쉬워하지도 않으면서 세월의 한 겹 한 겹을 넘겨왔다.

벽에 장식된 그림을 유심히 바라보니 어느새 팔 년이라는 세월이 지나간 때 묻은 것이었고 서투르기 짝이 없이 보인다. 구도뿐만이 아니고 색깔도 무척 어둡고 터치도 서투른 그림이다. 참으로 오랜만에 그림을 올려다 볼 여유를 갖게 된다. 그 그림을 그리던 시절이 생각난다. 푸릇푸릇한 꿈에 젖어있던 행복한 처녀 시절이었다. 집안을 온통 그림으로 꽉 채우고 싶었던 시절이었다. 아니지, 그림들로 집안을 다 채우고 나면 아담한 화실을 세우고 싶었다. 힘들게 그림을 그리는 화가들을 위해서도 전시의 장소를 제공하고도 싶었다. 파리나 로마의 미술관이나 유럽 곳곳의 거리에 전시된 그림이나 조각들은 얼마나 우리를 놀라게 하는가. 왜 우리들에게는 이런 예술의 유산이 없다는 말인가. 정말 우리 조상들은 무엇을 하며 세상을 살아왔다는 말인가? 물질을 천하게 여기던 생활은 물질의 빈곤으로, 정신문명을 강조한 시각은 정신세계의 과열과 부패로 이어진다. 우리네 조상들이 후세에 남긴 것은 물질의 빈곤 뿐 아니라 정신의 타락 아닌가.

세상일에 성공을 한 남편은 퇴근을 하면 즐거운 마음으로 음악을 듣거나 TV를 켜곤 한다.

그런데 어느 날은 저녁을 먹으면서도 별로 말이 없고 즐거운 표정이 아니다. 눈동자도 조금 우울해 보이고 말도 절약하는 편이다. 저녁을 먹고 나서 남편은 마루를 둘러본다. 그림 도구들이 널려있고 물감들이 흩어져 있다. 오래 전의 이야기이다.

"당신은 이제 가방을 든 학생이 아니란 말이요. 어엿한 주부 아닙니까? 남들은 처덕으로 재산도 축적하고 출세도 한다는데 당신은 치졸한 꿈에나 젖어 있으니 내가 참 안 됐구려."

그리고는 팔을 베개삼아 누워 눈을 감는다. 깔보는 것 같기도 하고 불만을 털어놓는 것 같기도 하다.

소라는 갑자기 억울하다는 생각이 가슴으로 젖어온다. 가을의 차가운 바람이 낙엽을 몰고 가는 것처럼 가슴이 허전해진다. 결혼을 한 뒤로 시어머님을 모시고 상처 입은 시아주버니와 함께 오랜 동안 살아왔다. 그러면서도 시동생들을 보살피며 지냈다. 독립된 뒤로도 시동생들은 무슨 일을 하다가 잘못되면 형에게 찾아오곤 하였다.

일을 저질렀을 때 돈이 모자라거나 무슨 일을 시작할 때 목돈을 구하다 못하면 형을 찾고는 하였다. 아니 솔직히 말하면 다른 곳에서 구하지도 않고 아예 형에게 의지하곤 하였다. 그런데 남편이란 사람은 지금 그런 옛 이야기들은 하나도 생각지 않은 표정이다. 그리고는 마음에 차지 않던 일만 가지고 오랜 동안 같이 고생해 온 이 여인의 마음에 흠집을 내려고 한다. 마음의 뜰에 떨어진 낙엽들이 텅 빈 들판을 가로질러 끝없이 흩어진다. 가슴이 차가운 바람을 맞으며 쓰리고 아프다.

여느 친구들은 나름대로 인생을 즐기면서 살고 있다. 축재를 하는 데 앞장서 여기저기에 부동산을 사들이거나 유가증권을 모아 부를 과시하기도 한다. 친구를 사귀고 여행을 하여 견문을 넓히고 독서를 즐기며 건전한 오락에 심취하기도 한다. 그런가 하면 학문을 탐닉하여 학위를 따거나 직장에서 승진을 하고 더 높은 직위를 바라보기도 한다.

그들과 앉아 대화에 빠져들다 보면 자신은 자랑할 게 하나도 없다는 것을 느끼고 허탈감에 빠지곤 하였지만 집에 들어서면 즐거운 표정과 만족감의 언어로 가족과 대화를 나누었다. 그래도 그런대로 지금껏 참아왔는데 오늘은 참으로 참을 수가 없을 만큼 분하고 억울하다.

"당신은 내가 어떻게 해주기를 진심으로 바라는 거지요? 내가 노예나 되었으면 하고 바라는 것은 아닐 테지요."

남편은 아무 대꾸도 하지 않는다. 천장에 눈동자를 고정한 채 꼼짝도 하지 않는다. 남편은 어쩌면 소라보다 더한 상처를 직장에서 받고 왔는지도 모른다는 생각을 한다. 방에서 최고로 편한 자세로 누워있는 남자가 어쩌면 상처받은 가련한 호랑이거나 나을 수 없는 병에 걸린 늑대인지도 모른다는 생각으로 남편을 감싸는 아량에 자신을 내맡긴다.

"어쩌면 내가 모든 것을 잘못했는지 모르지. 능력이 부족하니 어떻게 할 수도 없는 일이지만 말이야."

남편의 말이다. 소라의 생각은 몸이 불편한 남편의 형이 항상 아우의 두 어깻죽지를 눌러오고 있다는 사실까지 파고들면서 우울해진다. 생각해보면 소라는 그늘에 앉아 시원하게 부채질을 하는 천사요 남편은 그녀의 시중을 드는 하인인지도 모른다. 고달픔에 시달리는 사내에게 시원한 물 한 컵을 주지는 못할망정 오히려 투정을 부리고 불평을 늘어놓은 자신의 행위를 자책한다.

다음날 아침 세 여인은 친구 은비의 전시회에 가기로 약속이 되어 있다. 같은 서양화과에서 사 년이란 세월을 허물없이 지내오던 사이였다. 결혼을 하면서 살림에 쫓겨 만나는 시간도 줄어들고 요즈음에는 아주 소식도 끊길 만큼 되었다. 더구나 은비는 부잣집으로 시집을 가고 외국에 나가는 경우도 빈번해지면서 서로간의 우정을 나누는 기회도 격조해져갔던 것이다. 그런데 갑자기 신사동에 있는 민화랑에서 전시회를 연다는 소식이 전해온다. 이 화랑은 시아버지가 가지고 있는 빌딩 아래층에 아담하게 꾸민 것이라고 한다.

'여자 팔자는 두레박 팔자지 뭐.' 하면서 이 소식을 접한 세 친구는 입을 약간 비뚤면서 코웃음을 친다.

소라는 장롱을 열고 가장 화려하다는 옷만 내놓고 그 중 계절과 색상이 맞는 것을 고른다. 은색 바탕에 밝은 보라의 무늬가 찍혀진 원피스를 고른다. 이름 있는 백화점에서 큰맘을 먹고 사 입은 것인데 세월이 약간 흘렀지만 산뜻하면서 낙엽의 계절에 어울린다. 벨트를 할까 하다가 그만 두고 핸드백 중에서 밝은 색상을 고른다. 괜히 가슴이 떨린다.

가까웠던 친구가 이런 영광스런 일을 벌인다는 것 자체가 자기의 보람인 것처럼 생각해서인지 자기는 낙오되어 있는데 곁에서 발전하는 것이 자기의 상처를 건드리는 것이어서인지 스스로도 잘 모르겠다. 이런 화려하고 자랑스럽고 보람 있는 일에 참여해본지도 참 오래된 것만 같다. 기대와 공포와 불안의 마음이 시야에 그늘로 다가온다. 자신은 이런 곳에 가지 않아야 될 처지인 것만 같다.

방배역에서 지하철을 이용하면 곧 닿을 것이라는 생각이지만 확실한 위치는 모르겠고 자꾸 더듬거려진다. 그리고 보니 외출을 한지도 참 오래인 것만 같다. 교대역에서 3호선으로 갈아타고 시내 쪽으로 향한다. 초청장에 신사역으로 되어 있어 거기에서 내린다. 약도를 보고 밖으로 나오니 빌딩들이 눈앞을 가린다. 오늘은 유난히 건물들이 커 보이고 생각보다 빽빽이 들어찬 것만 같다. 몇 가지의 금융기관과 음식점 찻집 주점들이 보이고 커다란 극장이 보인다. 도로를 지나는 행인들은 별로 많지가 않다. 하긴 모두들 일터에서 일을 열심히 하고 있을 시간이 아닌가. 모두들 일에 열심인데 자기만 일이 없는 사람인 것 같아 허전하고 죄스럽다. 남편은 어느 날 '남자들은 참 안 됐지. 평생 처자식 먹여 살리느라고 일만 하다 늙어가니 말이야.' 그러면서 웃었지만 그 웃음은 즐거운 표정으로서가 아니고 안타깝고 자신을 비하하면서 짓는 웃음이었다. 사내들이 외국의 일터에 나가 일을 해 벌어다 둔 돈을 여인들이 낭비하고 비정상적인 일에 소비한다는 이야기를 한 남편이 떠올려진다.

민화랑이 있는 빌딩은 너른 터에 높기도 하였지만 도로에서 여유를 두고 지어져 앞쪽에 빈터가 많아 시원스레 보인다.

은비는 나이 들어 보이는 남자 분들의 축하를 받으며 정문에 서 있고 입구에는 진귀한 화분들이 늘어서 있다. 지희와 경민이는 둘이서 그림을 감상하느라 정신이 없다.

〈탐라의 사계〉라는 이름의 전시회는 이름처럼 네 계절을 따라 변해 가는 제주의 자연이 액자마다 풍요롭고 화려하게 네 벽면에 가득 차 있다.

"너무 대단하지. 이렇게 은비가 그림에 정열을 쏟는지는 아무도 몰랐을 거야."

"역시 앞서가는 사람들은 정열이 넘쳐야 한다니까. 매사에 적극성을 보이는 이 친구는 언제나 지기 싫어하고 앞서갔거든."

셋이는 앞서거니 뒤서거니 하며 전시 작품을 하나하나 꼼꼼히 뜯어보며 감상한다. 장내는 은은한 실내악이 바닥에 흐르고 있다.

노란색의 화려한 유채 꽃을 그린 그림이 여러 점 눈에 들어온다.

유도화며 벚꽃, 짙은 녹색의 귤 밭이 눈에 들어오고 빨갛게 물든 단풍나무도 보석처럼 아름답다. 폭포와 우거진 숲과 감과 귤의 열매들이 어릴 적 추억을 떠올린다.

〈예술작품이 인간의 창조물이라면 자연은 하느님의 예술작품〉이라고 했는데 전시 작품을 보는 소라의 눈엔 이런 생각이 잠시 멈춘다.

226

〈작가 내부에서 불길처럼 타오르던 미의 감각이 자연을 소재로 표출된 것〉이란 생각 때문인지 작품의 배후에서 자연보다는 은비가 훨씬 돋보인다.

가을이 지나고 겨울이 오면 추위와는 대조적으로 나무들은 옷을 벗는다. 둘러싸인 인정과 보살핌을 떠나 본연의 자신으로 돌아오는 계절이 오면 보온의 옷이건 장식의 옷이건 모두 벗어 던지고 본연의 자신으로 돌아오는 것이다.

겨울의 바다는 특이한 엄숙함에 잠기고 지난 계절을 되돌아보게 한다. 그랬다. 바다는 항상 저주의 혀나 잔인의 칼날이 아니라도 섬뜩한 긴장감 앞에 우리를 세운다. 그러나 겨울의 그림들은 이 모든 것을 넘어서 풍요와 인정과 자비를 내포하고 있다.

해변의 언덕과 솟아오른 바위 뒤로 펼쳐진 에메랄드빛 바다가 이런 언어들을 연상케 한다.

겨울의 폭포, 벗은 나무의 가지는 인내와 바램과 기도의 자세다. 낙엽 진 나무들의 배후에는 여린 녹색의 이파리와 화려하던 꽃들과 탐스런 열매가 차례로 축적된 한 폭의 결실이요 이 모든 것들을 차례로 버리고 떠나는 자비와 성숙의 자세 같은 것들이 숨겨져 있다. 풍요한 여름의 잎과 가을의 열매가 배후에 없었다면 이 겨울의 그림은 얼마나 차갑고 허전할까. 〈인위적인 사물들이 자연의 사물들보다 훨씬 아름답다〉라는 말이 소라의 머리에 떠오른다.

"얘 소라야, 뭘 그렇게 유심히 바라보고 있어. 한낱 겨울의 풍경에 매료되다니 꽃을 탐내는 우리와는 다르군."

그리고 보니 자신의 발걸음은 한 곳에 멈춰 움직일 줄을 모르고 있었다. 깊은 생각에 잠겨본 일도 별로 없던 자신이 오늘은 참 이상하다는 느낌이 든다.

"얘들은, 급히 나오느라 음식을 먹은 게 조금 거북해서 그래."

소라는 아무렇게나 둘러댄다.

은비는 얼굴 전체에 내비치는 웃음을 감추느라 애쓴다. 자신의 만족이 혹 교만으로 비칠까 염려하는 그녀의 마음은 빛나는 수정이다. 그녀의 교양은 테크닉으로만 쌓아올려진 그림으로서만이 아닌 전반적인 정신의 고양으로부터 나오는 것이다. 은비의 아름다운 그림도 예술이지만 교양으로 쌓여진 그녀의 인격은 그보다 뛰어난 작품이라고 소라는 생각한다. 오늘따라 자신이 더욱 초라해 보이는 것이 서글프고 아프다. 이 아픔이 자신의 능력에서 오는 것이라기보다 주변에서 자신을 붙잡고 놓아주지 않았다는 사실에서 기인했다는 것이 더욱 그녀를 쓰리게 한다.

감상이 끝나고 네 여인은 한 자리에 모여 잔을 부딪친다. 구석에 마련해둔 탁자 앞에 앉아 자신들에 얽힌 우정처럼 비어의 잔이 물결치며 넘친다. 모두들의 우정이 축복되고 감사하다는 것을 느끼며 자신의 영역에서 열심히 살아가는 업무에도 만족한다.

주신이 얼굴에서 복숭아꽃으로 피어날 때 만족은 더욱 활기를 띠며 입술로 퍼진다. 즐거웠던 과거의 추억들은 입술에서 피어나지만 미래에의 기대와 포부는 눈빛으로 빛난다. 은비는 이 나라 화단의 별로 피어날 것이며 자신이 채색한 미술의 고장은 몽마르트르보다 더욱 은은하고 아름답게 빛날 것이다. 실내에 가득 찬 그림 전시장 생각만 해도 가슴 벅찬 갖가지의 설계가 지금 곧 이루어질 것만 같다.

"은비는 숨은 재주가 학창시절부터 엿보였어. 나는 그걸 알아냈다구. 구도는 서툴렀지만 색에 대한 탁월한 감각이 있었거든. 야외 사생

때 나는 언제나 그림의 마무리를 엿보느라 은비의 화폭에 시선을 보냈거든.”

경민이는 과거를 끌어와 당시의 그림을 마치 눈앞에 둔 것처럼 빛나는 눈빛으로 은비를 치켜세운다.

은비의 그림은 그런 격려를 들어도 모자랄 만큼 성장하였고 상식의 수준을 넘어섰다. 소라는 생각보다 훨씬 성장해버린 은비를 부러워하면서 무섭고 두려운 상대라고 감탄한다.

“역시 아름다움은 봄과 가을이 그 절정을 이루는 것 같더라. 우리들이 평소에 무심코 스쳐 지나갔던 자연이 이렇게 아름다운 예술로 승화될 줄이야. 이제 우리도 자연의 조그만 부분에서도 행복을 찾아 나서는 자세를 지녀야 되겠더라. 오늘 난 참 많은 깨달음을 얻었어.”

소라는 지희의 말에 동감하며 고개를 끄덕인다.

“여름의 자연은 진한 녹색과 뜨거운 태양열에서 활기와 정력, 남성다운 매력을, 겨울의 그것에서는 섬세한 터치와 무채색에서 오는 인내와 초월을 느낄 수 있지.”

경민이도 한 마디 거둔다. 계절이 바뀔 수 있다는 것은 오묘한 자연의 축복이었지만 소라에게는 시간이 너무 빠르다는 사실을 알려주는 잔인한 현실이다. 나이가 차츰 들어간다는 사실보다 자신이 차츰 퇴보하고 있다는 내부의 안타까움이 자신을 쓸쓸하게 한다.

경민이는 그림을 한 점 사기로 한다. 그것은 은비의 그림에 애착을 느끼는 감상적인 측면도 있었지만 비싼 그림을 살 수 있는 자신의 풍요를 과시하는 날갯짓이라고 소라는 언뜻 생각한다.

은비의 그림에 대한 대화는 그치지 않았다.

“지희는 화려하지는 않았지만 은은한 색상과 꼼꼼한 터치로 구성을 하고 자연을 묘사했지. 그래서 오늘날 한국화의 독특한 세계를 열고 있는 것이지."

경민이는 화제의 머리를 돌린다. 은비는 서양화에 두각을 나타내지만 지희는 한국화 작품을 생산해 낸다.

그림을 그리지 않는 사람은 대화에서 소외될 것만 같다. 소라는 숨이 막히는 듯하지만 인내로 버티기로 한다. 여기 모인 세 친구가 봄부터 가을까지라면 자신은 겨울의 역을 맡은 배우라는 환상에 빠진다. 이 연극만 끝나면 자신은 겨울에서 벗어날 수 있다는 꿈을 꾸지만 그 꿈은 깨어지고 현실로 돌아오고 만다.

전시회 작품을 사진으로 꾸민 화첩에서 미술 평론가 이씨는 그림에 대한 설명을 이렇게 적고 있다.

〈보통 사람으로는 느낄 수 없는 미의 요소를 비범한 눈으로 찾아내 뛰어난 예술로 승화시키고 문외한의 가슴에도 잔잔한 감동을 선물하는 천사의 손길〉

석양부터 하늘이 흐리더니 빗방울이 나부끼기 시작한다. 은비의 작품 전시회장에 어둠이 깔릴 때까지 네 친구는 끝없는 언어의 잔치를 벌인다. 별빛처럼 반짝이는 지나간 추억, 무지개로 피어나는 앞날의 기대가 뒤섞여 엮어진다. 이 자리에 참석했던 친우들도 모두 자리를 떠 자기네들 보금자리로 돌아갈 것이다. 따뜻하고 아늑한 요람에서 밝은 불빛이 기다리고 있을 것이다.

소라가 졸업을 한 뒤 이십여 년이란 세월이 시내처럼 굽이쳐 흘러갔다. 돌이켜 보면 한 순간인 것만 같다. 자녀들이 자라고 가정에 여러 가지 일들이 뒤엉키면서 한 줌의 보람도 없는 것들이 발걸음을 붙잡고 머리를 어지럽게만 하였다. 처녀 시절의 아버지는 공직에 근무하여 물질적인 여유도 없었고 일에 시달려 시간의 여유도 없었다. 어머니는 그런 아버지를 자랑스럽게 생각하면서 살아왔다. 신문이나 방송에 부정의 사건들이 터질 때마다 그런 일을 저지르지 않은 남편이, 흙탕물에 빠져들지 않고 맑게만 사는 남편이 '훌륭한 집안의 자손이며 교양을 갖추었기 때문이어서'라고 속으로 흐뭇해하였다. 그러나 아버지는 달랐다. 남들은 여유 있는 시간과 물질로 삶을 영위하고 있는데 자신만 궁색하게 시간을 낭비하고 빈한하게 사는 것이 슬프고 허전했다. 자녀들만은 그렇게 되지 않기를 바라는 눈빛이었지만 표정을 언어로 표출하지는 않으셨다.

오빠가 기대하던 대학의 입시에 실패하며 희망했던 길을 걷지 못하자 딸이라도 아버지가 꿈꾸던 물질적 풍요와 정신적 여유로 진취적인 삶을 펴나가기를 바라는 것 같았다. 자녀들의 미래를 꿈꾸며 바라보던 창가의 아버지의 모습이 지금 차창 밖으로 향한 따님의 시야에 어린다.

소라가 친구들과 헤어져 나와 택시에 오르자 물결처럼 굽이치는 차들의 대열에 합류한다. 힘차게 달리는 택시의 창문 밖으로는 수많은 차들이 겁도 없이 질주하고 있다. 그녀는 대부분의 외출에 지하철을 이용하였기 때문에 시내의 모습을 보지 못하고 목적지만 왕래하곤 하였다. 전조등에서 퍼져 나오는 불빛이 불야성을 이루는 폭 너른 도로에서 낮에 느끼지 못하던 '도로에 가득한 차'들을 느낀다. 차들에서 뿜어져 나오는 빛줄기는 대낮에 태양의 빛으로는 느낄 수 없는 황홀감과 광기까지 머리에 전해진다. 보통 때 느끼지 못하던 맥주의 차가운 감촉이 전신으로 퍼지면서 머리가 조금 혼미해진다. 아버지의 모습이 흐려진 창유리에 비쳐 눈앞에 떠오른다. 말을 아끼셨지만 눈빛으로는 기대감에 부풀어 있었던 자녀에의 시선이 지금 되살아나는 것만 같다.

그 기대에 어긋나지 않게 그녀는 학업에 정진하였고 실기에서도 끈끈한 열기를 보였다. 집으로 모두 떠나간 작업실에서 창밖이 어둡도록 그림에 열중하였다. 더위를 피하러 학우들이 바다로 떠나간 여름이나 설경을 필름에 담기 위해 자리를 비운 겨울에도 대부분의 시간을 화실에서 그림을 그리며 지냈다.

"소라는 음침한 데가 있는 친구 아니냐? 아무도 몰래 엄청난 그림을 그려 창고에 쌓아 두었을 거야. 학창시절 실력파, 조그만 머릿속에 가득한 실력, 우리는 그를 알부자라고 하였지."

주기가 한참 올라오자 누군가가 이렇게 지껄이며 탐색하는 눈빛으로 소라를 바라보았다. 차창 밖을 내다보니 빗줄기가 굵어지고 있다. 클리너의 움직임이 빨라지고 창유리로 빗줄기가 흘러내린다. 갑자기 시장기가 느껴진다. 그러고 보니 점심도 간식으로 때우고 저녁은 맥주에 마른안주만 집어들었다는 사실이 회상된다. 갈증과 허기가 등줄기를 타고 흘러내린다. 문틈으로 차가운 바람이 스며들어 온몸이 추위에 휩싸인다.

"내일은 기온이 급강하 하겠습니다. 화초와 채소를 재배하시는 분들께서는 각별히 유념하시기 바랍니다."

가을비가 계속되는 어두운 밤, 소라는 들에 널린 곡식이 비에 젖어 썩을까 봐 잠을 이루지 못하시던 아버지를 떠올린다.

창밖으로 우의를 걸친 사나이가 뛰어가는 모습이 보이고 바람에 떠밀리는 우산을 받치고 발길을 재촉하는 여인이 보인다. 라디오에서는 뉴스가 끝나고 음악이 흘러나온다.

'굴러가는 낙엽처럼 지나온 가을

비정하게 흔들리며 흩어져 가네.'

그렇다. 가을이 빗줄기를 맞고 서둘러 걷는 여인의 발길에 채이고 질주하는 차들의 바퀴에 감기며 비정하게 흩어지고 있는 것이다. 이 가요의 제목이 아마 '만추의 서정'이던가. 차가 한강을 건너는 다리에 접어들자 강물이 청록색 물결을 이루며 반짝이고 있다.

그녀는 밤이 깊어 가는 것을 느낀다. 남편은 지금 지방에 출장중이다. 아이들은 지금 자기네들 방에서 무엇엔가 열중해 있다.

열심히 책을 들여다보고 있을 것이다. 그녀도 그런 때가 있었다. 아니 학창시절 내내 그렇게 살아왔다고 해도 과언은 아니다. 책벌레라는 말을 듣기도 했었다.

이런 생활태도 때문에 친구들과도 잘 사귀지를 못했고 남이 잘 가는 즐거운 여행에 동행한 일도 별로 없다. 그만큼 공부에만 매달려온 자신이 아닌가. 그런데 졸업을 한 지 이십여 년 그 사이 무리들과 휩쓸리던 친구들은 모두 두각을 나타내고 있건만 자신은 가정이라는 울타리에서 맴돌고 있지 않은가. 자신의 뒷모습이 자꾸 흐려 보인다.

동네 위쪽에는 야트막한 산이 스타피시의 몸뚱이처럼 굽이쳐 솟아 있다. 그 밑으로는 부드러운 곡선을 이루고 도로가 지나고 있다. 번잡한 거리가 아니어서 차들도 뜸하니 한 대씩 지나고 있고 걸어가는 사람들도 조금씩 눈에 띈다. 아니 그보다는 동네 남정네나 여인네들이 걷기나 달리기로 여가를 즐기고 체력을 다지는 장소로 이용하고 있다는 표현이 더 어울리는 편이다. 엊그제 소라는 그 길을 걷고 있었다. 중년의 여인이 초등 저학년 또래의 사내를 데리고 걸으면서 에이프릴 메이 등의 영어를 반복해 가르치고 있었다. 소라도 그랬다. 영어

조기교육을 해야 한다기에 대학생 방문지도를 받게도 하였고 비디오 테이프도 사다 그림과 더불어 발음연습을 시키기도 하였다.

'자식 교육을 잘 시켜도 다 소용이 없다더라. 판검사나 의사를 시켜도 신식 교육을 받은 마누라 앞에서 '우리 늙은이' 라는 말을 서슴없이 지껄이는 게 요즈음 자식들이라니까.'

이런 말을 들으면서도 소라는 자녀들에게 최선을 다했다. 대학 입시에 필요하다는 기발한 자료는 아낌없이 다 사주었고 비싼 과외도 시켰다. 학원이다 독서실이다해서 밤이 깊어서 들어오는 아이들을 기다리다 잠도 제대로 이루지 못하였고 마음 편하게 친구들과 어울리지도 못하였다. 그녀는 즐기던 텔레비전 프로도 잊은 체 멍하니 앉아 있다. 창밖으로 지나가는 여인들의 말소리가 들린다. 다정하게 나누는 이야기가 너무 부럽다. 소리를 높이며 자기의 의견을 주장하는 소리도 들린다.

가족끼리 이웃끼리 다정하게 이야기를 주고받으며 상대에게 뚜렷한 의견을 내세우는 모습들이 부럽기만 하다. 불이 켜진 창안에서 가족들이 단란하게 음식을 먹고 이야기를 나누고 음악을 듣고 텔레비전을 보는 모습이 자기와는 다른 세계로 느껴진다. 자기가 딛고 있는 대지가 사막의 모래땅이라는 상상을 한다.

소파에 머리를 기댄 채 엎드려 한참을 흐느낀다. 그녀는 머리를 털고 일어선다. 집 뒤쪽 베란다에 놓여진 책장 안에는 많은 책들이 꽂혀 있다. 대개는 학창시절에 공부하던 남편과 자기의 전공 서적과 교양으로 즐겨 보았던 것들이 무수히 꽂혀 있지만 막상 지금 들쳐보니 읽고 싶은 책이 한 권도 없다. 그리고 책장이 닳도록 즐기던 책도 처음 대하는 얼굴처럼 낯설기만 하다. 거기에서 한참을 서 있다. 창밖에는 어두움이 깔리고 있지만 근처의 주택가와 큰 길 가의 상가, 저 멀리 언덕에 늘어선 아파트에는 하늘의 별처럼 불빛이 현란하게 반짝이고 있다. 지면은 커다란 거울이요 그 거울에 하늘의 별들이 반사되어 금강석으로 빛난다. 책장을 지나 한쪽 구석에 이젤이 보인다. 그녀는 그걸 한참 바라보다가 먼지를 털어 내고 꺼낸다. 먼지가 낀 포장지 안에는 구겨진 채 쳐 박힌 유화 물감과 팔레트 그리고 그 곁에서 몇 자루의 붓이 눈에 들어온다.

무관심 속에 방치해 둔 동물이 배고픔과 목마름에 시달려 헐떡거리는 모습과 같다는 생각이 든다. 그녀는 그걸 모두 방으로 가지고 들어온다. 시간은 벌써 열 시가 넘어서고 있다.

화장대의 길쭉한 서랍 안에는 아내의 그림 소재로 전국 여러 곳을 누비며 남편이 찍어둔 사진들이 수북하게 종이봉투에 담겨져 있다. 분홍과 빨강이 주된 색조를 이루고 있는 국화와 단풍의 모습이 눈에 띈다. 8*10 사이즈인 그 사진이 가슴에 파고드는 것은 워낙 따뜻한 색에 애착을 두어 애용하는 스카프나 재킷 그 밖의 외출복을 주로 브라운이나 레드 계통으로 고르는 그녀의 기호 때문일 것이다. 이젤을 세우고 캔버스를 올려놓는다. 물감과 붓을 챙기고 사진을 압정으로 고정시킨다. 밤이 어쩌면 이다지도 빨리 깊어만 갈까. 어두움이 짙어가면서 사위는 적막에 싸인다. 가벼운 선으로 스케치를 하고서는 물감을 칠하려 한다.

가파른 절벽과 단풍이 든 숲을 배경으로 고풍스런 기와집 몇 채가 낮잠에 빠진 듯 고요하다. 정적에 묻힌 한 폭의 아름다운 풍경화가 가슴에 와 닿는다. 몇 가지 물감을 짜내고 오일을 섞는다. 붓도 몇 자루 닦아 온다. 그런데 아무래도 붓이 손에 익숙하지 않다. 물감을 다루던 손놀림도 어쩐지 어색하고 서투르다. 캔버스 위에 B6연필로 데생을 끝내고 색칠을 시작한다.

유화 물감에 바른 오일이 자연스럽게 풀려지지 않고 끈적거린다. 마음은 끝없이 앞서가는데 손이 따라주지 않는다. 한참 작업을 하다 보니 온 몸의 기운이 쫙 빠진다. 학창 시절과 졸업 후 얼마 동안 잘 풀려나가던 스케치가 영상으로 나타난다.

은비의 작품은 바라볼 수 없는 머나먼 세계여서 자신은 흉내도 낼 수 없을 것만 같다. '아름다운 정경을 시로 나타낼 수 없음에 통곡을 하고 붓을 꺾었다.' 는 이야기가 생각나기도 하였다.

또 〈기도하는 손〉이라는 작품에 얽힌 이야기도 생각이 났다.

돈이 없는 미술 지망의 두 친구가 공부를 할 수 없어 한 친구가 노동을 하여 다른 친구의 그림 공부를 도왔지. 그림에 일찍 손을 댄 화가는 어느 정도 공부를 하고 자기를 도와준 친구에게 그림을 그릴 수 있는 여건을 조성해 주었지. 그런데 오랜 세월 동안 중노동에 시달려 손이 굳은 그 친구는 그림을 그릴 수가 없었지. 화가로 성공한 친구는 어느 날 자기가 공부를 할 수 있도록 중노동에 시달리면서 은혜를 베풀어주었던 친구의 집 문 앞을 지나다가 무릎을 꿇고 기도를 드리는 친구의 모습을 비춘 장면이 촛불을 밝혀놓은 방의 창문에 비치는 것을 목격하게 되었지.

〈저는 뒤러의 그림 공부를 뒷받침하느라 노동을 하였고 손이 굳어 공부를 할 수 없게 되었지만 친구가 그림에 성공한 것에 대하여 너무 크나큰 감사함을 느낍니다. 하나님 아버지, 제 친구 뒤러가 더 좋은 그림을 많이 그리게 하소서. 그리하여 세계적인 유명한 화가가 되게 하소서.〉(Abert Duler -1471-)

너무 깊은 우정에 감동한 화가는 그 자리에 멈춘 채 한참을 서 있다가 서둘러 발걸음을 재촉하여 집으로 돌아왔지. 그리고 그 감동이 식기 전에 기도하는 친구의 손을 그렸지.

'굳어버린 두 손의 기도'

'좋은 작품을 많이 그릴 수 있게 도와주소서.' 기도하는 착한 친구의 아픈 마음이 소라에게 전해져 온다.

소라는 아무래도 그림을 다시 시작할 수는 없을 것만 같다. 곡식을 가꾸기에 알맞은 태양의 열기는 이미 식어가고 있는 것처럼.

자신의 능력은 이미 쇠퇴해버린 것이 아닌가.

창밖은 어둠에 싸여 있고 아이들은 모두 잠에 떨어졌다. 소라는 안방의 구석에 달린 문을 열고 다락으로 올라간다. 밤은 이미 깊고 사위는 정적에 싸여 있다. 천장에 달린 조그만 백열전구를 찾는다. 어두워 잘 보이지 않아 다락문을 조금 열고 내려갔다 다시 올라온다. 아무리 스위치를 돌려도 불은 켜지지 않는다. 다시 내려가 양초 도막을 서랍에서 간신히 찾아 불을 켜고 올라간다.

전등을 만져 겨우 불을 켜고는 벽에 세워 둔 그림들을 가지고 내려온다. 스케치북에 그려 둔 수채화가 엄청나다. 이렇게 많은 그림 연습을 하며 학창시절을 보낸 것이 믿어지지 않는다. 그리고 캔버스에 그린 유화들도 너무나 많아 놀랄 정도이다. 소라는 이들을 하나하나 들치며 보고 있다. 그러나 마음에 드는 그림, 누구에게 내놓아도 부끄럽지 않다고 생각되는 그림이라고는 거의 한 점도 없다. 그녀는 낮에 전시회장에서 만난 사람들의 화려하고 자신 있는 태도와 용모, 밝은 표정들을 떠올린다. 자신은 스스로의 모습이 어쩐지 어색하고 수줍으며 자신이 없어 대화의 중심부에서 먼 곳에 서 있었던 것을 자신의 그림과 대비해 생각한다.

밤은 깊어가고 피로는 겹쳐오나 잠자리에 들고 싶은 마음은 조금
도 없다. 지금까지 지내온 세월들에 찍힌 자신의 발자국이 바람에 날
리는 종잇장처럼 흩어지는 것 같다. 그녀는 그림들을 치울 생각도 없
이 베개에 엎드려 멍한 마음으로 자신에게 속삭인다.

'그래, 볼 테면 보아라. 내가 그린 그림들이 여기 이렇게 쌓여 있으
니.'

그녀의 표정은 흐느끼는지 웃음을 터뜨리는지 알 수가 없다.

여신의 치맛자락

〈남쪽 나라 십자성은 어머님 얼굴〉

이 나라의 밤하늘에는 어느 별들이 떠오르는 것일까? 수진이는 은
가루를 뿌려놓은 듯이 많은 별들이 빛나는 하늘을 바라보고 싶다. 그
하늘에는 자신을 버리고 떠나간 사나이의 눈동자도 같이 빛나는 것
일까. 그 많은 전사자들의 눈동자가 하늘로 올라갔다면 이 반도의 하
늘은 더할 나위 없이 많은 별들이 빛날 것이고 미망인들을 향하여 그
별들은 한 시도 회한과 슬픔의 빛을 멈추지 못할 것이다.

상상의 날개는 수진이를 학창시절로 이끈다.

이곳은 경기도 안성의 포도나무 밭, 포도가 익어갈 무렵 주인 아저씨는 농약을 탄 액체가 가득 든 통을 짊어지고 분무기를 들고 여물어가는 열매와 이파리를 향해 액체를 뿜어댄다. 액체는 시원스레 뿜어져 나오고 따가운 햇볕은 등과 머리 그리고 어깻죽지에 줄기차게 쏟아지고 있다.

반짝이는 이파리에서 반사되어 나오는 빛살이 이글거리는 숯불처럼 쏟아지고 있는 것이 시야에 잡힌다. 뿜어져 나오는 액체는 젖빛으로 아름답게 빛나지만 그들은 곧 벌레라는 생명들의 목을 무자비하게 비틀어 죽일 것이다. 아저씨는 통쾌하다는 듯이 물줄기를 자라보고 있다. 물줄기는 마치 아름다움을 선사하면서 보는 이로 하여금 주변의 공기에 냉기를 선사하여 여름의 더위를 식혀주는 분수대 같다.

이 물줄기의 세례를 받은 벌레들의 아우성을 듣는 듯이 물끄러미 바라보고 있는 한 소녀가 있다. 안색이 창백하고 팔다리가 가늘게 보이는 모습은 하찮은 벌레의 죽음이라도 그냥 넘길 수 없는 연민에 가득 차 있는 것만 같다. 아저씨의 번질거리는 얼굴에서 발산하는 통쾌한 듯한 표정과는 너무나 대조적이다. 아저씨는 곧 즐거워 휘파람을 불 것만 같다.

사람들은 이렇게 가꾸어진 과일들을 즐거운 표정으로 맛있게 씹어 먹을 것이다. 아이들도 재잘거리며 이 과일에 묻은 독성에 대해서는 생각이 미치지 못할 것이다.

소녀는 가던 길을 다시 재촉해 간다. 아저씨는 굵은 다리로 발에 밟히는 흙을 툭툭 차고 나아간다. 마치 이 자연이 자신의 삶을 방해하는 듯이 화살처럼 쏘아대는 그의 눈빛이 유난히 번들거린다.

소녀는 밭에다 뿌리던 하얀 가루약 DDT를 상기해낸다. 그 약은 채소의 잎에서 사람의 입을 통해 체내에 저장되고 일부는 변을 통해 나온 그 약 기운이 다시 변을 먹은 개의 체내로 그리고 종내는 그 개의 분비물을 통해 다시 식물에 이전된다는 사실을 어느 책에서 보았던 기억을 떠올린다. 아름다운 자연으로 뒤덮인 이 지구라는 거대한 물체를 우리 인간이 다 갉아먹고 더럽혀 황폐하게 만든다는 '인간 벌레론', 과학이 발달되어도 사막에 물을 대어 나무를 심기는커녕 나무를 잘라내어 오히려 사막을 넓히고 있다는 이 지구의 사정을 누가 애통해 할 것인가. 집을 짓고 고급 가구를 만들기 위해 지구의 심장의 역할을 하는 숲을 갉아먹고 있는 인간의 이기심과 욕망이 얼마나 피폐한 결과를 가져오는지 소녀는 돌이켜 본다.

소녀는 아주 어릴 적의 일을 다시 떠올린다. 마을 앞에는 여름이면 푸르게 이파리를 피어 올리던 벼들이 무성히 자라고 있었다. 벼들이 가득 들어찬 들판 가운데에 시원하게 물을 뿜어 올리던 샘이 있었다. 나이 든 아저씨가 사온 하얀 약을 물에 타 뿌리고 막대로 휘저었더니 그 속에 있던 붕어와 메기 그리고 송사리들이 모두 죽어 떠올랐다. 아니다. 그보다 훨씬 작은 물고기와 벌레들도 모두 하얗게 죽어 뒤집힌 채 수면에 떠올랐다.

소녀는 마을을 지나 들길을 더 오래오래 걷다가 멀리 그 자취를 감추고 만다.

소녀는 현충일을 맞아 학교에서 현충원의 꽃소녀(화동)로 추천을 받는다. 나라가 어려울 때 나아가 싸우다 목숨을 잃은 젊은이들의 무덤이 있는 이 곳, 한강이 바라보이는 언덕에는 수많은 젊음과 꿈, 그리고 가족에의 사랑이 잠자고 있다. 못다 핀 젊음과 꿈을 묻은 이 곳

현충원의 언덕에도 제비꽃은 자라나고 보라의 꽃잎을 드러낸다. 그녀는 가지고 간 화려한 꽃다발 묶음을 이 봉우리들 앞에 놓으면서 멀리 시선을 보낸다. 셀 수 없을 정도로 많은 이 봉우리들 너머 멀리 바라보이는 도로에는 질주하는 차들이 바라보인다. 이런 희생들이, 쌓인 업무와 쾌락을 위한 시간까지에 바쁜 사람들에게는 먼지에 덮인 일기장의 한 구절일 뿐이다. 소녀는 정숙을 표시하는 이 공간에서 학우들과 같이 꽃을 놓으며 묵념을 드린다. 이 젊은이들의 가슴에도 이런 착하고 아름다운 사랑하는 소녀들이 있었을 것이다.

"수진아, 뭘 하는 거야? 빨리 오지 않고."

수진이는 무엇을 생각하고 있었던 것일까? 이 순간 그녀는 무엇에 홀린 듯이 나라가 흔들릴 때 자신의 목숨을 바쳤던 젊은이들을 머릿속에 떠올리고 있다.

그게 아니다. 탈색의 기능을 소유한 독소를 지닌 비누의 거품처럼 허연 색깔의 물줄기를 분무기로 뿜어내면 그것을 맞은 나무의 이파리들은 모두 허옇게 탈색이 되어 시들다가 결국은 무서운 병에 걸린 환자들처럼 나락의 구덩이로 떨어져 내린다는 사실이 그녀의 머리에 오래도록 남아 있다.

다른 소녀들이 평범한 사고에 묻혀 있을 때 그녀만이 그런 엉뚱한 상상의 영역에 잡혀 있었던 것은 무엇을 의미하는 것이었을까? 아마 이 순간 독소를 지닌 주머니를 달고 다니며 갖가지 생명체에게 가루나 액체를 뿜어대는 운명의 여신이 지나가면서 그녀의 치맛자락이 소녀의 머리 아니면 길게 자란 손톱의 어느 부분을 끌고 갔는지도 모른다.

독을 지닌 액체를 뿜어대는 이 여신은 소녀를 끌고다니며 잔인하게 죽어가는 생명체들을 보여주며 냉소를 즐기기를 계속한다는 사실을 누가 알아챌 것이었는가?

홋날 이 소녀는 목사의 사모가 되었다. 믿음과 소망과 사랑을 믿음의 친구들에게 심어주는 목회자, 얼마나 착하고 봉사에 힘썼던가.

'언니, 예전의 군인들은 생명을 걸고 싸우기도 하고 견디기 힘드는 일도 치렀으며 욕구를 채우지도 못하고 의식에 허덕였지만 요즈음 군인들이야 뭐, 누가 도와주지 않아도 배불리 먹고 편하게 지내지 않아요? 그런 일에 봉사를 한다는 것은 별 의미가 없는 일 아닌가 하는 생각이 든다우.'

아름이가 바로 이런 말을 쏟아낼 것만 같아 자신의 지난날이 부끄럽고 그런 일에 희생 당한 자신의 오늘이 쓸쓸하다.

아름이가 프레시맨이었던 여름날, 수진 언니와 대학 캠퍼스의 느티나무 그늘에 앉아 있을 때의 일이 떠오른다. 여름 방학을 며칠 남겨두지 않은 무더운 날, 교내 영어 웅변대회 시상식이 있던 날 오후였다.

매미 소리가 유난히 요란하게 뜰의 공기를 휘젓고 있다가 그쳤다. 수진이가 우수상을 받은 것이다. 유창한 불어의 발음으로 학생들을 휘어잡아 자기의 주장을 펼쳐나갔던 것이다.

"언니는 이제 프랑스로 떠나야 하지 않아요? 본격적인 공부를 위해."

"마침 삼촌이 독일에서 사업을 하고 있는데 잘 풀리고 있지. 프랑스에 지점을 두고 있는데 그 곳에 와 같이 지내며 학업을 계속하라는구나."

언니의 눈빛은 새벽 늦게까지 남아있는 은빛 별들의 반짝임이었다. 그 곳에 가면 파리의 유명 대학에 들어가 더 많은 공부를 할 수 있을 것이라는 말도 하였다. 아름이는 그 언니가 너무 부러웠다. 그 무렵 언니는 교내 작품 공모 수필 부문에서 우수상을 탔던 것이다. 언니의 작품이 교내 출판물에 나왔을 때 그녀는 그걸 읽어보았고 너무나 아름다운 문장에 감탄을 금하지 못했던 것이다. 아름이는 언니의 아름다운 용모며 유복한 가정에 부러움의 시선을 보내고 있었다.

남들은 어려운 환경에서 먹고살기에 바쁜 나날을 보내고 여자로서는 교육이라고 기껏해야 초등 아니면 중학을 나오는 것이 보통인 그 시절에 그녀는 남들이 부러워하는 선미대학, 그것도 시대의 첨단을 걷는 사람들, 미술이나 음악 혹은 문학을 꿈꾸는 사람들이 주로 가는 프랑스의 언어를 배우고 그 나라의 문학예술을 익히는 그 전공이라니 얼마나 자랑스런 일이었던가. 그러나 그녀는 그런 호강도 모른 채 그냥 덤덤하게 학교에만 다녔다. 그것이 얼마나 사람들이 부러워하는 환경인지도 모르고 말이다.

그녀는 학교의 너른 교정이 바라다 보이는 언덕 가장자리의 계단에서 본관 건물의 거대한 나무의 그늘을 바라보며 불어로 된 싸르트르의 〈자유의 길〉을 읽고 아름이는 번역판 〈이방인〉을 읽었다. 그 시절이 엊그제만 같다. 버스 안에서나 기차 안에서 겨드랑이에 불어로 표지가 된 소설이나 시집, 그리고 그 나라의 잡지를 끼고 있으면 세상이 모두 자기 것인 양 느껴지기만 하였다. 너른 세상, 유럽과 미주 대륙을 마음껏 달리고 날아갈 것만 같았던 시절이었다. 그리고 자기가 쓴 소설과 시가 잡지에 실리고 단행본으로 출판되어 나오는 것은 아무 것도 아니라는 상상을 하며 그 시절을 보냈다. 아, 그런데 지난 세월의 그 고달픈 여행의 길은 빠르다는 감각도 주지 않은 채 순식간에 과거로 흩어져 버렸다.

남편이 떠난 뒤 아들마저 공부를 계속한답시고 이국으로 자리를 옮긴 뒤 수진이라는 여인은 시집 간 딸과 보이지 않은 선에 의해 가끔 대화를 나누면서 시간이라는 한정된 삶의 줄기를 잘라내며 살아가고 있다. 남편이 떠난 날이 돌을 지나고 몇 달이 흘러간 것이다.

남편이 운영하던 교회 건물과 신도들도 젊은 목회자가 이어 받았고 자신은 교회에 딸린 학교의 기숙사 같은 건물에서 나와 새 집에서 차츰 정을 붙여가고 있다.

그녀의 상상은 다시 지난날의 이야기로 돌아간다.

수진이는 발길을 멈추고 길가에 선다. 언덕에는 갖가지 풀들의 싹이 돋아나기 시작하고 과수와 화목들의 가지 끝에서도 새싹이 움트고 있다. 이것이 바로 생명이다. 밭의 한쪽에 지어진 비닐하우스 안에서 지주를 감아 올라가며 호박 덩굴이 자라고 있다. 반쯤 벌어진 세 송이 꽃이 화려한 색상으로 피어있다. 밭의 안쪽에 덕을 따라 올라간 넝쿨에서 오이꽃이 수없이 많이 피어 있는 모습이 눈에 들어온다.

피어 있는 호박꽃은 찬란한 궁궐의 치장이요 하느님 솜씨의 극치이다. 거무스레한 색상의 기세당당한 호박벌 한 마리가 노란 꽃잎의 주름 사이에 발가락을 옮겨가며 주둥이로 꿀을 빨고 있다.

꽃은 지금 자신의 진미를 제공하고 있는 그 자세에 쾌감을 느끼듯 가볍게 부는 미풍에도 꼼짝하지 않은 채 자신을 내맡기고 있다. 꽃잎은 잠시지만 더 벌어진 듯하고 색상이 더욱 진하게 느껴진다.

오늘은 이상하게 자신을 요염한 소녀로 느끼게 하는 일들이 일어나고 있다. 동네 뒷산의 복숭아꽃들이 벌과 나비를 유혹하는 장면이 떠오르고 자신의 가슴이 부풀어 오르는 듯한 상상에 빠지기도 한다.

혼자 사는 게 얼마나 어려운지는 언니밖에 누가 알겠는가. 아름이
는 언니의 눈빛이 조경사가 꾸며놓은 작은 호수의 물에 반사되는 햇
빛 같다고 느낀다. 정적인 침묵, 수진 언니의 가슴은 가정의 정적을
오랜 동안 겪어 오다가 하늘빛 쪽물처럼 푸른 물에 흠뻑 젖어 있다고
느낀다. 호수에는 작은 물고기가 별로 움직이지 않고 떠 있다. 음지식
물인 이끼 같은 것이 바위에 덮여 있다.

"언니는 항상 자신보다 타인을 위한 일에 앞장을 서곤 하였지. 그
게 어쩌면 가장 보람 있는 일인지도 몰라. 사람이 사는 데는 몇 평의
집과 몇 벌의 옷 그리고 세끼의 밥만 있으면 되는 일인지도 몰라. 나
이 들면서 차츰 느끼는 일인데 소유라는 게 별 의미 있는 일이 아니라
는 생각이 들거든."

수진이는 이 말을 듣고도 아무런 대꾸를 하지 않는다. 자신의 무소
유가 보람 있는 일이라니, 이 여인이 자신을 비웃는 것은 아닌지 모르
겠다. 수진이의 가슴에 뚫린 허방은 무엇으로도 채울 수 없는데 이 여
인은 언니의 상처에 소금을 뿌리려 하는 것이다. 아름이는 자신에게
넘치는 가정의 사랑을, 일상생활에서 느끼는 자질구레한 삶의 보람
을, 분에 넘치는 자녀의 올바른 성장을 어린 아이들처럼 자신의 뒤쪽
에 감추고는 단지 행복의 일부인 물질에 대한 것만을 떠올리며 수진
이를 조롱하고 있는 것이다.

"난 무엇이든 만족해하며 살고 있단다. 우리 목사님이 정성을 쏟았
던 목회의 일이 그렇게 행복에 이르는 지름길이라는 것을 네가 일깨
워 주니 고맙구나. 이제 지난날의 일들을 떠올리며 감사하고 행복해
해야지."

약간 후텁지근한 느낌이 들었지만 더위를 잘 견디는 그녀에게는

오히려 아늑한 기분이다. 아직 우기가 오지 않았고 기온도 아직 절정에 다다르지는 않았다고 한다. 하노이 국제공항, 자유를 의미한다는 베트남의 대지에 발을 딛고 그녀들은 버스에 실려 숙소로 가는 길이다. 봄이 온지 한참 되었다고는 하나 아직 음산한 습기를 품은 바람이 스산하게 분다.

〈보르네오 깊은 밤에 우는 저 새는〉

수진이의 귀에는 한창 젊은 나이의 남편이 창을 열고 부르던 가곡의 가사가 쟁쟁하게 재생되어 들려온다.

그녀는 남편의 일을 되돌려 보지만 아무래도 현실감이 없다. 어느 전설에서나 꿈속에서 만났던 씩씩한 왕자와 아름다운 공주의 이야기만 같다.

"당신이 비웃듯이 말하는 〈자유라는 거대한 허상〉을 위해 당신이 목숨을 바치고 있다는 그 남쪽 나라에 가보고 싶어요."

라고 했을 때 남편 민대위는 침묵을 지키다가 이렇게 퉁명스레 쏘아붙였던 것이다.

"진실한 평화와 행복이 뭔지 모르고 사는 게 행복이야."

안남산막을 따라 남북으로 길게 뻗어 있는 베트남은 수많은 섬들로 이루어진 필리핀과의 사이에 검푸른 바다 남지나해가 있어 파득거리는 어족들에게 삶의 터전을 제공하고 있다.

가이드는 이 나라의 기후와 지형 그리고 국민들의 생활에 대해 차근차근 설명한다.

수진이에게 들리는 새로운 언어들이 푸른 바다 물결에 유영하는 생선의 비늘처럼 생기에 넘쳐 보인다.

그녀는 그곳 주민들과 대화를 나누고 싶은 생각도 쇼핑을 하고 싶은 생각도 떠오르지 않는다.

남쪽 나라에는 나무들이 무럭무럭 잘 자라고 사시사철 꽃이 피어 한없이 풍성하고 아름다울 것이리. 이런 생각이 그녀의 기억의 터전이나 상상의 공간에 스쳐 지나간다.

하노이의 시내는 여느 도시와 똑같이 커다란 빌딩과 네모반듯한 양옥들이 의젓하게 버티고 있다. 멀리 바라보이는 나무들이 짙은 녹색을 띠고 나타나 추억의 나라 그림과 겹쳐져 엉뚱한 외계의 별나라에 오지 않았음을 상기시켜 그녀를 안도시킨다.

"이제 낮닭우는 소리가 들리는 듯이 느껴지는, 내 인생의 한적한 오후, 남자 친구 하나쯤 있었으면 좋겠네."

아무리 우스갯소리라고 하지만 수진이가 자신의 주변에 외로움이 맴돌고 있다는 말을 내뱉은 게 동혁의 청각에 맴돌고 있다. 그는 짬짬이 한가한 시간이 있었는데도 며칠 동안 전화 다이얼을 돌리지 않고 침묵으로 일관하였다. 기다림이라는 수진이의 마음을 동혁은 즐기고 있었던 것이다.

동혁은 수진이라는 여인의 눈가에 옅은 그늘이 자리하고 있다고 몇 번의 만남에서 받아들인다. 그녀가 홀로 된 뒤로 태양을 떠나보낸 나무처럼 자신을 감추려 한다는 느낌이 온 것은 그 그늘 때문이었던 듯하다.

맨 앞 출입문 근처에는 옥색 개량 한복을 입은 초로의 여인이 앉아 있다. 자신을 감추려는 생각과는 달리 색상과 윤곽이 뚜렷하게 뒷사람들 시선에 잡힌다. 이 초로 여인은 너무 오랜 동안 온실에 갇힌 화분처럼 실내에만 머물러 있어서인지 얼굴의 윤곽이 여리고 가냘프다.

자리를 잡자마자 서로의 존재를 확인이라도 하듯 다시 눈으로 인사를 나누고 옛정을 되살렸다.

수진이가 미라와 함께 햇빛을 받으며 왼쪽에 앉았고 아름이와 동혁이가 창에서 빗기어 들어오는 광선을 멀리 한 채 오른쪽에 자리를 잡고 있다.

출발하기 전 인천 공항의 너른 활주로를 창을 통해 바라보다 동혁은 수진에게 인사를 건네면서 붕대를 맨 손가락을 보고 놀란다.

"웬일로 사모님은 상이군인이 되셨죠?"

"응, 잘 하지도 못하는 요리를 한답시고……."

〈이 나이에 그런 사고를 저지르다니 끔찍하군.〉

지금도 이런 실수를 저지르다니 어리석다며 비하의 눈길을 보냈다.

수진이라는 이름의 여인은 남편과 사별한 지 일 년이 조금 더 지났다. 남편은 오랜 세월 목사장교로 군 복무를 하였고 퇴직을 한 뒤에도 일선과 가까운 곳의 교회에 봉사하면서 군부대와 떨어지지 않았기 때문에 일생을 군부대에서 보냈다고 해도 과언이 아니다. 많은 수입이 보장된 것도 아니었고 청렴한 성격이라 물질의 여유 없이 봉사와 희생의 삶을 살아왔다.

이번의 여행은 수진이가 너른 대지에 홀로 남겨졌다는 소식을 들은 미라와 아름이가 상의하여 이루어졌고 실무를 위해 동혁을 끌어들였다. 동혁은 동남아 일대, 특히 방콕과 하노이를 중심으로 자기 회사 제품의 브랜드를 여러 라인을 통해 알리고 지점의 업무를 돕고 관리하는 실무로 이곳을 자기 집 드나들 듯 하고 있는 사나이였기 때문이었다.

수진이의 남편과 동혁이 상당한 나이 차이인데도 오랜 기간 우정 비슷한 정을 유지해왔고 수진이 이들 사이에서 동혁과 낯이 익어갔던 것이다. 세월이 쌓이면서 이 면식은 이름 모를 싹으로 바뀌어 자라났던 것이다. 두 사나이는 박력 같은 것은 부족하였지만 끌질기고 매사에 신중을 기하는 면에서는 성격이 일치하는 우연성을 가지고 있었다. 수진이는 달리는 차안에서 창밖을 통해 끝없이 펼쳐진 하늘과 그 깊은 해수면 같은 하늘에 너울거리는 구름 조각들을 하염없이 바라보고 있다. 동행의 일행들이 있고 자기를 공주처럼 보호하고 있어도 외톨이인 것만 같이 허전하다.

　이 인도차이나반도의 동쪽 끝, 검푸른 바다에서 건져 올린 것 같은 짙은 푸름의 자연을 부여받은 그 아름다운 나라, 이 나라에서 난무하는 총과 칼 그리고 수많은 폭탄들이 순박한 인간들을 살육하고 거대한 건물들과 토양을 잿더미로 만들고 온갖 생명체들이 숨을 쉬는 공기를 화약 냄새로 가득 채웠던 것이 아니었던가. 녹음을 자랑하던 열대림에 쏟아놓은 하얀 가루가 나무들을 벌거벗겼다고 그녀는 들었다. 사랑하는 자연, 나무와 풀들에 애정의 빛줄기를 비추어야 할 대상에 독가스를 뿜어 대고 숨통을 막혀 죽이는 가루약을 물에 타 뿜어대는 존재는 인간만이 아닌가.

　수진이가 꿈꾸는 상상의 나라에는 항상 우거진 숲과 아름다운 꽃들이 자라고 수많은 새들과 짐승들이 자유롭게 뛰놀고 있다. 사시사철 꽃이 피고 아름다운 음악소리가 그칠 줄을 모른다. 에덴동산이 이런 것이었을까, 온갖 질병과 종횡으로 얽힌 인간관계에서 오는 괴로움과 서러움도 그리고 마지막 극한에서 오는 허무감도 없고 오직 아름다운 자연에서 즐거움과 기쁨만이 존재하고 있는 것이다. 그녀가 꿈꾸던 나라가 아니라 실제의 생활도 그런 모습이었다. 경제적으로 여유가 넘치는 단란한 가정에 가족 모두가 끝없이 펼쳐지는 미래를 기대하며 즐겁게 살아가고 있었으니 말이다. 나비와 벌들이 그녀의 뜰에서 춤추고 노래 불렀다.

'그 아름다운 마음을 지닌 수진이가, 뽐내는 마음으로 타인을 지배하려 하지도 않았을 것이고 그 여린 몸짓으로 상대를 미워한다거나 저주의 독설을 퍼부었을 것 같지도 않은데 어쩜 저렇게 짝을 잃은 모습으로 황량한 들판에 버려졌을까?'

우리 인간의 운명을 조종하는 신의 실수인 것 같다고 동혁이는 실소를 보내면서 처량한 시선으로 바라보고 있다.

여인에게 입혀진 검은 드레스를 벗겨주어야 한다는 의무감 같은 것이 스쳐 지나간다.

수진이가 앞쪽에서 빗겨 들어오는 햇빛을 받으며 앉아 있는 것이 아름이와 동혁에게는 연약하고 쓸쓸하게만 비친다.

버스가 서서히 시내의 변두리를 지나가는 동안 장성한 나무들의 그림자들이 차창으로 들어와 수진이의 어깨를 스쳐 지나간다.

'수진이는 팔의 상처 못지않게 마음에도 갖가지 아픔의 그늘이 자리하고 있을 것이다.' 동혁이의 상상의 나래는 이런 방향으로 비상의 영역을 넓혀나간다.

오늘 모임은 수진이가 홀로 되었다는 이야기를 들은 미라가 서둘러 추진하였다. 위로의 자리를 마련해야겠다는 생각에서였다

'이 땅이 자리한 인도차이나반도에서 목사님이 근무했었지.'

수진이가 고등학교에 다니던 때 월남전이 한창이었고 그 전쟁은 오랜 기간을 끌었던 듯 싶다. 그녀가 결혼을 한 뒤 아이를 낳고 기르

는 사이 남편은 군에 입대를 하였으며 월남전 참전을 위하여 떠나갔다. 지금 돌이켜 보니 당시에는 생명의 가치를 잘 몰랐던 것 같다. 아니 알았더라도 아마 아무런 도움이 되지도 않았을 것이었지만. 남편 민대위가 월남에 나가고 자기는 집안에 쳐 박혀 자녀를 기르는데 눈코 뜰 새가 없었다. 지금 헤아려보니 이십여 년 전의 일이 아닌가. 미라의 눈동자는 유난히 윤곽이 뚜렷하고 밝게 빛난다. 그녀는 그 눈동자만큼이나 밝고 명랑하다. 비밀이 없고 솔직하며 단짝인 수진이에게도 우호적이고 진실하다. 아름이는 진솔한 대화를 가져보기에는 아직 어리지만 마음이 착하고 여리며 자신보다는 곁의 사람들에게 관심의 시선을 더 보낸다.

붕대 여인 수진이는 지금 자연이 풍성하고 여유 있는 나라의 도로를 지나고 있으면서도 고국의 황량한 들판을 기차를 타고 달리던 지난날이 돌이켜지는 것이다.

풍성한 남쪽의 이 도시와 들판이 더욱 정이 가는 감정과 겹쳐서 고국을 떠나 외국에서 보냈던 남편의 지난날이 돌이켜지면서 자신을 더욱 아프게 하는 것이다.

아무래도 보람이 있었다고 하기에는 자신이 너무 초라하고 허전한 생각에 잠긴다.

짧은 머리 사내, 동혁이는 이 여인의 가냘파 보이는 가슴을 꼭 껴안아 주고 싶고 아마 그녀도 누군가가 자신의 가냘픈 날갯죽지를 그렇게 쓸어주었으면 하는 그런 허전함을 느끼는 것만 같다.

그녀는 오랜 세월 동안 하느님만을 위하는 시간으로 살아와 한 걸음도 궤도를 벗어난 행동은 용납될 겨를이 없었던 것이다. 궤도를 벗어나 자유로운 삶을 만끽하고 싶다고 의식적인 다짐을 해도 아무런 느낌이 일지 않는다. 평온하고 아늑한 느낌의 이 반도, 이 땅의 한쪽에서 잔인한 전투가 벌어지고 무수히 많은 폭탄이 터졌다는 것은 아무래도 이해가 되지 않는다.

〈남쪽 나라 십자성은 어머님 얼굴〉

이 나라의 밤하늘에는 어느 별들이 떠오르는 것일까? 수진이는 은가루를 뿌려놓은 듯이 많은 별들이 빛나는 하늘을 바라보고 싶다. 그 하늘에는 자신을 버리고 떠나간 사나이의 눈동자도 같이 빛나는 것일까. 그 많은 전사자들의 눈동자가 하늘로 올라갔다면 이 반도의 하늘은 더할 나위 없이 많은 별들이 빛날 것이고 미망인들을 향하여 그 별들은 한 시도 회한과 슬픔의 빛을 멈추지 못할 것이다.

동혁은 그녀의 남편이 무척이나 허약한 몸으로 목회 생활을 이어왔다는 생각이 되살아나고 마지막으로 보았던 어느 모임, 그가 섬기는 교회의 목사님 은퇴식을 하는 모임에서 만난 그는 별로 춥지 않은 날인데 추워 어쩔 줄 모르던 모습이 떠오른다.

졸업을 하고 몇 년이 지난 어느 날 시내에 나가 학창 시절의 벗들을 만나는 자리에서였다.

"아니, 수진이 아니냐? 얼마만이야."

학창 시절 옆의 자리거나 앞 뒤 자리에서 공부를 하던 미라라는 급우였다. 울퉁불퉁 튀어나온 근육에 말소리도 그 근육만큼이나 힘에 넘치고 액센트가 강하였다. 젊은이들이 왁자지껄하게 떠드는 찻집에 들어가 한참 동안 수다를 떨며 시간을 보냈다. 그녀는 가끔 남편과 싸우는데 싸운 뒤 다시 화해를 하고 즐겁게 시간을 보낸다며,

"남자들이란 모두 어린애들이야. 화가 나면 소리를 질렀다가 내가 달래듯이 귀여워하면 강아지처럼 수그러지는 것이 그들이거든."

그녀는 오랜 기간 강아지를 길러본 경험이 자신의 행복을 지키는 교훈이 되었다며 웃었다. 수진이는 자신이 따라 웃으면서도 왜 웃는지 실감이 나지 않는다. 이 친구의 삶이 활동사진이었다면 자신의 그것은 마치 생명도 없는 무채 수묵화 같았다는 회상을 한다.

그녀는 남자를 다루는 열두 개의 요술 방망이를 가지고 있다고 자랑을 하면서 필요하면 한두 개쯤 빌려줄 수도 있다는 말을 덧붙인다.

학창 시절 가까웠던 친구들이나 선생님들, 학교 근처에서 떠돌아다니며 지냈던 추억들, 특히 어둡고 힘들었던 이야기나 불행했던 사람들의 이야기가 줄거리를 이루었다.

공부도 못하면서 말썽 많았던 친구, 키가 작고 뚱뚱했던 그녀가 유명 재벌의 며느리가 되었다는 이야기, 그 옛날에 유학을 다녀왔던 멋쟁이 선생님이 돌아가시고 아들이 어느 아파트 수위로 지내고 있다는 이야기 등이었다.

그리고는 몇 친구들이 그 아들을 도와주기로 하였다는 것이었다.

"그런데 너 있지? 우리 학교 다닐 때 너를 그림자처럼 따랐던 후배 아름이 있지. 그녀를 지난 번 동대문 시장에서 만났단다. 전화번호를 적어 두었지."

이래서 수진이는 아름이에게 전화를 하였고 한적한 곳에서 만나 이야기나 나누자고 약속을 한 것이다. 아니, 언제나 소극적인 그녀보다는 미라가 약속을 이끌어냈던 것이다. 몇 번의 만남 뒤에 이번에는 동선의 외연을 나타내는 컴퍼스의 폭을 넓혀 그녀들은 바다를 건너는 자리로 발길을 향했던 것이다.

미라와 수진이는 클래스메이트였고 아름이는 같은 학과의 후배 그리고 동혁이는 수진이의 남편을 좋아하여 따라다녔던 사나이였다.

그녀들은 하노이 외곽지역의 한적한 노보텔에 체크인을 하고 밖으로 나와 계단에 앉는다. 후텁지근한 공기가 너른 들판과 도시의 상공을 스카이라인 안쪽에서 잔잔한 호수처럼 넘실대고 있다. 야자수와 망고나무는 멀리 보이는 늪지대 너머 얕은 언덕 곳곳에 풍성한 자태를 드러내고 있고 분꽃이나 접시꽃 같은 이름 모를 그 고장 꽃들이 도로에 늘어서 피어 있다. 향이 퍼지는 것 같고 색깔도 다양하고 짙다.

　　"이 고장에는 넘실대는 습기 찬 공기만큼이나 느리고 끈기 있는 음악이 있지. 우리나라 아리랑이나 시조와 같은 그 나라 특유한 멋의 예술, 나는 이 고장을 떠날 때 음반이나 테이프를 구해가려고 해."

　　"수진 언니는 깊숙한 자신의 몸만큼이나 음습한 이 고장의 예술을 사랑하나 봐. 그리고 남들이 흔히 탐내는 시각에 잡히는 것보다 색다른 청각 쪽에 무게를 두거든."

　　"내가 음악에 무게를 두는 것은 색상이나 윤곽의 차원을 떠나, 자신의 마음의 뜰에 숨겨있는 아름다움을 일깨우기 위함이지."

　　여인들은 건물의 외곽선과 멀리 보이는 산의 능선을 따라가다 하늘을 올려다본다. 수많은 별들이 저 하늘에 떠 있을 테지만 두 여인의 눈에는 흔적조차 보이지 않는다. 짧은 머리 사내는 별의 존재에 의미를 두지 않고 무심히 자연, 이 지상의 자연에 만족하지만 수진이의 눈에는 보이지 않는 별의 존재가 그녀를 안타깝게 '부재의 세계'로 이끌고 있다.

　　수진이가 음악이라는 영역에 접근해 가면서 자신의 흉터를 망각해가는 여유를 갖는다는 사실을 아는 사람이 정말 있기나 하는 것일까?

　　베어지는 나무들과 헐리는 언덕과 산줄기를 바라보며, 수진이의 가슴을 파고드는 것은 그런 일들을 해내는 그 무거운 쇳덩이들로 이루어진 중기였다. 그런데 그보다 더 무서운 것은 잔인한 전쟁을 일으키고 수많은 사람들을 살육하면서도 흐뭇한 웃음을 흘리는 사나이들의 무자비한 눈빛이었는지도 모른다.

세 여인은 '엑스터시'(ecstasy)라는 말이 떠올려지는 언덕으로 발걸음을 옮긴다. 어느 곳에 가면 환각제로 쓰이는 약제를 대량으로 재배하는 고장이 있다는 가이드의 말이 떠올려진다. 아니, 언덕에 보이는 이 조그맣고 요염한 꽃이 양귀비 비슷한 것인지도 모른다. 환상의 세계로 이끈다는 엑스터시, 그런 작용을 한다는 듯이 여겨지는 꽃들이 길 양쪽으로 질서 있게 늘어서 피어 있다. 그녀들은 저녁을 마치고 환희 혹은 환상이라는 의미를 되새기며 언덕을 올랐고 다시 내려와 길을 따라 걷기 시작한다.

수진이는 자신을 옭아매고 있던 갖가지의 선, 사회질서를 유지시키기 위한 각종 규제와 윤리적인 규범을 떠올린다. 오늘은 이 모든 울타리를 넘어서 훨훨 날아가고 싶은 충동에 빠진다.

언덕에는 꽃을 매달고 있는 넝쿨이, 길가에는 능소화 같이 풍성하고 짙은 빛깔의 꽃들이 가는 곳마다 다르게 피어 있다. 그리고 곳곳에는 별 쓸모없게 보이는 너른 잎의 식물들이 자라는 논 같은 것이 보인다. 아니다, 논이 아니고 이런 것이 아마 늪이라는 것인가 보다.

오랜 전쟁에서 월맹군은 그런 늪과 깊은 숲을 이용하여 현대식 무기를 갖춘 미군과 그 지원군을 견뎌냈다고 한다. 여행지에서 들은 이야기로는 그런 땅 밑으로 엄청나게 긴 굴을 파 전쟁에 이용하였다니, 그렇게 끈질기게 지탱하는 군인들을 미군들이 이겨내려고 했다니 어쩌면 어리석고 우스운 일이 아닌가 싶다.

상당히 오래 전, 수진이는 자기 집에 찾아온 아름이와 대화를 나누

다가 학창시절의 사진을 보게 되었을 때,

"어느 친구는 지난날의 사진들을 모두 바구니에 담아 다락에 쳐 넣어 버렸다는데 나도 그럴까 봐."
하고 말한다.

아름이는 수진언니가 과거를 단절시키고 싶다는 의미의 말을 던졌을 때 그게 미래로 비상하는 계기가 될 수 있다는 의욕으로 받아들이기에는 조건이 크게 미비하다는 생각을 한다.

"수진언니는 사진이니 추억이니 하는 것들에는 관심도 없다는 표정인데 일부러 그런 것은 아니겠지?"

"우리는 군대 생활을 하였기 때문에 거처를 자주 옮겨 다닐 수밖에 없었지. 그러니 쓸만한 집 한 채 마련하지도 못하고 이렇게 헤매다가 이런 지경에 이르렀지. 그러니 어디 기억에 남을만한 사진 한 장이라도 남아 있겠어? 그래도 우리는 후회가 없단다. 그이는 온 정성을 하느님께 드렸고 군인들을 자식들처럼 끝까지 사랑하다가 세상을 떠났으니까. 후회 없는 삶이었지."

창밖은 너르고 무거운 느낌의 열대 어둠이 나래를 펴 내리고 있다. 멀리서 새 우는 소리가 들리는 듯하다. 새들의 지저귐은 고국에서 들었던 것보다 더 짙고 무거운 음질이었고 검푸른 나무숲만큼이나 평화롭고 아늑하다.

수진이는 자신의 남편이 견지해온 삶의 방식과 직업 등 삶이라는 범주의 외연만 들려주었을 뿐 언제부터 몸이 망가지게 되었는지 지나온 발자취의 질에 대하여는 의식적인지 접근을 우회하는 지연을 펼친다.

짧은 머리 사내는 사모가 살아온 이력이 단단한 껍질에 싸여 있어도 언급을 삼간 채 그녀가 많이 망가져 있다는 것에 대하여는 순식간에 눈치를 챈다. 오래 전에 그녀에 대하여 들은 이야기로는 보통 사람들처럼 물질에서 오는 어려움과 천대 속에서 고통을 받는 그런 삶을 살지 않았다는 것을 기억하고 있을 뿐이다.

"사모님은 삶의 원석을 요모조모 깎아내는 섬세하고 아름다운 커팅을 했다는 것을 짐작할 수 있지요."

그는 좀 구체적으로 파고들면서 그녀의 보이지 않는 이력을 채색하며 윤곽을 부조시키려 한다.

며칠 후 그녀들은 타이랜드로 건너왔고 이들 고장의 기후에 익숙해져갔다. 비가 쏟아질 듯 음산한 날씨에 그녀들은 같은 일행들과 같이 파타야에서 호랑이 농장과 악어 농장 그리고 코끼리 트래킹을 구경하였고 저녁 무렵에는 알카자 쇼라는 것을 구경하였다. 파리의 리도 쇼 그리고 워커힐에서 보았던 야성적인 쇼가 돌이켜졌다. 알카자 쇼는 여자처럼 꾸민 남자들, 게이들이 남성의 기능을 감추고 몇 시간 동안이나 생리적인 작용까지 절제 받으면서 보여주는 것이라는데 수진이는 이런 것들을 즐기는 인간들에게 숨겨진 음침한 욕구가 어떤 것인지 가늠해보았다. 원시에의 회귀를 갈망하는 그런 의미가 있는 것 같지도 않았다. 악어와 호랑이 코끼리를 훈련시키고 나서 인간 자신들도 그렇게 잔인한 행동의 대상으로 삼았던 것일까?

그 날 밤 그녀들은 식당에서 식사를 하고 조금 있다가 가게에 나가 이 지방 특산품이라는 바다가재를 비롯하여 좀 특이한 생선들과 고기류를 사가지고 들어와 같이 즐기고 특이한 과일들도 들었다.

고국에서 흔한 사과 배 복숭아들과는 다른 것들이었다. 낮에 관광지에서 맛보았던 커다란 야자열매에는 과육이 없이 액체만 들이키게 되어, 고국에서 욕망과 소유의 대상으로만 여겨왔던 과일을 이 고장에서는 특이한 맛의 풍요로움으로 받아 느끼게 하였다.

아름이와 미라는 숨겨두었던 봉지에서 소주를 꺼내어 조그만 컵으로 몇 잔을 따라 마신다. 얼굴에 아무런 기색도 보이지 않는다. 그러나 가만히 대해 보니 대화에 활기가 넘쳐나고 대담해지는 것 같다. 그녀들은 포커를 꺼내어 둘이서 시작한다.

한참동안 시간이 흐른 뒤, 사냥으로 포식을 한 맹수들처럼 할 일이 없는 그녀들은 도어를 열고 호수가 바라보이는 너른 뜰로 나간다.

변해 가는 자연의 모습을 바라보고 있으려니 자신들의 모습은 먼 옛날의 동화에 나오는 그림처럼 무아의 경지에 빠져드는 것 같다.

수진이라는 이 여인은 지금 다 흩어진 꿈의 조각들, 무너진 이상의 나래를 접고 조그만 집안에 틀어박혀 남편이 남기고 간 성경과 찬송가 더미들을 무심히 돌이켜 생각하면서 쓸쓸한 생각에 잠겨있는 것이다.

그녀는 이제 오십을 넘겼지만 모든 꿈을 그냥 접어버리기에는 너무 안타깝다는 생각을 하고 있는 것이다. 이마를 올린 머리로 미라가 수영장 주변에 놓여진 의자에 앉아 그녀와 대화를 나누고 있다.

주인공인 수진이가 자신의 과거에 대한 미련을 버리지 못하면서도 상처를 쓰다듬고 후회하고 있다고 생각되었기 때문이다.

"언니는 이제 제2의 인생을 시작해야 하는 마당에 와 있습니다. 부부간이 일에 몰두하며 바쁘게 살아오던 때보다 오히려 자신만의 일에 몰두할 수 있다는 장점의 자리에 와 있기도 합니다."

아름이는 수진언니에게 뭔가 도움을 주고 싶은 열정에 가득 차 있다. 그녀가 무엇을 이야기하는지 알만도 하다. 그러나 오십을 넘은 이 자리에 무엇을 다시 시작할 수 있다는 말인가. 세 여인은 한참 동안 자리에 앉아 지평선에 시선을 보내다가 작은 꽃들이 늘어서 있는 언덕으로 올라간다.

수진이는 다시 지난날의 침실 광경이 떠올려지면서 우수에 잠긴다. 마침 안방에는 밝고 무늬가 고운 얇은 이불이 깔려 있었다. 여인이 수동적인 자세를 벗어나 보기는 자기의 기억에서는 처음이라는 생각이 든다. 얄궂은 주신 박카스가 그들의 주변에서 입김을 불어넣어 자신을 환락의 세계로 몰아넣고 있다고 여긴다. 대위는 마침 고운 차림의 여인 같다.

여인을 마치 상전처럼 대하는 그의 자세가 오히려 그녀를 안타깝게 하고 너른 광야에 흐릿한 안개가 오래도록 끼어 있는 느낌을 가져다준다. 쨍쨍 햇볕이 내리 쬐는 날씨에서 벗어나 번개를 내리 치며 우르릉 꽝 천둥소리를 지르든지 그렇지 않으면 비가 내리든지 해야만 가슴에 막힌 체증이 풀릴 것만 같다. 그는 여인의 호수 곁에서 몸부림을 치다가 그 깊은 블랙홀의 욕구를 이해하지도 못한 채 스러지고 만다.

"안 되겠어. 내가 왜 이렇게 허덕이지? 무언가 나를 자꾸 허방으로 이끌어 가는 공상에 사로잡힌단 말이야."

그의 온몸에 식은땀이 주르르 흐르고 깊은 한숨을 쉬기 시작한다. 육십을 갓 넘은 남자, 그는 심한 노동에 시달리거나 남보다 더한 스트레스를 받은 기억도 없다. 하기야 살다 보면 정신적인 충격도 받고 괴로워하기도 했을 것이다. 누군들 그런 경험이 없겠는가.

믿음의 식구들이 아닌 친구들을 만났을 때 그들은 술을 마셔도 끈질기게 마시고 오락이나 가벼운 도박 같은 것을 하면서도 엄청난 인내를 보이곤 하였다. 그들의 이런 인내심이나 그들이 뱉어내는 음담 패설이 오히려 삶의 진가인 것처럼 자신의 뇌리에 비쳐온다. 그러니까 자기가 살아온 길에 피어있던 나뭇잎이나 꽃들은 마치 조화를 만들어 가지에 얹어놓은 풍경처럼 생명이 없는 것들이 아니었나 돌이켜진다.

여인은 육체의 길을 남편과 마찬가지로 천시해온 것은 사실이고 불만 없이 살아온 것이 사실이다. 그러나 오늘 그가 보여준 자세는 너무나 안타깝고 서글프다. 어두운 사무실에서 펜과 씨름을 하거나 기계의 틈바구니에서 씨름을 해온 처지도 아니지 않는가.

그는 이래봬도 군인으로서 일생을 살아오다시피 한 것이 아닌가.

"당신, 좀 쉬어요. 마음에 걸린 일이나 힘 드는 일을 한 것은 아닌지. 좀 쉬면서 체력을 저축해 보아요."

그녀는 깊은 산골에 핀 하얀 나리 같은 청순한 언어를 피어내며 그를 위로하고 격려한다. 마치 동생을 타이르는 누님 같기만 하다. 그러고 보니 그녀는 평생을 누님으로서 살아온 것인지도 모른다. 남편은 총칼을 들지는 않았지만 사내는 군복을 입은 사내들 사이에서 대화를 나누고 살을 비비며 살아왔다. 그만큼 사나이답게 살아오지 않았던가.

그러나 가정에 들어오면 언제나 어린아이로 변하고 말았다. 그걸 그녀는 한 번도 이상하다거나 비정상으로 받아들이지는 않았다.

그게 오히려 자연스럽고 자신의 마음 밭이 편하고 곡식과 채소를 길러내는 대지처럼 보람 있게만 느껴진다. 그런데 오늘은 이상하다. 그게 아니었다. 이 비옥한 부식토가 아무 쓸모가 없는 것처럼 느껴진 것이다. 씨앗이나 새싹들이 메말라 가는 광야에서 이 토양이 무슨 쓸모가 있다는 말인가.

그는 부드러운 이불의 한쪽 귀퉁이를 접어 베고는 잠이 들었는지 꼼짝도 하지 않는다. 전장에서 쓰러진 병사 같기만 하다. 그럼 자기는 무엇이란 말인가. 패잔병을 안고 있는 한 평의 묘역이란 말인가. 그녀는 갑자기 눈물샘이 젖어왔지만 그렇다고 물방울이 맺힌 것은 아니었다.

그녀는 부엌으로 가 음료를 한 잔 따라 가지고 들어온다. 대추차인데 거기에 다른 한약재를 더 넣어 끓인 것이다. 얼마 전, 시장에 갔다가 한 됫박 사 가지고 온 대추를 끓여 놓은 것이다.

"좀 들어보세요. 당신 무슨 말 못할 사연이 가슴에 맺힌 것은 아닌지?"

"여보, 당신에게 미안하오. 항상 당신의 신세만 져야 하다니."

그녀는 오디오에 디스크를 넣고 라인을 골라 버튼을 누른다. 그리고 음량을 높인다. 클라리넷의 낮은 음의 파장이 방안에 가득 차고 창문을 넘어 바깥의 들판에 퍼져 나간다. 그러나 그 음의 파동은 수영장에 하루 종일 담겨 있던 더러운 물이 넘치듯이 생명이 다한 죽은 물이 아닌가. 그녀는 갑자기 토할 것 같은 메스꺼움으로 창턱에 머리를 올려놓는다.

먼 곳에 아지랑이가 보이는 것 같기도 하다. 얼마 있으면 나무 가지마다 탐스런 잎을 매달게 될 것이다. 마당가에 있는 몇 그루의 목련 가지 끝에 매달린 여린 이파리들이 생기를 더해가고 있는 것 같다. 그러고 보니 자신이 학창 시절 학교 친구들과 현충원에 가 무덤 앞에 꽃을 놓아드린 기억이 떠오른다. 젊은 목숨들이 그렇게 스러져 간 것을 그녀는 당시에 아무렇지도 않은 듯 바라보기만 하였다.

반질반질 빛나는 옷깃에 대한 자랑스러움에 들떠 있었던 듯도 하다. 그런데 꽃을 다 놓고 묵념을 드린 다음 되돌아서는 발걸음이 어찌 그리 허전했던지.

그리고 자신만이 어떤 잡히지 않을 상념에 빠졌는지 다시 되돌아본다. 그러고 보면 이 세상을 저주하는 어느 여신의 치맛자락에 매달려 오랜 세월 동안 그녀가 휘젓고 다니는 언덕과 들판에서 독소를 뿜어대는 모습을 보면서 시달리는 생명과 죽어가는 장면까지도 구경하고 돌아다녔다는 회상에 잠긴다. 자신은 지금 지쳐서 모든 생물들을 삼키고 놓아주지 않는 깊고 푸른빛을 띤 죽음의 호수 안에 빠지고 있다는 상상에 빠진다.

"순이야, 저 산 너머 멀리 떨어진 마을에는 발이 빠지면 살아나올 수 없는 깊은 수렁이 있단다. 많은 죄를 지은 조상들의 후예들은 자기도 모르는 사이에 그 곳에서 빠져나오지 못한단다."

그녀가 초등학교 상급생이 되었을 때 이웃에 사는 소녀가 빌려준 동화에 나오는 소녀들이 주고받는 이야기였다. 왜 그녀는 그런 불길한 이야기에 마음의 자락이 붙들렸는지 지금 생각해도 이상하다.

아직도 차가운 바람, 꽃샘바람인지 이름도 이상한 바람이 자신의 머리칼을 날린다.

그가 속해 있던 비둘기 부대는 2년간의 임무를 끝내고 귀국 길에 오른다. 전투를 위해 파견된 부대는 아니었지만 삶과 죽음을 드나드는 전쟁터인지라 몇 사람의 희생이 있었다. 그는 자기의 살붙이가 떠나간 것처럼 아픈 가슴으로 밀림의 나무들을 바라본다. 밀림 저쪽에는 늪이 자리하고 있다. 죽음을 마다하지 않고 조국을 위해 전쟁을 치르는 구릿빛 같은 근육의 젊은이들이 애처로워 보인다.

수진이의 주선으로 민목사는 병원에 가 검사를 하고 치료를 받고 있다. 그는 병원의 뜰에서 휴식을 취하고 있다. 정원의 나무들이 싱그러운 색상의 잔치를 벌이고 활기찬 성장을 자랑하고 있다.

젊은 의사들이 나와 대화를 나눈다.

"당시의 대통령은 이들의 목숨 대가를 받아 경부 고속도로를 놓았다더라."

"다른 나라에서는 자기 국민들이 고엽제 병에 걸려 고통을 당하거나 희생되면 치료비도 대 주고 생활비도 보상해주었다는데 우리나라 지도자들은 그렇지 않았다는 거야. 나중에 어떤 일이 있어도 문제 삼지 않기로 도장을 찍었다는구먼."

"고엽제를 마셔도 당시에는 아무런 증세가 나타나지 않는다는 거야. 이십 여 년이란 오랜 세월이 지나서야 나타난다는데 당시에는 그걸 누가 예상이나 했겠느냐."

자기에게 들으라는 듯이 적당한 크기의 목소리로 이야기를 이어간다. 민대위는 군부대에서 있었던 일을 까마득히 잊고 오랜 세월을 살아온 것이다. 자녀들도 자라 대학에 들어가고 혼기를 맞는 시기에 접어들었다. 그는 생활의 안정을 느끼며 삶의 보람을 찾게 되는 중년을 넘어 노년에 들어서고 있다.

그런데 어느 날 갑자기 자기의 몸이 휘청거린다는 것을 의식한다. 체중이 갑자기 줄어들며 힘이 쭉 빠지는 것이었고 눈앞이 흐려지는 것이었다. 하던 일이 별로 중요하지 않다는 의식과 함께 자신의 몸이 공중에 뜬 것 같다는 착각에 빠져든 것이다.

교회에서 쓸 소모품을 사러 갔다 돌아오는 지하철 안에서의 일이었다. 갑자기 온몸의 힘이 쫙 빠지는 것이었다. 그는 지난날 부인과 침실에 있었던 일을 떠올린다.

"삶이란 결국 에너지 문제야. 목숨이 붙어 있다고 그게 다 삶인가. 혈기에 넘쳐 자기의 길을 헤쳐 나가는 순간들이 진실한 삶 아닌가. 승패를 가르는 현장에서 스포츠맨들이 격전을 벌이는 모습을 보고 있으면 통쾌한 느낌이 오거든. 저게 바로 삶이다 하고 말이야."

언젠가 전우들이 모여 떠들어대던 순간에 누가 뱉어내던 말이었다. 사실 그냥 목숨만 이어간다면 무슨 재미가 있는가. 그는 그 후로 며칠 있다가 병원에 가 눕게 되었다. 군 생활과 목회 생활, 그것은 젊음의 길이었고 봉사의 길이었으며 축복을 받는 길이었다.

요즈음에는 병원도 호텔처럼 고급으로 지어 너무 호화스럽다는데 이 병원의 병실은 시골 읍내의 여관처럼 어둡기만 하다. 자신의 아픈 마음이 모든 사물을 어둡게만 바라보게 하고 있는지도 모른다. 침대가 몇 개 늘어서 있는데 두 개는 비어 있고 네 사람이 들어 있다. 그중 한 사람은 교통사고로 외상을 당하여 들어온 젊은이이고 한 사람은 나이가 많이 든 남자로서 기력이 쇠약해 있고 보호자가 계속 간병을 하고 있으며 문병객이 끊이지 않고 드나들고 있다. 그는 어쩌면 죽을지도 모른다. 그러나 그가 죽는 순간까지도 자신의 불행이나 고통을 느끼지 못하고 세상을 떠날 것만 같다. 대중 속에서 자신의 외로움을 느낄 수 없을 것이기 때문이다.

목사는 자신이 누구보다 외롭지 않다고 여겨왔다. 자신의 설교를 열심히 듣는 주일의 광경을 떠올리고 지난 세월동안 자기가 확장해온 교회의 발자취가 너무 자랑스럽다.

계절은 여름으로 바뀌어 나뭇잎들이 생명의 활기에 넘치고 있는데도 자신의 육체는 시들어가고 있는 것만 같다.

어느 가을의 일이다. 민목사는 수진이와 다른 방에서 잠을 자고 있었다. 아침에 그녀는 주스 한 잔을 타 가지고 남편의 방문을 열었다.

그는 '어?' 하며 깜짝 놀라는 기색이다. 그녀는 하도 놀라는 바람에 자신도 무척 당황하였다. 그리고 보니 근래에 무척 여윈 모습이었고 정신도 혼미해진 것 같다. 그리고 눈빛도 예전과 다른 모습이었다. 눈자위가 움푹 패인 모습이 아내인 자신을 놀라게 할 정도였다. 그리고 얼마 전부터는 이가 흔들리더니 빠지기 시작한 것이다. 그 후 세월이 갈수록 이는 차츰 더 빠지기 시작하고 다음 해인 재작년 가을에는 틀니를 해 넣은 것 아닌가.

그가 곧 퇴원을 하고 평상시의 건강을 되찾으리라는 생각은 차츰 허물어지기 시작한다. 지난번에 일시적인 퇴원을 하였다.

남들이 아파 문병을 하러 가거나 영안실에 조문을 갔을 때는 병원의 뜰에 늘어선 나무들의 이파리가 너무 아름다워 보였고 자신의 발걸음이 자유스러워 훨훨 날아갈 것만 같았다. 도로 가에 늘어서 있는 화초들의 이파리가 선명하게 반짝이고 있는 것이 삶의 축복이요 하느님의 손으로 창조한 예술품이라고 생각되었던 때문이다. 그는 이 아름다움이 영원히 지속되고 자기 곁에 노쇠라는 말이 영원히 다가올 수 없다는 자신감에 가슴이 부풀어 올랐었다. 그런데 자신의 몸이 아파, 아주 죽음을 맞이할 심정으로 병원의 뜰을 거닐다보니 마치 세상의 끝에 와 있거나 이승을 떠나 천국의 뜰을 거니는 것처럼 허무의 절벽에 다다른 느낌이 드는 것이다.

그 날 밤 민대위는 가슴 위로 버스가 지나가는 듯한 답답한 느낌에 소리를 지르며 가슴을 쓸어내린다. 그리고는 번쩍 눈을 뜬다. 가위눌림에 몸부림쳐 식은땀이 가슴에 흠뻑 젖는다.

"여보, 당신은 무슨 고민이 있는가 봐요."

수진이에게는 허연 물줄기가 눈앞에 뿌려지는 모습이 보이고 숨이 턱턱 막힌다. 농약을 마시고 시들어가던 벌레가 남편의 변신처럼 나타나기도 한다.

"일 주일 후에 다시 찾아와 검진을 받으셔야 합니다."

며칠 동안 치료를 받고 나오는데 수진이를 불러 이렇게 말한다.

"그냥 와 보라는 말일 거예요. 당신은 이제 다 나은 것이라고요."

우수에 잠긴 남편의 표정을 바라보며 수진이는 의식적인 웃음을 띠며 말한다.

민대위 자신은 처가 뱉어내는 이 말이 자신을 말로만 위로하는 행위라고 생각하기에 이른다.

그 날 오후 그는 들판을 가로질러 얕은 산에 다녀오고는 처가 안 보이는 사이에 안방 벽에 기대고 심호흡을 해보았다. 얼마 전에도 해본 기억이 있는데 그 때는 잘 되는 것 같았다. 그런데 이게 웬일인가. 숨이 막히고 머리가 어지럽고 심장이 터질 것만 같다. 도저히 견딜 수 없어 그만 두고 털썩 방바닥에 몸을 내려놓는다.

복숭아씨 있는 부분 발목이 시고 아프다. 허벅지 살이 말라비틀어진 듯 허전하다. 근육 안에 있는 혈관이 말라 가는 것만 같다. 고향의 들판에서 논에 물을 대던 기억이 떠오른다. 가뭄이 들어 오랜 기간 말라 있던 논에 물을 대고 있는데 그 물이 가는 길이 건조하여 물줄기는 가면서 자꾸 줄어들기만 한다.

허벅지살 내부의 혈관이 발라 비틀어지는 것만 같다. '생명의 근원은 물이니 물을 잘 다스리지 못하면 생명은 말라 비틀어지나니' 온 세상의 산과 들, 높은 곳이나 낮은 곳 어디에 있던 생물이건 하느님의 은총으로 내리는 빗줄기가 아니라면 모래와 흙더미의 사막으로 변할지니, 이 은총을 잊고 지내는 무지한 우리 인간들 모두 자연의 섭리에 순응하고 사랑할지니라.

"여보, 당신은 이제 모든 것을 잊고 건강을 생각해요. 주님이 당신을 쉬게 하시려고 이런 시련을 주시는 거예요. 이것도 어쩌면 은총인지 몰라요."

그녀는 아픔도 축복으로 여기는 감사와 사랑의 천사이다. 사나이는 이 순간, 자신의 마음이 온갖 생명체가 걷는 사별이라는 자연의 섭리에 순응해가는 자세로 변하고 있는 것을 감지하는데 처는 오히려 그것을 감사하고 있다니. 오늘따라 그녀의 얼굴이 얄밉도록 해맑고 아름답다. 그녀의 얼굴은 비계가 비교적 없는 얼굴이지만 나이 탓인지 주름이 곳곳에 실개천을 이루고 있다. 그러나 그 주름은 조금도 추하게 느껴지지 않는다.

그는 자신의 얼굴을 보기 위하여 일어선다. 거울에 비치는 자신의 얼굴이 예전에 비해 유난히 탁하게 보인다. 시궁창을 뒹굴다 나온 멧돼지만 같다. 자신의 신앙심이 어느 때보다 흔들리고 있다는 것을 느낀다.

그는 자기 혼자 있고 싶다는 충동을 받는다. 아무도 만나고 싶지 않고 어느 먼 곳으로 도피해버리고 싶다. 사람을 만난다는 것이 무섭고 괴롭다. 누구를 위하여 그렇게 정성스런 기도를 드렸을까? 자신은 세상의 온갖 잡다한 생각들을 멀리하고 신앙인으로서 열심히 기도하고 예배하며 신앙생활을 하였다. 그러나 그가 떠나온 빈자리에는 황량한 모래만이 바람에 흩날릴 뿐이다.

'과학과 기술이 발달하고 경제적인 풍요로움이 쌓이는 추세인데도

지상의 사막이 차츰 넓혀지고 있답니다.'

　민목사는 자신의 가슴에도 사막이 자리잡기 시작하고 있다는 상상을 한다. 자라던 풀마저 차츰 시들어가고 꽃을 피우던 지난날의 영광은 모두 헛된 꿈에 지나지 않는다.

　시집간 딸에게서 전화를 받은 지도 며칠이 지난 것 같다. 전화를 해주는 사람도 없고 누구 하나 찾아오지도 않는다. 창 밖 멀리, 앙상한 가로수의 가지가 보인다. 은행나무인지 느티나무인지 가늠하기도 어렵다. 새 한 마리가 혼자 앉아 오래도록 움직이지 않는다. 바람도 불지 않는지 하늘에 떠 있는 구름은 오랜 시간이 흘렀는데도 움직이지 않고 제 자리에 머물러 있다.

　'방귀를 뀌고도 우습지 않구나, 홀아비 신세.'

　어느 소설에서 홀로 된 사나이의 쓸쓸함을 이렇게 표현하고 있었다. 자신의 곁에 아내가 있어도 거추장스럽게 느껴질 정도로 쓸쓸하기 짝이 없다.

　나뭇잎이 굴러가는 것만 보아도 웃음을 터뜨렸던 젊은 시절의 지난날이 떠오른다. 그 후 얼마의 시간이 흐른 뒤 그는 하나님의 부름을 받아 지상을 떠나간다.

　지상에서 떠나간 남편이 금방이라도 '여보' 하며 문을 열고 들어설 것만 같다. 벌써 작년의 일이 되고 말았다.

　수진이의 책상 위에는 지난날에 쓰던 일기장이 놓여 있다. 남편 민대위가 월남에 있을 때의 일이 기록되어 있다. 어쩌면 이렇게 작은 글씨로 정성을 다해 썼는지 스스로 놀란다.

　나는 오늘 아이들 아빠로부터 편지를 받았다. 월남으로 떠난 지 삼개월 만이다. 남편은 가족에게 인정이 많고 유난히 자상스러운 분인데 그 긴 세월 동안 편지 한 통 없다가 이제야 편지를 보내온 것을 보면 무척이나 바쁜 일정을 보내고 있는 모양이다.

열대의 숲이 시야를 가려 전쟁을 치를 수 없는데 미군들이 비행기로 약제를 살포하면 그 우거졌던 나뭇잎들이 일 순간에 시들어 떨어진다고 하였다. '미국이라는 나라는 대단한 힘을 가진 나라이다' 라고 쓰여 있다.

그녀는 글을 읽다가 분무기로 살포하던 디디티를 떠올린다. 배춧잎에 달라붙어 있던 벌레들이 버르적거리며 신음하던 장면이 눈앞에 나타난다.

〈얘, 넌 아무 것도 아닌 일을 가지고 그렇게 골똘히 생각을 하니?〉

포도밭에 농약을 뿌리는 아저씨의 모습을 보며 멍하니 발걸음을 멈추고 서 있는 그녀를 보고 같이 걷던 소녀들이 팔을 붙잡고 그녀를 이끌었다. 그녀의 학창 시절에 있었던 일이 왜 이다지도 선명히 떠오르는 것일까? 그이는 강한 정신력의 소유자니까, 이렇게 쓰다가 자신의 일기는 멈추어 버린 것이다. 일기를 이렇게 쓰다가 멈추는 일은 거의 없었는데 왜 이 날은 이렇게 멈추었던 것일까? 수진이는 눈을 감고 고인을 추모한다.

다음날 세 여인은 일행을 따라 산호섬의 해변 산책에 나선다. 동혁이는 업무 관계로 미리 떠나가고 없다. 아는 사람 하나 없는 이 낯선 익명성의 땅, 겨울의 지독한 추위도 없고 농사를 지을 때면 가슴 졸이며 비를 기다려야 하는 가뭄도 없는 이 남쪽 나라에서 살고 싶다는 생각을 수진이는 가슴에 품는다. 이름 모를 거대한 나무들이 들어찬 숲 사이에 너르고 평온한 집 한 채가 서 있다. 마당에는 화초들도 잘 가꾸어져 있다. 어디에선가 새 소리가 들리는 듯하다. 이 집에 와 살면 모든 근심 걱정 다 잊고 마음의 안정을 누리며 살 것만 같다.

아침 식사 후에 별로 크지 않은 보트를 타고 산호섬으로 가 낙하산을 타고 근처 하늘을 한 바퀴 돌고 오는 관광도 한다. 다시 해변에 돌아와 해수욕을 즐기는 인파와 어울린다. 근처에는 음식점이 있고 과일을 파는 가게가 즐비하다. 까면 마늘처럼 생긴 알맹이가 나오는 과일과 망고를 한움큼 사 가지고 돌아와 의자에 앉아 먼 수평선을 바라보며 조금씩 입에 넣는다. 과육이 많지는 않지만 심심풀이로 좋다.

수진이는 이 바다가 우리의 바다와 연결되어 있음을 상기한다. 그리고 가무잡잡한 이 나라 여인들, 키도 작고 덩치도 작은 이 여인들이 우리와는 먼 거리가 아닌 인종이라는 생각에 잠긴다. 이들이 가난이라는 이름 때문에 이국의 낯선 사람들의 발도 씻어주고 맛사지도 하며 몸을 팔고 있다는 사실이 과거의 우리 현실 같아서 안타깝기만 하다.

그 날 밤 자정 가까운 시간에 일행은 공항에 다다르고 비행기에 오른다. 며칠 동안 일상의 현실을 떠난 망각의 세계에서 살다가 세상살이 온갖 시름이 있는 비즈니스의 세계로 돌아가고 있는 것이다. 자정이 지나자 두 여인은 깊은 잠에 빠져 있다.

수진이는 잠이 오지 않아 주변을 둘러본다. 사람들이 잠에 빠졌거나 눈을 감고 명상에 잠겼는지 모두 조용하다.

그녀는 이 시간 이대로 하늘에 정지한 채 영원히 떠 있었으면 하는 망상에 사로잡힌다. 그리고 고국의 들판에 늘어선 비닐하우스 안에서 보았던 호박꽃과 가무잡잡한 호박벌을 떠올린다.

온갖 잡다한 일들에 얽매어 사는 인간들 – 수많은 법률과 도덕규범에 얽히고 잡다한 살림살이의 어려움에 묶여 사는 인간 세상을 떠나 단순한 욕망을 충족시키며 사는 한 마리의 호박벌이 되고 싶다는 이상한 충동에 빠진다. 그리고 고국에 돌아가면 동혁이를 불러내야겠다는 생각을 한다. 그가 태국에서 업무를 위하여 미리 일행과 헤어져 떠날 때 자신을 불러 〈고국에 오시거든 저에게 연락을 주십시오〉라고 귀띔을 하던 기억이 지금 자기 귀에 쟁쟁하다.

다음날 아침 일행과 함께 내 나라 항구의 공항에 내린 그녀는 자신의 모습이 무척 흔들리고 있다고 느낀다. 아니 자신이 의지하고 있던 언덕이 무너져 내린다는 상상을 한다. 한없는 나락으로 굴러 떨어지는 자신, 이를 붙잡아 줄 손길은 도덕이라는 삶의 지침도 하느님이라는 의지처도 아니다. 아니 자신이 그런 구원을 거부하고 있다는 상상에 빠진다. 동혁의 전화번호가 생각나 다이얼을 돌릴까 하고 몇 번이나 망설인다. 자신을 가두고 있는 모든 울타리와 그물에서 벗어나야겠다는 의지가 가슴에서 솟구쳐 오른다. 공항의 하늘은 맑고 투명하다. 멀고 먼 하늘이 한없이 멀리 펼쳐져 있다.

이다지도 아프게 다가오는 현실을 벗어나 멀리 날고 싶다. 그녀의 발걸음은 전화기 앞으로 다가선다.

시선을 내리니 공항 내부의 바닥은 빈틈이 없이 말끔히 단장되어 있으며 어떤 일탈도 받아들이지 않고 거부하는 몸짓으로 그녀의 시선에 막을 친다. 그래 집으로 돌아가야지. 남편 민대위의 숨결은 이미 사라지고 그가 가꾸었던 봉사와 희생의 화단에 꽃은 시들었지만 그녀가 남편의 그늘을 떠나가려는 음습한 모의에 가담하기에는 아직도 태양이 너무 밝게 빛나고 있지 않은가.

그녀가 타고 있는 리무진버스는 불쾌감을 주지 않으면서도 속력을 내고 있다. 그 머나먼 나라의 들판과 바다에서 지냈던 며칠이 되돌려진다. 독을 뿜어대던 여신의 치맛자락에 붙들렸던 지난날이 회상되고 그 들판의 초목들과 바다의 파도를 스쳐 지나면서 여신의 치맛자락은 자신을 놓아버렸다고 상상한다. 그 무서운 독소들은 마지막으로 자신의 남편을 짓눌러 먼 곳으로 데려갔다고 생각하니 소름이 끼친다. 여신의 무서운 그늘에서 풀려났으니 온통 자유로운 공간에서 독한 냄새를 풍기는 일이 없는 싱그러운 바람이며 우거진 숲이며 밝은 태양이 빛나는 진실로 아름다운 세상에서 살고 싶다는 의욕이 되살아나는 것을 느끼며 창밖을 바라본다. 그리고 오랜 시간 멀리했던 하느님의 너른 품으로 다시 들어가야 마음이 평온해질 것이라는 예감이 스친다.

노년의 사계

봄

서녘 하늘을 곱게 물들이던 노을이 차츰 옅어지면서 회색으로 변해가고 선명하던 도시의 스카이라인이 희미해지기 시작하자 갑진 노인은 옥상으로 올라가는 계단에서 일어선다. 그렇게 탄탄하던 몸도 이제 오래 된 흙집처럼 무너질 것 같은 초조함을 느끼게 한다. 듬직하다고 생각했던 허리가 오늘따라 가냘프게 느껴진다.

베란다에는 모양이 다른 여러 난초 화분부터 소철, 천리향, 선인장 등의 화초들이 수도 없이 늘어서 있다. 그는 화초를 별로 좋아하는 편이 아니다. 다만 효진 여사가 밖에 나가 눈에 띌 때마다 사들여놓고 정성 들여 가꾸기 때문에 시선을 보내고 꽃이 필 때마다 들여다보곤 해온 것이다.

그 중에는 동남아 여행에서 씨앗을 받아다 싹을 틔운 화초도 있다.

봄에 연약한 줄기에서 분홍빛에 줄무늬 진 꽃잎이 몇 송이 필 때에는 꽃송이 자체보다도 먼 곳에서 관심 들여 가져와 가꾼 정성에 감동하기도 하였다.

구석에는 양귀비꽃도 두 그루가 있어 지난 여름 진한 꽃잎을 보여주었다. 인간이 저지른 갖가지 죄악, 그 악의 씨앗에서 생겨난 고통을 잠재워 준다는 요술의 꽃, 그 꽃은 이해할 수 있는 영역을 벗어난 신비한 직능을 지니고 있으며 그 색깔은 요염하고 화려하다.

노인은 좁은 공간을 휘청거리며 걸어 출입문을 통해 옥내 계단으로 들어선다. 계단 중간의 공간에도 화분은 자리잡고 있다. 군자란도 있고 샐비어도 있다.

공기를 맑게 하여 준다고 가꾸는 벤자민 고무나무와 산세베리아, 커다란 화분에 심겨졌던 그 튼튼한 화초는 줄기는 그대로이지만 위에 뻗은 잔가지들은 시들거나 잘려졌다. 너무 무성하다고 자른 것인데 다른 가지들도 무성하지 못하고 시들어가고 있다. 산세베리아는 가정부로 일하던 옥분이가 가족처럼 따뜻하게 대하여 주었다고 사온 것인데 그녀의 삶이 고달파서인지 그녀가 보내온 화초도 번성하지 못하고 시들고 있다고 그는 생각한다.

세상일이 서로 인과를 가지고 얽혀 돌아간다는 생각을 한 것은 나이가 들면서부터이다. 그는 오래 전부터 교회에 나가면서 기독교 신자로 성숙되어 왔다.

계단을 내려가면서 다리가 휘청거린다. 체중의 중심을 잡지 못하고 흔들리는 것이 난기류에 접어든 비행 물체 같다.

현관의 문은 아직도 잠겨있다. 밖에 나간 효진 여사가 아직 돌아오지 않았다는 증거이다. 여자들끼리 어울려 즐겁게 시간을 보내는 것을 생각하면 자신은 쓸쓸하다고 느낀다.

젊은 시절은 여름철의 낮잠 때 꾼 꿈처럼 순간에 스쳐 지나갔다. 응접실에는 응접세트로 탁자와 소파, 의자 두 개가 놓여 있고 구석에는 식탁이 놓여 있다. 안방 쪽 벽과 마루 방 쪽 벽에는 서양화 그림이 한 점씩 게시되어 있다. 하나는 봄철의 들판 풍경화요 하나는 꽃을 그린 것이다.

그는 의자에 앉아 잠시 숨을 고른다. 벽에 걸린 시계를 보니 7시를 좀 넘어서고 있다.

아내는 가난한 공무원에게 시집을 와 살림을 이루고 자녀들을 기르고 가르치느라 고생을 한 셈이다. 이제는 가정이라는 굴레에서 벗어나 자유롭게 행동을 해도 자신은 이러쿵저러쿵 하지를 않는 편이다. 오히려 자연스럽게 그런 생활을 하도록 유도해온 셈이다.

밥솥에는 아침에 지어둔 밥이 반쯤 남아 있다. 부엌에는 밥상이 놓여 있고 그 위에는 간장과 멸치젓갈 그리고 매실무침이 놓여 있다. 가스레인지의 불꽃이 올라오는 부분에는 시래기 국과 돼지고기 찌개가 놓여 있다. 이들은 아침에 끓여 가지고 덜어 먹고는 그대로 둔 채 놓여 있는 것이다. 낮에는 점심을 약간 들었지만 데우지 않고 덜어 먹은 것이다.

응접실에는 티브이도 있고 연결된 비디오도 있다. 그리고 조그만 라디오도 굴러다니고 있다. 남들은 티브이를 열심히 본다지만 노인네들은 가끔 가다가 뉴스나 연속극을 잠깐 보곤 하는 정도이다. 라디오로는 교회 권사님인 효진 여사가 극동방송을 틀어놓고 목사님 설교를 가끔 듣는다. 갑진 노인은 가요가 나오거나 국악, 명곡 감상 시간이 나오면 어쩌다가 듣곤 하는 수준이다.

이들 부부는 아들 둘과 딸 하나를 두었다. 아들 하나는 결혼을 하고 곧바로 미국으로 떠나갔다. 라스베가스에서 장사를 하는 것이다. 그는 명문대학 상대를 나왔는데 국가 기관이나 회사에 취직을 하지 않고 처음부터 장사를 하겠다는 것이었다.

동대문 시장에서 의류 가게를 하더니 갑자기 외국으로 떠나야겠다고 하였다.

갑진노인은 아들이 자신의 그늘에서 멀리 떠나는 것이 자신을 쓸쓸하게 하는 것이라는 생각도 들었지만 그보다는 머리 좋고 질 높은 교육을 받은 인재들이 외국에 나가는 것은 국가적인 손실이라는 계산이 먼저 튀어나왔다.

그가 직장에 있던 때 아들의 결혼은 이루어졌다. 갑진이 국영 기업체에서 퇴직을 하고 집에 머문 지 2년, 아들은 갑자기 출국하겠다는 의사 표시를 해왔다. 아들 동주는 학업도 우수하였지만 건실한 사고를 지닌 젊은이였다. 그가 운전을 할 때 차를 타고 가노라면 두 노인네는 무척 든든한 느낌을 받았던 것이다. 속도를 적당히 내는 것은 물론 다른 차들과의 관계에서 양보를 받아 먼저 나아가거나 양보를 할 때의 자세, 신호등 앞에서의 멈춤에서도 조금도 무리를 하지 않고 흔들리지 않았다.

그는 아들이 두 어깨가 무척 듬직해 보였다. 그는 출국하겠다는 아들의 의사를 전해들은 뒤 아내인 효진 여사에게 이렇게 말을 하였다.

"남들은 자녀를 둘만 두기도 했지만 우리는 셋이나 돼 듬직한 느낌은 있지만 아들이 외국에 나가 살게 된다는 것은 결코 환영할 일이 아니라는 생각이 드는군요. 더구나 믿음직스럽고 책임감도 강한 장남이 우리 곁을 떠난다는 사실은 자신에게 허락지 않는 일이오."

그는 어렸을 적 한국 전쟁 때의 일이 생각난다. 한 동네에 살던 아저씨 부부가 있었는데 아들이 둘이었고 그 밑으로 딸도 있었다. 전쟁이 휩쓸고 지나갔을 때 장남이 사라지고 나타나지 않는 것이었다. 동네 청년들이 사라졌다가 나중에 북한에 넘어갔다거나 죽었다는 소식이 들렸지만 이들에겐 아무 소식이 없이 나타나지 않는 것이었다.

죽었다는 소식을 접한 집안의 슬픔이야 무어라 표현할 수 있겠는가마는 소식이 없는 집안의 아픔은 오래오래 지속되어 그 아저씨가 평생 가슴에 한을 품고 살다가 일찍이 세상을 뜨고 말았다. 어울리지 않는 비교이겠지만 이번의 일로 갑진 노인은 그 아저씨가 생각나 허전함을 달랠 길이 없었다.

"남들은 선진국에 나가고 싶어도 못 나가는데 당신은 참 생각이 옹졸하군요."

효진 여사는 생각이 너른 탓인지 매정한 성품이어서인지 이렇게 잘라 말하는 것이었다.

"그래도 그 먼 나라에 나가면 얼굴 볼 날이 얼마나 있겠어요. 우리가 살면 또 얼마나 살겠어요."

비행기를 타고 12시간을 날아간다는 미합중국, 노인은 그 나라가 싫었다. 아무리 자유가 좋고 정치 경제가 발전했어도 대부분이 백인인 그 민족은 우리 민족과는 먼 나라 같다.

"그래, 당신은 생각이 진취적이고 먼 장래 후손을 생각하는 마음이 돈독하구려."

결국은 아들이 떠나갔고 생활이 바쁜지라 소식을 전하는 일도 드물게 되었다. 처음에는 자주 전화도 하고 선물도 보내오곤 하였으나 세월이 흐를수록 사이가 벌어졌고 이제는 아들이 있다는 느낌도 별로 들지 않는다. 착한 아이였고 부모에게 효성이 지극한 아들이었다. 그러나 둥지를 떠난 새들이 자기네들이 집을 짓고 먹이를 구하느라 바쁘듯이 이들도 끝없이 자신들의 영역을 넓히기 위하여 일을 하느라 부모를 생각할 여유가 없을 것이었다.

둘째는 치과 의사로 인천에서 개업을 하여 일을 하고 있다. 아들을 두고 어미는 무척 보람을 느끼고 있다.

"치과의사면 대단하지. 사윗감으로 판검사 의사 아닌가?"

모임에서 만난 친구들의 입에서 나온 말들이다. 하기야 의사가 나쁠 건 없다.

그런데 결혼을 하여 집을 나가 개업을 하고서부터 처가의 장인의 손가락에 움직이는 장모와 가까이 지내면서부터는 아예 집안과는 남이 된 느낌이다. 그러나 마누라는 흡족한 표정이다.

"여유 있는 집안과 인연을 맺고 덕을 보고 있으니 얼마나 다행입니까? 의사라고 다 그런 줄 아세요? 제 친구 하나는 가난한 집안의 의사와 만나 동업을 하면서 경제적으로 쩔쩔 매고 있답디다."

딸 미라는 결혼을 하여 가까운 곳의 아파트에 살고 있다. 남편이 국영 기업체의 간부로 일을 하고 있는데 능력이 있어 외국에 자주 나가며 사업체의 일감을 따오기도 하고 물품 수출의 길을 트기도 한다. 사위는 능력도 있지만 자상하여 처가 부모를 깍듯이 생각한다.

얼마 전에는 베트남 식당이라는 곳에 가 색다르고 맛 잇는 음식을 먹기도 하였다. 음식이야 별 특별한 것들이 아니었지만 식당에 장식된 여러 가지 인테리어들이 특이하여 기분 전환을 하기에 상당한 도움을 주었다. 나이 드니까 먹는 것이나 입는 것 보는 것들이 그게 그

거 아니겠는가마는 노인네들의 기분을 맞추어 주느라 신경을 쓰는 젊은 사위의 감각이 대단하고 고맙다는 느낌이 든다.

〈아들보다는 딸이 훨씬 낫지〉라고들 말하는 사람들이 많은데 그 말도 틀린 말은 아닌 것 같다.

지난 여름에는 딸네와 부부가 필리핀의 세브라는 곳에 가 일주일 동안 여유 있는 시간을 보내다가 돌아왔다. 집에 있어도 시간이 많아 이런 표현은 적당하지 않지만 바다 밖으로 나가 일 주일을 보내는 것은 색다른 여유를 느끼게 하였다. 호텔에서 일 주일을 보내니 음식도 깔끔하였고 밖으로 나가 색다른 생선을 값싸게 사 가지고 음식점에 가 요리를 부탁하여 먹는 맛은 특이하였다. 과일도 풍성하였고 맛도 좋았다. 항상 바라보는 자연이 아니고 야자나 망고 등의 나무들이나 키 작은 화초들이 생기에 넘치고 아름답게 느껴졌다. 열대지방이라 사시사철 나무들이 생기에 넘치고 꽃이 피는 것이 하늘의 은혜라고 생각되었다.

어느 하루는 배를 타고 바다에 나가 해수면 밑의 세계도 구경하였다. 제주도에서 같은 체험을 하였고 텔레비전에서도 화면으로 많이 보았지만 필리핀의 바다는 너무 맑고 아름다웠다. 어쩌면 저렇게 많은 해초와 물고기들이 있을까? 산호도 해파리도 수없이 많고 아름다운 바위도 너무 많았다.

나이 들어서 노년에는 외국에 나가 값싼 물가와 노동력에 여유 있는 삶을 누린다는 말들이 있는데 그런 생각도 해보곤 하였다. 필리핀은 아직도 대부분 가난한 나라였다. 화교들이 부유한 삶을 누리고 그다음이 수입이 많은 지식인들이고 나머지 70%는 가난하다고 하였다. 머리의 이를 잡고 공동 수도를 쓰는 정도라고 하였다.

호텔에서 쉬면서 차려주는 음식을 먹으니 효진 여사도 좋아하는 것이었다. 날씨가 좀 더운 것이 단점이었으나 이들 부부는 더위를 잘 견디는 체질이라 오히려 활발하다는 느낌이 들었다.

아침이나 오후, 시간이 있는 때이면 언제나 호텔의 수영장에 가 수영을 즐기면서 시간을 보냈다. 바라보이는 야자수와 망고나무 갖가지 선인장들의 색다른 모습에 매료되어 한참 동안 바라보기도 하였다.

일년 열두 달, 꽃이 피는 봄철인 나라- 그 나라가 좋았다. 더없이 사위의 등이 듬직하고 좋았다.

여름

갑진 노인은 언제부터인지 사람 만나는 것을 기피하고 있다. 그가 직장에 있을 때 많은 사람들을 상대하였는데 그때마다 무어라 딱 잡아 말할 수 없는 내용의 스트레스를 받곤 하였다. 노인은 키가 작고 체격도 빈약한 편에 속한다. 사람들이 처음 상대할 때 깔보는 것 같은 인상을 받는 것도 이 때문이 아닌가 하는 생각이 들곤 한다. 그렇다고 자신이 세상에 존재하게 해주신 부모님을 원망한 적은 없다.

그 때문에 사람을 상대할 때 피로를 느끼고 자괴감에 빠지기도 한다. 요즈음 그는 바깥출입을 삼가고 집에서만 지내다시피 하고 있다.

어제는 예전에 같이 직장 생활을 하던 여자에게서 전화가 왔다. 언젠가 길에서 우연히 만났을 때 점심을 같이 한 기억이 있는데 그 때문인지 점심을 사겠다며 나오라는 것이었다. 땅값 비싸기로 유명한 압구정동 거리에서 어느 식당에 들어갔는데 나중에 어느 남자를 손 전화로 불러오는 것이었다. 식사가 한참 진행되었을 때 다단계 판매 기구인 ps네트워크에 대한 이야기를 꺼냈다.

〈농어촌 생산자와 직거래〉〈소비가 소득이 되는 생활〉이라는 구호를 내걸고 농어촌 생산품이나 도시의 공산품을 소비자에게 직거래하면서 질 좋고 신선한 제품을 값싸게 제공하면서 소비자에게는 소득이 되게 한다는 것이었다. 이 네트워크에 참여하여 사업을 잘 해나가면 실적에 따라 통장에 소득을 올려준다는 것이었다.

노인은 그 이야기에도 귀를 기울였지만 그보다도 그 남자의 사생활에 대한 이야기가 귀에 솔깃해졌다.

"선배님, 저는 지금까지 살아오면서 여러 사업에 손을 댔답니다. 폐품 사업부터 의류 신발 사업에도 손을 댔고 출판 인쇄업에도 손을 댔답니다. 그런데 두 번이나 살림을 엎었답니다."

사나이는 자신감에 넘치는 언어로 담대하게 갑진 노인이 쳐놓은 사 생활의 울타리를 넘어오는 것이었다.

갑진은 냉담한 기분으로 말을 듣고 있었다.

갑자기 만난 사이이면서도 죽마고우나 되는 것처럼 다정하게 대화를 이끄는 것이었다. 하기야 잠시 이야기를 하다보니 자기와 같은 고향의 사나이였다. 그리고 자기를 초등학교 졸업반 때 담임하였던 선생님이 갑진 노인이 잘 알고 있는 고향 선배이기도 하였다. 그리고 갑진의 인상이 남에게 위엄이나 부담을 주지 않는 때문이기도 하리라.

"시골에는 예전에 제가 다니던 학교가 있습니다. 고막원역이라고, 영산포에서 두 정거장을 내려가면 기차역이 있는데 그 역전에 문평남교라는 학교가 있지요. 예전에는 학생수가 많았는데 지금은 학생이 200명도 채 되지 않은 작은 학교로 변했지요. 그 학교에 결식아동이 12명이 있는데 7명은 교육청에서 보조금이 나와 돕고 있답니다.

남은 5명에게 월 5만원씩 제가 매월 생계보조금을 보내고 있답니다. 저는 두세 달에 한 번씩 그 학교를 찾아가는데 제가 가면 교장선생님이 방송을 하여 교직원을 급히 소집합니다. 서울에서 이사장이 왔으니 잠시 나와 인사를 드리라는 겁니다. 저는 이 일로 상당한 보람을 느낀답니다.

언젠가 교장이 이런 이야기를 하더군요. 이 고장 출신으로 성공하여 저보다 몇 배나 더 잘 사는 많은 분이 있다더군요. 그 분들은 자신을 생각하는 일밖에 하지 않는 거였어요."

갑진은 이 말을 듣고 자신이 무척이나 부끄러웠다. 자신은 교육도 상당히 받은 사람이고 경제적으로도 상당한 여유가 있는 것이 사실이었다. 그런데 무슨 연유인지 이웃을 돕는 일에 참여해본 일이 거의 없다. 사실 어디에 좀 베풀고 싶은 충동을 느낄 때도 있는 것이 사실이었다.

그런데 그 때마다 목돈이 들어갈 곳이 생긴다거나 생각지도 않은 지출처가 기다리곤 했던 것이다.

'난 어려운 이웃에게 베풀 수 있는 축복을 받지 못한 사람이다.' 라고 한탄하며 베풀 수 있는 기회가 있다는 것이 얼마나 큰 축복인지 헤아려보곤 한다.

그 뒤 그는 자신이 몰래 감추어두었던 비자금을 털어 그 다단계 판매회사에 맡기고 다달이 수익급을 통장에 받아 챙겨 재미를 보고 있었다. 그런데 얼마 후 갑자기 그 회사가 부도가 나고 대표는 감옥에 들어가고 말았다. 그는 가슴을 치고 통한의 눈물을 흘렸다.

효진 여사는 가난한 집안에서 어렵사리 살아온 여인이다. 학교도 제대로 나오지 않아 결혼 후 사회 교육기관에서 학업을 이수하기도 하였다. 결혼을 하여 십 년 이십 년 동안은 남편에게 순종하며 가사에도 온 정성을 다하며 살아왔다.

수많은 화분에 물을 주고 한약방에서 한약 찌꺼기까지 얻어다 흙에 섞어 화분에 넣어주는 모습을 보고 있노라면 그녀가 이삼십 대에 가정에 들였던 정성을 떠올리곤 한다. 자녀 교육을 꼼꼼히 보살피고 가사에도 온갖 정성을 다하곤 하였다. 응접실에 까는 그 너른 카페트를 손으로 뜨개질하여 만들었던 그 시절이 다시 떠올려지곤 하는 것이다.

뜨개질바늘이 움직이는 그 섬세함만큼이나 화분에 물을 주고 흙을 다듬어주는 그 정성만큼이나 가정은 평온하였고 가난하였지만 행복하였다. 갑진노인은 서재에 정리해둔 고서 가운데에 예전에 그녀가 쓰던 가계부를 꽂아두고 있다. 마음이 산란하거나 불만이 쌓이곤 하면 그걸 꺼내보곤 하는 것이다.

그곳에는 콩나물 한 줌이나 두부 한 모를 산 것까지 빠짐없이 기록되어 있다. 그리고 예전에 자기가 쓴 일기라는 거울에 자신의 얼굴을 비춰보고는 지금 너무 풍요에 빠져 있고 오만해져 있다는 사실을 자각하곤 하는 것이다. 그런데 지금 자신은 그 풍요의 열매를 즐기는 행복이 아니라 어떤 허무와 빈곤에 허덕이고 있다고 느낀다. 그 느낌은 어디에서 연유하는 것일까?

그는 언제부터인가 컴퓨터로 채팅을 하고 있다. 몇 여인과 대화를 나누고 심하면 농담 같은 것도 주고받는 것이다. 토지 매매 회사 직원들이 전화를 하여 이야기를 걸어오면 스스로 여인들과 대화를 연장하고 사귐의 대화장으로 끌고 가는 것이다. 그런데 어떤 여인은 냉담하게 거절하고 좀 야한 이야기를 나누면 싫다고 무안을 주기도 하는 것이었다. 그런 일을 몇 번 하고는 서너 사람의 여인과 짙은 우정에 빠지고 있는 것이다.

노인은 오랜 세월 세상을 살다보니 많은 사람들과 대화를 나누어도 새로운 게 별로 느껴지지 않는 것이었다. 그러고 보면 이런 대화는 시간 죽이기의 한 방법에 불과한 것이었다. 그래도 그는 이런 일을 이끌고 있는 것이다. 살아가는 일이 너무 무료하기 때문이 아니었을까?

아침 시간에 거의 매일 사이클링을 하여 근육을 단련시킨다.

아침을 먹고는 화장실에 다녀오고 머리를 감고 오랜 전부터 익혀온 요가를 하고 간단히 뉴스를 듣다보면 아침 시간의 대부분이 거의 다 가버린다. 이런 일이 반복되면서 자신이 끝이 보이지 않는 황무지에 서 있다는 느낌이 들곤 한다. 그 느낌을 지우기 위한 수단으로 채팅을 하는 것인지도 모른다.

직장에서 물러난 뒤 그는 옛 친구들과 만나는 날, 무료한 시간을 보내는 방법에 대한 이야기를 주고받았다. 어느 친구는 지하철 순환선을 타고 몇 바퀴를 돌았다는 이야기를 하였고 어느 친구는 교외의 공원에 올라 하루 종일 나무 밑에 앉았다가 돌아왔다는 이야기를 하였다.

누군가는 발바닥 운동을 해야 한다는 이야기를 하였다. 그 이야기를 듣고는 그도 친구를 따라 신림동에 있는 어느 무도회에 참가하였다. 그곳에는 발 디딜 틈도 없이 많은 남녀들이 찾아와 춤을 추고 있었다.

사람들을 유혹하는 지루박 블루스 등의 음악이 높은 가락으로 이어지고 있었다. 그런데 대부분이 남녀들이 노인들이라는 사실이었다. 아주 교양이 있고 품위도 있어 보이는 남녀도 있었지만 대부분이 평범한 사람들이었다.

　그 중에는 시장바구니를 들고 들어왔다가 끝나면 바로 그 바구니를 찾아가곤 하였다.

　그는 한참을 의자에 앉아 바라보다가 자신은 참으로 못나고 바보인 노인이라고 자탄하였다.

　"자네가 지닌 안경으로 보면 이 세상이 누렇게 보일 거야. 그런데 이 사람들의 눈에는 들판에 새싹이 돋아나는 봄날처럼 세상이 너무 행복하고 화려할 것일세."

　그를 이끌고 간 친구는 이런 말을 하였다. 노인은 자기 눈앞에 보이는 것들이 누런가 확인해 보았다.

　"저 늙은이 보세요. 저 양반은 80이 넘은 분이시죠. 그런데 저런 젊은 여인을 데리고 와 춤을 추지 않아요? 얼마나 건강하고 행복하게 보입니까?"

　음악에 맞춰 돌아가는 남녀의 모습을 보다가 댄서는 이런 말을 하였다. 그는 그 남녀를 오래도록 바라보았다. 남자는 그렇게 부티가 난다거나 지적으로 보이지는 않았지만 그렇게 추해 보이지도 않았다. 그리고 춤을 추어도 여자는 요염하게 보이지 않고 아버지를 모시고 나온 따님처럼 수수하게 보이고 봉사적인 행위로 느껴졌다.

　어떻게 저런 인연이 이루어졌을까 하고 그는 의심을 가지지도 않았다. 모두가 자연스럽고 대견하고 행복스러워 보였다.

　"저 남녀 보세요. 저 남자는 비만에 걸려 살을 빼려고 여기에 나와 춤을 추는 것이랍니다."

　그러고 보니 남자는 키도 별로 크지 않은데 몸은 뚱뚱해 보였다. 계속하여 춤을 추면 살이 빠진다는 말이 실감나지 않았다.

"자연스럽게 잘 추네요."

"잘 추기는, 뭘 요? 맨날 하는 동작만 되풀이하지 않아요?"

댄서는 그에게 많은 관심이 있어 보였다. 나중에 생각해보니 그녀가 관심을 보이는 것은 그녀에게 레슨을 받으라는 의미인 것 같았다.

"그 댄서 있잖아요? 그녀는 남자 지도자와 짝을 이루어 교습을 하는데 조금씩 교습비를 받아먹지요. 그 여자 댄서는 남편이 외국에 출장을 갔다가 돌아오지 않는다나? 여기 나와 화려한 옷을 입고 춤을 춘다고 여유가 있고 화려한 경력의 소유자라고 여긴다면 큰 오산이랍니다. 항상 정장을 하고 근엄한 자세로 교습을 하고 있는 남자 말입니다.

공직생활에서 나왔는데 아들이 목돈을 날렸답니다. 그는 항상 돈에 쪼들려 힘들어하고 있지요. 여자 댄서는 사람들과 이야기를 할 때 자기는 여유만만한 척을 한답니다."

"저의 집은 4층인데 집에서 세가 나오는 것이 이백이랍니다."

누가 잘 사는 내역을 알고 싶다고나 했나? 그녀는 스스로 뽐내는 것이 너무나 초라해 보인다고 사람들은 말한다.

무도장에 나오기 시작한 지 한참 지난 후 갑진노인은 어느 젊은 부인과 사귀게 되었다. 그녀는 춤을 너무나 능숙하게 추어 교습을 바로 끝낸 사나이로서는 무척 도움이 되는 것이었다. 어느 날 남자 몇과 그 여인을 데리고 식사를 하게 되었고 이어서 노래방에 가게 되었다. 자연히 여인은 갑진과 대화가 잘 이루어졌다.

사는 곳이 자기와 방향이 같아 동행을 하고 지하철을 타게 되었다. 그런데 그녀는 생각보다는 다르게 자기의 어려운 형편을 말하는 것이었다. 남편이 고치기 힘든 병에 걸려 요양원에 있고 자녀가 셋이나 되는데 자기는 수입이 거의 없다는 것이었다.

그리고 금융기관에서 융자를 받았는데 몇 년 동안이나 이자도 갚지 못하여 어려움에 처해 있다는 것이었다. 그리고는 어젯밤에 한숨도 자지 못 하였고 생활비가 없어 식사도 제대로 하지 못하였다는 이야기를 들었다.

"빚쟁이들이 집에 와 설쳐대는 통에 아이들을 모두 친척집에 보내고 저는 잠도 제대로 이루지 못하였답니다. 이렇게 힘들게 사는 줄은 아무도 모를 거예요. 선생님은 제 처지를 이해하시고 깔보지 않을 분이라 이런 속마음을 털어놓는 것이에요. 저를 용서해 주세요. 저는 어릴 적부터 엄청난 고통 속에 살아왔답니다. 부모님이 저를 버리다시피 하였지만 저는 죽지 않고 살아온 것이 기적만 같아요. 주변에서 저를 돌보아주지 않았더라면 저는 이미 이 세상 사람이 아니었을 거예요. 제 귀를 바라보세요. 제 귀가 찌들어졌잖아요? 귀가 이렇게 흠집투성이인 사람은 어릴 적에 험난한 삶을 살아갈 사람이라는 것을 나중에 알았답니다."

헤어질 무렵 그녀는 갑진에게 급히 필요하니 얼마만이라도 좋으니 급전을 돌려달라는 것이었다. 인정이 많은 그가 마음이 아프게 느껴진 것은 당연한 일이었다. 그가 숨겨둔 비자금을 수표로 끊어 돌려준 것은 어느 토요일 저녁이었다.

"많은 도움이 되었으면 좋으련만 나도 여의치 않는 삶을 살고 있으니 이해하여 주게나."

그는 적은 돈을 주는 것이 죄를 지은 것이나 다름없게 느껴졌다. 그리고 얼굴이 붉어졌다. 마치 바지에 오줌을 싼 아이 같기만 하였다.

나중에 그 곳에 같이 간 사나이에게서 이런 이야기를 들었다.

"여기 나오는 여자들 말이요. 아주 못된 것들이 있단 말입니다. 남자들에게서 돈을 긁어내기 위하여 온갖 수단을 쓰곤 하지요. 그리고는 사치에 방탕한 생활을 일삼는답니다. 술도 즐겨 마시고 보석도 온갖 것을 다 가지고 있지요. 저 여자 보세요. 얼마나 못됐는지 남자들이 치를 떨어요. 마치 피를 빨아먹는 거머리 같아요."

그리고는 자기에게 죽는시늉을 했던 여인에게 손가락질을 하는 것이었다.

"저런 년들에게 피를 빨리는 머저리들이 있다니 한심하지?"

갑진노인은 그런 머저리였던 것이다.

효진 여사는 오늘따라 피곤하다. 듬직하게 보였던 남편이 오늘따라 어리석고 철부지 같다는 생각이 든다. 항상 청결을 유지하던 노인이 아침부터 집안을 어질러놓아 물건이 아무데나 흩어져 있다. 그리고 무언가 자꾸 찾고만 있다. 열쇠를 찾는가 하면 지갑을 찾기도 한다. 항상 침착하던 그였는데 마음이 흩어져 있다는 신호가 온다. 이러다 보면 세상을 떠난다는데 아마 그럴지도 모른다. 그러면 나는 과부가 되는 것이다. 회갑이 지나고서도 과부라는 말을 써야하는 것일까? 그런 자신이 안타깝거나 불쌍해서가 아니다. 그 노인이 지금까지 어려운 일만 당하고 자신을 위해서는 경제적인 지출을 하지 못하고 살아온 것이다. 워낙 어려운 집안에서 살다보니 아끼는 것이 몸에 배어 있는 것이다. 수돗물은 물론 전기나 가스도 조금도 낭비하지 않는다. 과일을 깎아도 너무 얇게만 깎아 이건 〈알뜰〉의 표시가 아니라 〈궁색〉의 상징물 같아 자신이 슬퍼지곤 하는 것이다.

"당신이 유산을 많이 남기고 세상을 떠나면 상여도 나가기 전에 자식들이 싸우게 될 거예요. 이제 우리가 살아갈 날이 얼마나 남았다고 그렇게 알뜰하게 사시는 겁니까? 그리고 며느리를 맞아들이고 그런 모습을 보이면 며느리가 깔보고는 맛있는 음식도 저희들만 숨겨놓고 먹을 겁니다. 그리고는 당신을 비웃을 것입니다."

"못난 늙은이들은 가진 것도 못쓰고 못 먹는다니까."

춤을 추다가 쉬는 사람들이 주고받는 이야기들이다.

가을

오늘은 정말 가을다운 날씨이다. 입추가 지난 지도 두 달이 지났지만 따가운 햇볕이 기세를 꺾지 않더니 이제 태양도 나이가 든 노인만 같다. 태양에서 내리쬐는 햇볕이 손에 잡히지 않는 상상의 거미줄로 짠 비단 같다.

지난밤부터 비가 내리기 시작하더니 그치지 않고 내리고 있다. 빗방울은 가늘고 길게 마당에 꽂히고 있다. 마당은 메말랐던 표피를 축축하게 적시며 침묵을 지키고 있다. 화분에 심어놓은 난초 철쭉 등의 화초들과 뽕나무 오가피나무 이파리가 갈증을 해소하는 즐거움에서 벗어나는 것처럼 느껴지던 지난날과는 다르게 오늘따라 처연하게 느껴진다. 이 오가피나무는 남편의 누님이 살고 있는 함평에 갔다가 마당에 있는 것을 뽑아다가 심어놓은 것이다. 오가피나무는 요즈음 너도나도 건강식품이다 뭐다 해서 찾고 있는 것 중의 하나이다. 딸이 하도 권하여 늙은이 부부가 필리핀 여행을 다녀왔더니 그 며칠 사이 아들이 살면서도 물 한 방울 주지 않아 말라죽다시피 한 것을 겨우 다시 살려놓았더니 이파리가 맥이 없이 축 늘어져 있다.

효진은 꿈에 부풀었던 젊은 시절, 비가 내리는 뜰을 바라보며 독서를 하고 사색에 잠기곤 했던 과거를 떠올린다. 그녀는 한때 독서광이었을 만큼 책을 열심히 읽었고 생각이 깊었다. 그녀는 뒤쪽에 있는 베란다에 가 책장에 있는 책을 한 권 뽑아온다. 예전에 정들었던 책이다.

중간 부분을 펼치니 밝은 볼펜으로 줄을 치며 읽은 흔적이 나타난다. 글씨가 너무 작아 눈에 잘 띄지 않는다.

"사람이 평생 살아보아야 육십이요 오래 살면 칠십이라지만 지나고 보면 하룻밤 꿈이라 느껴질만큼 헛되고 짧은 것이니……."

노인은 오늘 모처럼 외출을 하였다. 고향에서 올라온 후배들이 모였는데 같이 식사를 하겠다는 것이었다. 그는 한가하기도 하였거니와 고향의 이야기도 듣고 싶고 대화에 참가하고 싶기도 하였다.

집에서 가까운 한식집이었다. 열 명 정도 모였는데 자기보다 칠팔년 후배였는데 아주 세련되고 잘 나가는 사나이들이었다. 그 중에는 잘 아는 사람도 있었지만 대부분 모르는 처지였다. 그는 안쪽에 들어와 앉아 이야기를 들으며 식사를 하였다. 그들은 음식을 들면서 술도 잘 마셨다. 정중하고 친밀하게 권하는 바람에 그도 맥주를 좀 마셨다.

자기와는 좀 동떨어진 후배였지만 차츰 시간이 지남에 따라 친근감이 들고 허물없는 사이가 되었다. 같은 사나이들이니까 대화를 트다보니 어렵지 않은 사이가 되어갔다. 허튼 소리를 하는 사나이도 있었고 자기의 잘못을 지적하는 듯한 이야기를 하는 사나이도 있었다. 그래도 그는 즐거웠다. 눈을 감지 않아도 코를 베어간다는 서울에 올라와 코도 베이지 않고 살만큼 산다는 게 대견하기도 하려니와 이런 후배들과 같이 시간을 보낼 수 있는 게 즐겁기만 하였다.

나중에 그 건물 위층에 있는 노래방으로 옮겨 노래를 부르기 시작하였다. 새로 나온 미끈한 현대식 차를 끌고 다니는 놈들도 결국에는 예전에 시골에서 불렀던 고리타분한 가요, 아니 정들었던 옛 노래를 부르는 것이었다. 그게 얼마나 마음에 와 닿는 추억이고 아름다움인가?

갑진은 원래 노래에는 별 취미가 없었다. 자연히 뒤로 빠져 듣기 위주로 시간을 보냈다. 그런데 자꾸 자기를 불러내는 것이 아닌가?

"선배님이 그러시면 안 됩니다. 앞에 나오셔서 후배들 격려도 하고 한 곡 부르기도 하셔야죠."

그들은 차츰 술기운이 돌면서 자기의 감정을 건드리는 말을 하기 시작하였다.

"쳇, 누구는 예전에 선배 안 해본 사나이 있나? 나이도 별 게 아니라니까. 늙어간다는 징조 아닌가?"

그는 그래도 참기로 하였다. 그렇게 말하는 후배들이 부럽기도 하였다.

그들은 어느 회사의 무슨 부장, 어느 기업의 운영을 책임지는 무슨 사장, 무슨 네트워크의 운영위원, 이런 직함을 소개하는 것이 아닌가?

"선배님은 주변에 사람들이 많이 있잖아요? 그들을 도와줄 책임도 선배로서 느껴야 하는 거예요. 식품의 신비한 효능을 주변 사람들에게 선물하는 거예요."

나중에 우리 몸에 아주 좋은 것을 가지고 나왔다는 말을 하면서 한 사나이가 '한라 건강식품,에 대한 이야기를 늘어놓기 시작하였다. 거기에는 오가피나무부터 실크 인삼 동충하초 등 건강에 건강에 좋다는 식품을 차례로 설명하였다. 이제는 나이가 들었으니 부동산이나 통장에 재산을 저축할 것이 아니라 자신의 몸에 늙지 않는, 건강이라는 재산을 쌓아야 한다는 것이었다. 알고 보니 이들 판매를 네트워크

형식의 다단계로 운영하고 있었다. 모였던 친구들도 이 사나이의 사업을 도와야 한다면서 거들었다.

시간이 지나 모두 밖으로 나와 헤어져 갔다. 자신의 보금자리로 떠나가는 것이었다. 그는 메마른 하늘을 올려다보며 며칠 전에 나갔던 〈한라식품 건강 모임〉이라는 모임에 나갔던 기억을 더듬어 냈다. 자기와 친척이 되는 사나이가 나오라고 권하여 나갔던 자리였다. 오가피와 인삼, 실크로 만든 식품을 파는 회사인데 네트워크로 운영하고 있었다.

자신이 소개하여 물건을 팔고 소개받은 그 사람이 다시 다른 사람을 소개하여 물건을 사가게 되면 판 분량에 대한 수당과 소개한 사람에 대한 소개비 같은 것의 수당을 받는 그런 운영체계였다. 자기가 소개한 사람들이 많아지면 직급이 올라가 사파이어도 되고 다이아몬드도 된다는 것이었다. 오랜 경력의 사나이는 아래의 조직이 많아지면서 상당한 액수의 수당을 받는다고 하였다. 그들은 안색이 무척 밝아 보였고 행복해 보였다.

시간이 지나 모두 밖으로 나와 헤어져 갔다. 자신의 보금자리로 떠나가는 것이었다. 그는 메마른 하늘을 올려다보며 단순한 친목모임이 아니라는 사실이 무거운 짐처럼 느껴졌고 그를 쓸쓸하게 하였다.

"오늘 한라 건강식품을 판매한다는 후배들을 만났는데 몸에 좋은 식품을 팔고 소개도 많이 하면 수입도 좋다고 하더군."

집에 들어와 효진 여사에게 이야기를 하였다. 그리고 수입을 많이 올린 사나이가 산 저녁을 먹고 나왔다는 이야기를 하였다. 풍성한 양의 소주와 삼겹살 이야기도 하였다.

"당신, 그런 곳에 나가면 큰 일이 나요. 그 때문에 살림을 거덜 낸 사람도 많대요. 당신 같은 순진한 사람을 어떻게 그런 자리에 끌어들인대요?"

그러면서 들려준 이야기는 이렇다.

울산에 살던 자신의 고향 친구 은숙이의 이야기였다. 처음에 시작하던 네트워크 사업인 재팬 라이프 japan life, 일본에서 만들어낸 몸에 좋다는 전기장판을 파는 회사였다. 그녀가 남편과 같이 이 사업을 하면서 엄청난 손해를 보았다는 것이었다.

그래도 나중에 오토바이 장사를 하면서 손해를 만회하였다는 것이었다. 다음에는 무슨 장사에 손을 댔다가 몽땅 털렸다는 이야기를 하는 것이었다.

"하늘의 구름을 잡는 손길은 막을 길도 없어요. 그렇게 기다란 간짓대가 없거든요. 그녀는 고향의 교회에다 성전 건축헌금이라고 천만 원을 불쑥 내기도 한 여자래요. 언젠가는 나와 같이 시장에 갔는데 옷을 무려 백만 원 어치나 사질 않겠어요?"

"그런 간덩이 부은 여자가 어디 있어?"

노인은 그녀의 뿌리를 잘 아는 처지였다. 학교도 겨우 시골에서 중학을 나온 정도였다.

"그리고 이야기를 하다 보니까, 울산에 무슨 땅을 몇 천 평 사 놓았는데 그게 무려 평당 몇 십이라는 뻥튀기를 하는 것 아니예요?"

그녀의 이야기는 이렇게 이어진다.

"딸이 서울에 있는 음악대학에 들어갔는데 시험 치기 전에 그 대학 교수에게 레슨을 받았잖아요? 그리고 악기를 사라고 커다란 봉투를 건넸대요."

너무나 커다란 악기, 그는 이름도 잘 생각나지 않는다.

"그래서 실기 점수를 많이 받아 합격이 된 걸 거예요 아마."

붕붕, 그 낮은 음을 내는 악기가 뭐더라? 그는 무슨 베이스라는 악기를 떠올린다.

"아무튼 그 네트워크라는 방식의 판매 조직은 수많은 사람들을 끌어들여 물건을 판매하고 이익금을 조직원들에게 나누어주는데 그 물건의 값이 비쌀 뿐 아니라 나중에는 운영 자금이 바닥나는 경우도 있어 아주 위험해요."

그리고 그녀는 ps라는 네트워크는 십 년도 되지 않은 기간에 1조 원이라는 자금을 끌어들였다는 이야기를 한다. 그런데도 현재 부채가 자본에 육박한다는 이야기도 곁들인다. 지금은 밤 3시에 가까운 시간이다. 이제 잠을 잘 시간인 듯하다.

대공원의 삼림욕장, 그것은 동물원 안에 들어가 조금 걷다가 산비탈로 올라가 산의 중턱에 난 길을 걷는 산책길을 말한다. 노인에게는 나무들이 마냥 사랑스러운 느낌으로 다가온다. 그가 어린 시절에 바라본 산은 무척 헐벗은 모습이었다. 당시에는 나뭇잎이나 볏짚 등이 땔감이었다. 언젠가는 산에 나무를 하러 갔다가 주인에게 망신을 당한 기억이 있다. 나뭇잎 낙엽이 너무 없어 낫을 들고 소나무 가지를 자르다가 혼이 난 것이다. 지금도 당시 일을 돌이켜보면 얼굴이 홍당무가 된다.

날씨가 싸늘해지면서 공원에 찾아오는 사람도 별로 없게 되었다. 여름 더운 날에는 서울랜드라는 놀이터에 수많은 사람들이 모여 놀이기구를 타면서 지르는 괴성이 먼 곳까지 들리곤 하였다.

서울랜드 아래에 저수지가 있고 저수지 위로는 스카이리프트가 흘러 다닌다. 동물원 입구와 그보다 훨씬 위의 숲 속까지 이를 타고 올라갈 수 있다. 노인에게는 동물원의 동물보다도 우거진 숲과 푸른 하늘, 빙 둘러선 산들의 아름다운 모습이 훨씬 마음에 든다. 하기야 나이 든 노인이기 때문에 이런 생각이 드는 것인지 모른다. 나이는 사고방식을 동적인 것에서 정적인 것으로 옮겨준다. 그는 이 변동이 스스로 달갑게 여겨진다.

그는 체육 시간보다 미술 시간을 즐겼던 기억이 새롭다. 체육은 동적이고 미술은 정적이지 않은가? 그럼 음악은 무엇인가? 체육과 미술이 공간적인 활동이라면 음악은 시간적인 활동인 것 같다. 시간의 길을 따라 이어지는 소리의 예술, 그것은 지상을 떠 공중의 빈 공간을 흘러가는 예술이라고 그는 생각한다.

중학교 다닐 때 음악 선생님이 바이올린을 가지고 교실에 들어오셔서 아름다운 음악을 들려주신 기억이 있다. 당시엔 풍금도 구경하기 힘드는 시절이었다. 그 선생님은 퍽 유복한 가정에서 자란 것 아니겠는가. 선생님을 무척 부러워하던 생각이 떠오른다.

소나무 잣나무 오리나무 여러 종류의 참나무 등이 하늘을 떠받치는 키 큰 나무들이고 아래로는 싸리 철쭉 등이 자라고 곳곳에 작은 약초나 화초를 재배하는 모습이 눈에 들어온다. 길은 오르고 내리고 구불구불 이어지고 이 길들은 잘 닦여져 있다. 경사가 심한 곳에는 벽돌이나 작은 바윗돌을 깔아놓아 걷기 좋게 하였다.

어느 곳에는 개울이 언덕 아래로 흐르다가 돌 사이로 굽이치고 그 주변에는 바위와 나무로 조경을 아름답게 배치한 모습이 보인다. 가끔 가다가 약수터가 보인다.

조롱박이나 컵이 비치되어 있는 모습이 정겹다.

삼림욕장은 등산객의 능력에 따라 먼 코스와 가까운 코스로 나뉜다. 가까운 코스는 중간에서 내려와 동물원으로 들어가는 것으로 되어 있다. 중간에 내려오는 길은 한 군데만 있는 것이 아니고 A코스 B코스 등으로 몇 군데에 있다. 오늘은 사람들의 발길이 뜸하여 가끔 무섭다는 생각이 들기도 한다. 언젠가 동물원 안이 맹수가 뛰쳐나와 산으로 도망치기도 하였고 민가까지 달려가 관리인들이 당황하고 주민들이 경악을 금치 못했다는 신문 기사를 보기도 하였고 이야기를 듣기도 하였다.

그는 조그마한 비닐봉지를 배낭에서 꺼낸다. 안에는 과일과 오이 그리고 빵과 우유가 들어 있다. 점심 대신 빵과 더불어 우유를 마시고 오이와 과일 그리고 과자 등은 간식으로 먹는 것이다.

갑진 노인은 산을 산책하면서 구도자가 된 기분이다. 이승에서 가족과 친지와 친구들, 이들과 가까이 지내면서 세월 가는 줄 모르고 살아왔는데 나이가 들면서 결국 자신이 외톨이라는 사실을 깨닫게 되는 것 아닌가? 부처님을 믿고 예수님을 믿는 것 우상숭배를 하던 전래 무속신앙 등 모두가 외로움과 서글픔과 죽음의 공포에서 생겨난 것은 아닌가 하고 생각한다.

번개와 천둥 때문에 종교가 생겨난 것이라고 말하는 사람도 있다. 바위 때문이라고 종교가 생겨난 것이라고 말하는 사람은 없을 것이다. 그러나 집채만한 바위가 굴러 떨어질 것 같은 모습 아래에 자신이 처해 있다면 기도가 저절로 나오고 하느님을 저절로 부르게 되는 것 아니겠는가? 너무 외롭게 걷고 있으니까 그는 신앙심이 생긴 것일까? 그는 이런 생각에 잠긴다.

더 나이가 들어 가까이 지내던 친구들이 하나 둘 소리 없이 떠난다면 얼마나 쓸쓸해질까? 그러다 보면 결국 신앙의 날개 아래에 들어갈 것 같은 예감이 든다. 그와 무척 친하던 친구들 몇이 자신의 곁을 떠나갔다. 하나는 어렵게 살던 친구였다. 고향 근처의 항구에서 배를 타던 친구였다. 무역 어선국이라는 직장에 나가 무역선을 타던 친구인데 퇴직을 하고 그 퇴직금으로 사업을 한다고 뛰어들었다가 처음부터 낭패를 당한 것이다. 은행에 저당 잡힌 건물에 들었다가 몇 달 후 그 건물은 경매에 들어갔고 그는 퇴직금의 대부분을 털리고 말았다.

〈눈뜨고 코 베인다〉는 서울에서 코를 베이고 만 것이다. 그런데 그는 자신이 세상일에 어둡다는 사실을 인정하려 들지 않았고 다음에도 무슨 일에 손을 대고는 홀라당 벗겨지고 말았다. 갑진은 그 친구의 가정에 가 위로도 하고 뒷수습도 해주었지만 가족들은 함정에 빠진 줄도 모르고 무감각한 상태에 놓여 있었다.

또 한 친구는 교원이었다. 그는 성격이 차분하고 재물에 대한 집념이나 명예에 대한 욕심이 강하여 엄청나게 노력을 하였다. 그는 재산도 모으고 교장이 되어 잘 지냈으며 자녀들도 잘 길렀으나 퇴임 직전에 전립선암에 걸려 무척 고생을 하다가 얼마 못 가 세상을 뜨고 말았다. 한 친구는 가난하게 살았고 한 친구는 여유를 가지고 존경도 받았으나 똑같이 삶이 물거품이라는 사실을 가슴으로 확인하기에 이른 것이다.

갑진은 자신도 언젠가는 그 사람들처럼 갑자기 어려운 일에 처할 것이 아닌가 하는 두려움을 느낀다. 그러고 보면 시끄러운 군중 속에서 바쁘게 사는 것이 그런 공포와 허무를 잊게 하는 일이라고 생각해 본다.

호주머니에 든 군것질 과자를 들면서 삼림욕장을 다 돌아 내려오

는 길에 들어선다. 지금까지는 좁은 길었으나 너른 도로가 되어 나타
난 것이다. 얼마 전에는 맨발로 걷는 코스가 있어서 맨발로 걸었던 것
이 기분이 좋게 느껴진다. 우리 인간은 너무 자연과 동떨어져 살고 있
다고 발을 보면서 생각한다. 너무 가냘픈 발의 피부가 아닌가? 왼쪽
의 동물원에서 동물들이 울부짖는 소리가 들린다. 사자나 호랑이인
것 같다. 그런가하면 거위나 타조 등 날짐승의 소리도 들린다.

스카이리프트의 종점이 보이고 사람들이 별로 타지 않은 빈 리프
트들이 줄지어 내려가고 올라오는 모습이 보인다. 멀리 아래로는 너
른 호수가 보인다. 쪽빛 수면이 석양빛에 반짝이고 있다. 스위스의 깊
은 산 속에서 보던 호수 같다. 호수 표면은 천년의 신비에 싸여있고
수면 아래로는 비늘이 반짝이는 물고기들이 떼지어 몰려다닐 것 같
은 상상이 눈앞을 스친다. 뒤로 둘러서고 양옆으로 겹겹이 솟아있는
산들 사이에 펼쳐진 너른 공간, 귀가 길이 바쁜 사람들의 모습이 멀리
보이고 있다.

가족들이 있건만 자신을 간절히 기다리는 사람은 아무도 없다는
사실이 실감되어 눈앞에 외로움으로 나타난다. 발걸음이 너무 한가
롭다. 복닥거리며 애면글면 살아왔던 과거들이 자신을 초라해 보이
게 한다.

너무 슬퍼도 하였고 괴로워도 하였던 과거들이 하잘것 없는 일들
로 축소되어 나타난다. 이 순간 이승을 떠난다면 무슨 보람이 있었다
고 말할 수 있을까? 멀리 바라보이는 도로에선 차들이 쌩쌩 달리고
있다.

사람들은 움직이는 것을 좋아하고 빨리 움직이는 것을 더 좋아한
다. 걷기보다는 달리기, 가볍게 달리기보다는 더 빨리 달리는 것을 좋

아한다. 완행보다는 급행, 급행보다 더 빠른 고속전철이 나오지 않았는가? 비행기도 마음에 차지 않아 제트기를 만든 것이다.

겨울

오늘은 탐스러운 눈이 내렸다. 멀리 바라보이는 산으로부터 가까이는 마을의 지붕과 도로, 가로수와 가까이 보이는 언덕에 서 있는 상록수의 이파리까지 모두 하얀 옷을 입고 있다. 〈눈보다도 더 희게〉 교회에서 기도를 드릴 때, 우리 마음을 깨끗이 씻어달라는 기도를 드린다. 그리고 보면 눈은 가장 깨끗한 모습인지도 모른다.

갑진노인은 어릴 적 마당에나 장독대에 쌓였던 눈을 생각한다. 곡식을 거두어들인 빈 들판, 학교로 향하는 도로 양쪽의 언덕, 동네 곳곳에 서 있던 나무들이 모두 아름답게만 보였다.

지금은 그 당시보다 더 나무도 우거지고 산림도 풍요로워져서 눈이 쌓인 거리는 풍성하고 탐스럽게 바라보인다.

갑진은 어제 시골에서 편지 한 통을 받았다. 그는 시골에서 학교 교편을 잡고 있을 때의 하숙집 아주머니였다. 그는 고향 모교에서 지내다가 근처의 타향으로 전근을 하여 간 것이다. 만 20세 때의 일이었다.

아버지가 이불을 자전거에 싣고 옮겨주시고 그 밖의 작은 짐들은 스스로 보따리를 싸 들고 간 것이다.

학교는 조그마하였고 동네도 띄엄띄엄 사람들이 많이 살지 않았었다. 그가 하숙을 정한 곳에는 딸이 하나 있는 아주머니와 할아버지가 살고 계셨다.

딸은 그가 근무하는 학교의 6학년생이었다. 그 집에서 학교는 별로 멀지 않았다. 농사를 짓는 부인은 남편이 없이 어렵게 살고 있었다. 하숙을 치면서 살림에 조금 보탬이 되었던 것 같다. 그 여인의 남편은 6 · 25전쟁 때 행방불명이 되고 말았다고 한다.

밤이면 동네 처녀들이 놀러와 같이 이야기를 하며 지냈다. 여인네들이 심심하면 그를 불러들여 같이 이야기도 나누고 화투놀이도 하며 지내기도 하였다. 그는 그가 읽던 소설 내용을 들려주기도 하였다. 가을에 밭에 나가 추수를 할 때 같이 나가 일도 도우며 지냈던 기억도 난다.

남편과 정을 주고받으며 지내던 새색시가 가슴이 부풀어올랐던 처녀들이 얼마나 사내가 그리웠을까 하는 생각을 당시에는 너무 어려 떠올리지 못하였다. 그가 고향을 떠나 오랜기간 지내면서 그녀와는 별로 접촉이 없었는데 갑자기 어느날 소식을 소식을 알게 된 것이다.

그녀의 딸이 서울에 살고 있었는데 몸이 아프게 되었다. 당시 담임을 하였던 교사가 그 사실을 알려왔고 같이 병원에 찾아가기로 한 것이다. 딸은 젊은 30대의 아름다운 여인이었다. 문병을 갔던 두 사람은 어머니를 모시고 근처의 음식점에 들렸다. 그 여인은 별로 말이 없었다. 음식을 들면서도 여인은 말이 없었다.

여인은 가난하게 살면서도 깨끗한 자태를 잃지 않고 계셨다. 시골에서 하얀 옷을 입고 지내던 모습 그대로였다.

"그녀는 너무 외로워 여자아이를 하나 데려다 기르고 있다네."

"농사는 그대로 짓고 있고 건강한 몸으로 살고 있다네."

당시 나는 그 말을 시큰둥하게 들었다. 나중에 나이가 더 들면서 그 이야기는 그의 뇌리에 깊이 파고들었다. 외로움이 얼마나 힘들고 괴로운지를 알면서부터이다.

어느 날 노인은 여인에게 전화를 하였고 여인은 반가이 전화를 받았다. 그러면서 그녀가 몸이 좀 좋지 않아 그가 교편을 잡고 있던 때 밤마다 찾아왔던 여인 두 명이 집에 찾아왔다는 것이었다. 나는 그 여인과 대화를 나누고 찾아온 여인들과도 통화를 하였다.

그래도 아주 심한 병은 아니라고 하였고 나중에 다시 건강을 찾았다는 말을 들었다.

그 뒤로 노인도 바쁜 일정을 보내다 보니 여인을 잊고 지내왔다. 사실은 집안이 어려움에 많이 처했던 같다. 자녀들이 학업에서나 취업에서 순탄한 길을 걷지 못하였고 아버지의 조언이나 도움을 받아야만일이 풀려나갔던 것이다. 이런 와중에 어찌 그 여인을 생각할 수 있었겠는가?

그런데 지금까지 건강한 모습으로 살고 있다니 대단하지 않은가? 노인은 처가 자신에게 조금 소홀한 모습에 자신이 기름 위의 물이 된 듯한 처지라고 생각하고 잠시 어디론가 떠나고 싶던 참이었다. 그는 여인과 약속을 하고 지방으로 떠났다.

나주역에서 내려 광장으로 나오니 여인이 광장 한 구석에 기다리고 있었다. 마치 한 송이의 국화꽃 같았다.

"정말 꿈만 같아요. 이렇게 만나리라고는 상상도 하지 못하였답니다."

"선생님, 어려운 객지에서 얼마나 고생이 많으셨어요?"

우리는 택시를 잡아타고 집으로 향하였다.

그녀는 지금도 홀로 살고 있었다. 예전의 모습 그대로인 집에 기와를 이은 집이었고 마당과 근처의 길은 옛 모습 그대로였다. 새벽이면 남편의 무사를 빌며 정화수를 떠다 기도를 드리던 모퉁이에는 대나무 그늘이 그대로 보였고 탐스럽게 눈이 덮였던 장독대도 그대로 보였다.

우리는 같이 방으로 들어갔다. 좁은 방이었지만 뜨뜻이 불을 넣은 상태여서 갑자기 졸음이 쏟아졌다. 여인은 부엌에 들어가 저녁을 차려 들여왔다. 하얀 쌀밥에 김치와 젓갈 그리고 담백한 찌개가 반찬이 모두였다.

"맛있는 반찬만 먹다가 이런 음식을 들게 되니 맛이 없지요?"

노인은 게눈 감추듯 맛있게 밥을 다 먹어치웠다.

그녀는 상을 들고 일어서서 부엌으로 나갔다. 부엌은 입식으로 개조되어 있었지만 좁고 허름하였다. 그는 부엌을 내다보며 물을 한 그릇 청하였다.

"내 정신 좀 봐라. 나이가 드니 제 정신이 아니네요."

그녀는 물을 떠오지 못한 것을 사과하였다. 그는 물을 조금 마시다가 일어섰다. 마침 그녀가 상을 치우고 일어서는 순간이었다.

그는 가볍게 그녀를 안았다. 그녀는 나비처럼 가볍고 가냘팠다. 완강히 반항하지도 않고 가만히 몸을 내맡긴 채 그대로 있었다.

그는 힘을 주지 않고 그대로 있다가 어깨 죽지 밑으로 손을 내리다가 멈추어 그대로 서 있었다. 옆으로 보였던 여인의 모습을 자신에게 향하도록 돌려놓았다. 그녀의 얼굴은 많이 상해 있었다.

수많은 세월의 파도가 할퀴고 간, 모래톱에 남긴 자국이리라. 세월의 마디마디는 출렁이는 파도가 되어 모래톱을 아프게 깎아 내렸을 것이다. 그녀의 모습이 너무 슬퍼 보였다.

남북 이산가족 찾기가 시작되면서 그녀도 혹 남편이 북한에 생존해 있지 않을까 기대를 해보기도 한 모양이었다. 그러나 만남이 여러 번 계속되면서도 소식이 없자 자포자기를 하게 되었다고 한다.

다음 날 그는 여인을 데리고 영암의 월출산을 찾았다. 눈이 덮인 산천은 더없이 아름다웠다.

"저는 그 때 소설을 읽는답시고 당신이 사랑한다는 사실을 잘 모르고 지냈답니다. 아니 너무 철이 들지 않아 사랑이 무엇인지도 모르고 지냈는지도 몰라요. 지금 생각하니 너무 미안한 생각이 든답니다."

그녀는 아무런 대답이 없다.

"선생님, 나 같은 촌년이 뭐가 그리 대단하여 이렇게 찾아오셨어요? 너무 꿈만 같아요."

"내가 제일 미안한 것은 당신이 열심히 붓글씨를 쓰는데도 관심을 가져주지 못한 일이에요."

그녀는 양반 집 따님이었고 독서도 열심히 하여 상당한 지식을 소유하고 있었다. 우리는 렌트한 차를 몰고 산을 한 바퀴 돌고 목포 쪽으로 달리기 시작하였다. 도로는 눈이 덮여 조금 미끄러웠지만 체인을 감고 와 다행이었고 다른 사람들의 왕래가 적어 오히려 조용한 시간을 보낼 수 있었다.

목포에서 재래시장에 들려 생선을 조금 사 가지고 다시 나주로 향하였다.

"지금 생각하면 제가 너무 철이 들지 않은 어린애였던 것 같아요."

"세월을 되돌려놓는다면 저한테 잘 해주실 자신이 있으세요?"

노인이 운전대를 잡고 있는 곁에서 여인은 밝은 웃음을 짓고 있다.

그녀의 가슴에 30년 동안 쌓인 피로와 외로움이 모두 풀려나간 것만 같다. 밖에서는 차가운 바람이 불고 있지만 그들이 나란히 앉아 있는 둥우리 안은 포근하기만 하다.

"시계바늘을 되돌릴 수 있는 과학이 실현되는 날까지 우리 같이 지냅시다."

그는 조금 해학을 섞어 이야기를 한다.

우리는 나주의 소박한 여인숙에 자리를 정하고 둘이 같이 누워 천장을 쳐다본다. 30년 전의 일이 주마등처럼 머리에 떠오른다. 서울에서 지내던 일들이 머리에 떠오르기도 한다. 서울의 주택가에서는 자동차를 끌고 행상들이 마이크 소리를 내는 통에 조용한 시간을 가질 수가 없었다. 나주에는 배가 많이 난다. 학창시절, 교과서에는 나주의 특산물은 배라는 말이 적혀 있었고 우리는 개성 인삼과 함께 그걸 달달 외우곤 하였다.

그러나 지금은 전국 곳곳에서 많은 배가 나오고 있다. 복숭아꽃은 핑크빛으로 음란의 상징이지만 배꽃은 하얀 모습으로 너무나 청초하여 여인의 소박한 모습과 같다는 생각이 든다.

나는 이 여인이 배꽃과 같다는 생각을 한다. 밖에서는 에메랄드의 어둠이 낮은 곳부터 서서히 차오르고 있다. 언젠가는 우리가 누워 있는 곳까지 어둠이 차오를 것이다. 그러면 우리가 갑자기 질식할 것 같다는 생각이 들기도 한다. 이 세상의 모든 생물들이 세월과 더불어 서서히 사라질 것이지만 우리들에게는 세월이 아니라 이 어둠의 물결이 삶의 고동소리를 멈추게 할 것이라는 생각이다.

"아저씨, 지금 차가운데 이런 곳에서 졸고 계셔요?"

그러고 보니 나는 사람의 발걸음도 한가한 고향의 어느 여관에 숙소를 정하고 밖으로 나와 정원수가 아름답게 자란 뜰의 한 구석에서 잠깐 졸았던 모양이다. 몇 십 년 전, 총각 시절에 하숙을 하던 아주머니를 꿈에서 잠깐 만나 본 모양이다.

‘그 여인이 살아 있다면 팔십도 넘었을 것이야.’

그러고 보니 내가 살아온 지난 세월이 하룻밤의 꿈만 같이 느껴진다.

나용균 소설집

가을의 여인

발행일 · 2011년 3월 31일

지은이 · 나 용 균
펴낸이 · 박 종 현
편집장 · 박 옥 주
편집팁 · 김 윤 정
펴낸곳 · **세계문예**
등록일 · 1998년 5월 27일 (제7-180호)
대　표 · 995-0071　편집부 · 995-1177
영업부 · 995-0072　팩　스 · 904-0071
(132-033) 서울시 도봉구 쌍문3동 315-402

E-mail · adongmun@naver.com
　　　　· adongmun@hanmail.net
Homepage · www.adongmun.co.kr

ISBN 978-89-88695-95-1